Le vol
des dragons

Robin Hobb

Le vol des dragons

Les Cités des Anciens

****

roman

Traduit de l'anglais par A. Mousnier-Lompré

ÉDITIONS FRANCE LOISIRS

Titre original : THE RAIN WILDS CHRONICLES BLOOD OF DRAGONS, volume 4 *(première partie)*

Édition du Club France Loisirs,
avec l'autorisation des Éditions Pygmalion

Éditions France Loisirs,
123, boulevard de Grenelle, Paris
www.franceloisirs.com

ISBN : 978-2-298-07938-8

Personnages

Gardiens et dragons

Alum : Teint clair, yeux gris argent ; très petites oreilles ; nez presque plat. Son dragon est Arbuc, mâle vert argenté.

Argent : A une blessure à la queue et pas de gardien.

Boxteur : Cousin de Kase ; yeux cuivrés, petit et râblé ; son dragon est le mâle orange Skrim.

Cuivre : Dragon brun chétif, sans gardien attitré.

Graffe : Aîné des gardiens, et le plus marqué par le désert des Pluies. Son dragon est Kalo, le plus grand mâle, bleu-noir.

Gresok : Grand dragon rouge, le premier à quitter le terrain d'encoconnage.

Harrikine : Long et mince comme un lézard, il est à vingt ans plus âgé que la plupart des gardiens. Lecter est son frère adoptif ; son dragon est Ranculos, mâle rouge aux yeux argentés.

Houarkenn : Grand gardien dégingandé. Dévoué à son dragon Baliper, mâle rouge vif.

JERD : Gardienne blonde, fortement marquée par le désert des Pluies. Sa dragonne est VERAS, reine vert foncé à grenure dorée.

KANAÏ : Gardien affecté de stigmates prononcés. Sa dragonne est la petite reine rouge GRINGALETTE.

KASE : Cousin de BOXTEUR ; les yeux cuivrés, il est trapu et musclé. Son dragon est le mâle orange DORTEAN.

LECTER : Orphelin à l'âge de sept ans, élevé par les parents d'HARRIKINE. Son dragon est SESTICAN, grand mâle bleu ponctué d'orange, doté de petites piques sur le cou.

NORTEL : Gardien compétent et ambitieux. Son dragon est le mâle lavande TINDER.

SYLVE : Douze ans, cadette des gardiens. Son dragon est MERCOR, doré.

TATOU : Le seul gardien né esclave. Il porte sur le visage un petit cheval et une toile d'araignée tatoués. Son dragon est la plus petite reine, DENTE.

THYMARA : Seize ans ; a des griffes noires à la place des ongles et se déplace aisément dans les arbres. Sa dragonne est une reine bleue, SINTARA, aussi connue sous le nom de GUEULE-DE-CIEL.

TINTAGLIA : Reine dragon adulte, elle a aidé les serpents à remonter le fleuve pour s'encoconner. On ne l'a plus vue depuis plusieurs années dans le désert des Pluies.

LES TERRILVILLIENS

ALISE KINCARRON FINBOK : Issue d'une famille désargentée mais respectable de Marchands de Terrilville.

Spécialiste des dragons. Mariée à HEST FINBOK. Yeux gris, nombreuses taches de rousseur.

HEST FINBOK : Marchand de Terrilville de belle prestance, bien établi et fortuné.

SÉDRIC MELDAR : Secrétaire de HEST FINBOK, et ami d'enfance d'ALISE.

L'ÉQUIPAGE DU *MATAF*

BELLINE : Matelot. Mariée à SOUARGE.

CARSON LUPSKIP : Chasseur de l'expédition, vieil ami de LEFTRIN.

DAVVIE : Chasseur, apprenti de CARSON LUPSKIP ; environ quinze ans.

GRAND EIDER : Matelot.

GRIG : Chat du bord ; roux.

HENNESIE : Second.

JESS : Chasseur engagé pour l'expédition.

LEFTRIN : Capitaine. Robuste, yeux gris, cheveux châtains.

SKELLI : Matelot. Nièce de LEFTRIN.

SOUARGE : Homme de barre. Navigue sur le *Mataf* depuis plus de quinze ans.

MATAF : Gabare longue et basse. Plus ancienne vivenef existante. Port d'attache : Trehaug.

AUTRES PERSONNAGES

ALTHÉA VESTRIT : Second du *Parangon* de Terrilville. Tante de MALTA KHUPRUS.

BEGASTI CORED : Marchand chalcédien ; chauve, riche ; partenaire commercial de HEST FINBOK.

BRASHEN TRELL : Capitaine du *PARANGON* de Terrilville.

CLEF : Mousse du *PARANGON*, ancien esclave.

DETOZI : Gardienne des oiseaux messagers de Trehaug.

DUC DE CHALCÈDE : Dictateur de Chalcède, âgé et mal portant.

EREK : Gardien des oiseaux messagers de Terrilville.

EPHRON dit PHRON : fils de MALTA et REYN KHUPRUS.

MALTA KHUPRUS : « Reine » des Anciens, réside à Trehaug. Mariée à REYN KHUPRUS.

PARANGON : Vivenef. A aidé les serpents à remonter le fleuve jusqu'à leur terrain d'encoconnage.

SELDEN VESTRIT : Jeune Ancien ; frère de MALTA et neveu d'ALTHÉA.

SINAD ARICH : Marchand chalcédien qui passe un marché avec LEFTRIN.

Prologue

Changements

Tintaglia se réveilla glacée, avec une impression de grand âge. Elle avait fait bonne chasse et mangé abondamment, mais elle avait mal dormi ; la plaie qui suppurait sous son aile la gênait pour trouver une position confortable. Si elle s'étendait, elle tirait sur la blessure brûlante et enflée, et, si elle se roulait en boule, la flèche enfouie dans sa chair la poignait. La douleur se propageait désormais dans son aile quand elle la déployait, comme si une plante épineuse envoyait des sarments dans ses muscles. Le temps s'était refroidi à mesure qu'elle se rapprochait du désert des Pluies. Il n'y avait pas de déserts, pas de sables chauds dans cette région du monde, alors que la chaleur semblait monter du cœur de la terre dans les déserts chalcédiens et les faisait ressembler aux contrées du Sud à cette époque de l'année. Mais elle avait abandonné sécheresse et douceur, et l'hiver conservait sa mainmise sur le printemps ; le froid raidissait les muscles sur le pourtour de sa plaie, et chaque matin était un supplice.

Glasfeu ne l'accompagnait pas. Elle pensait que le vieux dragon noir la suivrait, mais elle ne se rappelait plus pourquoi : les membres de leur espèce préfèrent la solitude, car, pour manger à leur faim, ils ont besoin de grands territoires de chasse. C'est seulement lorsqu'elle avait pris son vol sans réaction de sa part que l'humiliante réalité lui était apparue : c'était elle qui le suivait. Autant qu'elle se souvînt, il ne lui avait jamais demandé de rester ; d'un autre côté, il ne l'avait jamais chassée.

Il avait tout ce dont il avait besoin. Dans l'enthousiasme né de la découverte qu'ils n'étaient pas seuls, ils s'étaient accouplés ; quand elle parviendrait à maturité, Tintaglia se rendrait sur l'île de ponte pour y déposer les œufs que son compagnon avait fertilisés. Mais lui, une fois sa compagne fécondée, n'avait plus aucune raison de demeurer avec elle. Quand les œufs donneraient des serpents qui s'en iraient dans la mer pour relancer le cycle sans fin dragon-œuf-serpent-cocon-dragon, ils perpétueraient les souvenirs de la lignée de Glasfeu, et bientôt il rencontrerait d'autres dragons lorsqu'il déciderait de les rechercher. Perplexe, elle s'interrogeait : pourquoi était-elle restée aussi longtemps avec lui ; seule à sa sortie de sa gangue, avait-elle acquis auprès des humains des comportements contraires à ceux de ses congénères ?

Elle se déplia lentement, puis, avec un surcroît de précautions, déploya ses ailes sous le ciel couvert. Regrettant la chaleur du sable, elle s'étira en tâchant de ne pas se demander si le trajet jusqu'à Trehaug n'était pas au-dessus de ses forces. Avait-elle trop attendu dans l'espoir que sa blessure guérirait d'elle-même ?

Non sans douleur, elle se tordit le cou pour inspecter la plaie. Elle sentait mauvais, et, à chacun de ses mouvements, du pus en suintait. Elle siffla, furieuse de son sort, et se servit de la force que lui donnait sa colère pour bander les muscles autour de la blessure ; de la sanie en coula de nouveau, accompagnée d'élancements et d'une puanteur atroce, mais, une fois l'opération terminée, la peau lui parut moins tendue ; elle pouvait voler – avec peine, et sans grande vigueur, mais elle pouvait voler. Ce soir, elle choisirait son lieu de repos avec plus de soin ; elle aurait du mal à décoller à partir de la berge où elle se trouvait actuellement.

Elle voulait se rendre directement à Trehaug dans l'espoir de localiser rapidement Malta et Reyn et de faire extraire la pointe de flèche de sa chair par un de ses serviteurs Anciens. Elle eût préféré un trajet en ligne droite, mais les épaisses forêts de la région le lui interdisaient ; dans le meilleur des cas, un dragon aurait eu peine à se poser dans une zone aussi boisée, mais, avec une aile invalide, elle avait toutes les chances de dégringoler du haut de la voûte des arbres. C'est pourquoi elle avait d'abord suivi la côte puis le fleuve du désert des Pluies ; la chasse était bonne sur les rives marécageuses et les bancs de boue, car les mammifères aquatiques sortaient de l'eau pour fouir la berge et s'y rouler, tandis que les bêtes de la forêt venaient s'y abreuver. Avec de la chance, comme la veille, elle parviendrait à fondre sur une grosse proie et à se poser facilement sur une bande de terrain en bordure du fleuve.

Dans le cas contraire, elle pourrait toujours atterrir dans les hauts-fonds avant de prendre pied sur la rive ; c'était hélas sans doute ce qui l'attendait ce soir. Et, bien que persuadée de survivre à une arrivée aussi désagréablement froide et mouillée, elle redoutait la perspective de reprendre son vol à partir de ce genre de terrain – comme elle devait le faire à présent.

Elle se rendit au bord du fleuve et se désaltéra, en fronçant les naseaux à cause du goût amer de l'eau. Une fois sa soif apaisée, elle ouvrit les ailes et s'élança en l'air.

Les ailes battant frénétiquement, elle chuta brutalement. Elle n'était pas tombée de haut, mais le choc l'ébranla violemment, disloquant sa douleur en fragments aigus qui lui poignirent tout le corps. L'air chassé de ses poumons produisit un croassement de souffrance en passant par sa gorge. Elle s'était mal reçue, les ailes encore à demi ouvertes, et elle avait touché le sol du côté sensible. Sonnée, elle resta étendue en attendant que le mal disparût ; il subsista, mais redescendit peu à peu à un niveau supportable.

Tintaglia baissa la tête jusque sur son poitrail, ramena ses pattes sous elle et replia lentement les ailes. Elle mourait d'envie de se reposer, mais alors elle se réveillerait encore plus affamée et ankylosée, et le soir tomberait. Non, elle devait prendre son essor dès maintenant ; plus elle repousserait son départ, plus ses capacités physiques diminueraient. Elle devait s'envoler tant qu'elle le pouvait encore.

Elle s'arma de courage pour résister à la souffrance et s'interdire de compenser la faiblesse qu'elle induisait : elle devait la supporter et agir comme si elle ne la sentait pas. Elle se grava cette idée dans le cerveau puis ouvrit les ailes, se ramassa et s'élança dans les airs.

À chaque battement d'ailes, elle avait l'impression de recevoir un coup de lance enflammée. Elle rugit pour exprimer sa fureur d'avoir mal, mais ne changea pas de rythme. S'élevant lentement, elle survola les hauts-fonds du fleuve jusqu'à ce qu'elle dépassât la cime des arbres qui ombrageaient l'eau. Le soleil terne la toucha, et les vents capricieux la giflèrent, lourds de la menace de pluies glaçantes. Eh bien, qu'elles viennent ! Tintaglia rentrait chez elle.

Quinzième jour de la Lune du Poisson

Septième année de l'Alliance Indépendante des Marchands

De Reyall, Gardien remplaçant des Oiseaux, Terrilville, à Erek Grisarot

Message dans un cylindre normal.

Mon cher oncle,

Si je réponds si tard à ton offre, c'est que je ne m'y attendais pas du tout. Je l'ai lue et relue, et je me demande encore si je suis prêt – non, si je suis digne de ce que tu proposes. Te porter garant pour moi auprès d'un Maître de la Guilde, et me choisir en plus pour prendre en charge tes oiseaux personnels et ton pigeonnier... Comment réagir devant pareil honneur ? Je sais ce que ces pigeons représentent pour toi, j'ai assidûment étudié tes journaux d'élevage et ta documentation sur la façon dont tu as amélioré l'espèce en matière de vitesse et de vigueur. J'ai un immense respect pour ton savoir, et tu veux me confier tes oiseaux et la stratégie de croisements que tu as soigneusement mise au point ?

Je frémis à l'idée que tu puisses prendre mal ma question, mais je dois la poser : es-tu certain que c'est ce que tu souhaites ?

Si, après réflexion, tu tiens toujours à m'offrir cette aubaine, je l'accepterai et je m'efforcerai de me montrer à la hauteur de la tâche pour le restant de mes jours ! Mais sois tranquille : si tu reviens sur ta décision, je ne t'en garderai pas rancune. Le seul fait que tu m'aies jugé digne d'un tel honneur et d'une telle responsabilité m'incite à travailler d'arrache-pied pour devenir le gardien que tu me crois capable d'être.

Avec mes humbles remerciements, ton neveu,

Reyall

Et, s'il te plaît, transmets à tante Detozi mes bons vœux et mon plaisir de la savoir heureusement mariée avec toi !

1

Fin de vie

Elle ouvrit les yeux sur un matin dont elle ne voulait pas. Avec répugnance, elle leva la tête et parcourut du regard la pièce. Il faisait froid dans la cabine ; le feu était éteint depuis des heures, et l'humidité glaciale du printemps anormalement frais s'était insinuée pendant qu'elle se pelotonnait sous ses couvertures élimées en attendant que la vie la quittât. Mais la vie avait subsisté pour la prendre à nouveau en embuscade et lancer contre elle le froid, l'humidité, la déception et la solitude. Les poings serrés sur la poitrine, elle tourna les yeux vers les papiers et les parchemins dont le tri l'avait occupée toute la semaine passée. L'œuvre de toute l'existence d'Alise Finbok, là, sous la forme d'une liasse : traductions de textes anciens, spéculations personnelles, copies soigneuses de vieux documents à l'encre noire, avec ses hypothèses sur les mots manquants à l'encre rouge. Privée de but, elle s'était rabattue sur le temps passé et avait tiré fierté de ses connaissances sur le sujet ; elle savait comment les Anciens vivaient et cohabitaient avec les dragons, elle savait les noms des Anciens et des dragons d'autrefois, elle savait leurs habitudes – elle savait tant de choses sur un monde qui n'avait aucun rapport avec le sien !

Les Anciens et les dragons étaient réapparus, elle avait été témoin de ce miracle, et ils voulaient se réapproprier l'antique cité de Kelsingra pour y vivre. Tous les secrets qu'elle s'était évertuée à tirer de vieux manuscrits et de tapisseries moisies n'avaient plus aucun intérêt ; une fois que les nouveaux Anciens atteindraient leur cité, il leur suffirait de toucher la pierre de mémoire dont elle était bâtie pour découvrir seuls tout leur passé. Tous les mystères qu'elle avait rêvé de dévoiler, toutes les énigmes qu'elle avait aspiré à résoudre avaient été percés, et elle n'y était pour rien. Elle ne servait à rien.

À sa propre surprise, elle rejeta soudain ses couvertures et se leva. Le froid la saisit aussitôt ; elle se dirigea vers ses coffres à vêtements, les grands coffres de voyage qu'elle avait préparés avec tant d'espoir durant les jours qui avaient précédé son départ de Terrilville. Ils étaient bourrés quand elle avait entamé son voyage, pleins d'affaires solides et pratiques, comme il convenait à une aventurière : corsages en coton tissé, résistant et quasiment sans dentelle, jupes fendues pour la marche, chapeaux dotés de voiles pour se protéger des insectes et du soleil, bottes de cuir robustes… Il n'en restait plus guère que des souvenirs, désormais. Les difficultés du trajet avaient amolli les tissus, ses bottes étaient éculées et prenaient l'eau, leurs lacets n'étaient plus qu'une succession de nœuds. Alise n'avait pas eu d'autre option que de faire ses lessives à l'eau acide du fleuve, et les coutures s'étaient relâchées tandis que les ourlets s'effilochaient. Elle sortit des habits usés sans se soucier de l'aspect qu'elle aurait : nul ne la regarderait, de toute façon. Elle en avait définitivement fini de s'inquiéter de son apparence ou de l'opinion des autres sur elle.

Une robe d'Ancien, cadeau de Leftrin, pendait à un crochet. C'était le seul de ses vêtements qui avait conservé ses couleurs vives, sa souplesse et son moelleux ; elle mourait d'envie de s'envelopper de sa chaleur, mais elle ne put se résoudre à l'enfiler. Kanaï l'avait dit clairement : elle n'était pas une Ancienne, elle n'avait aucun droit sur la cité de Kelsingra, aucun droit sur rien qui appartînt aux Anciens.

Amertume, peine et résignation devant la réalité décrite par Kanaï formaient une boule dure qui lui nouait la gorge ; elle regarda fixement la robe jusqu'à ce que les larmes qui perlaient à ses yeux la fissent miroiter. Son chagrin s'approfondit lorsqu'elle songea à l'homme qui la lui avait donnée – son capitaine de vivenef, Leftrin. Malgré leurs différences de statut social, ils étaient tombés amoureux pendant le rude voyage qui les menait vers l'amont du fleuve. Pour la première fois de sa vie, un homme admirait son intelligence, respectait son travail et la désirait physiquement ; il avait suscité une même passion chez elle et l'avait éveillée à tout ce qui peut exister entre un homme et une femme ; il avait créé en elle des désirs dont elle ignorait tout jusque-là.

Et puis il l'avait abandonnée, seule dans une masure…

Arrête ! Cesse de te plaindre. Elle regarda la robe Ancienne et s'efforça de se rappeler le merveilleux moment où Leftrin lui avait offert ce présent inestimable, héritage familial qu'il avait partagé avec elle sans un remords. Et elle l'avait porté comme une armure contre le froid, le vent, et même la solitude, sans une pensée pour son importance historique. Comment avait-elle pu oser reprocher aux gardiens de vouloir quelque chose d'aussi chaud et imperméable que ce « présent inestimable » dont elle avait joui si souvent ? Et Leftrin ? Le rendait-elle responsable de sa solitude ? *Hypocrite !*

Leftrin n'avait pas eu le choix : il devait redescendre à Cassaric acheter des provisions. Il ne l'avait pas abandonnée : c'était elle qui avait choisi de rester parce que, croyait-elle, noter tout ce qu'elle voyait dans la cité intacte était plus intéressant que demeurer à ses côtés. C'était sa décision à elle, et Leftrin l'avait respectée ; et maintenant, elle le lui reprochait ? Il l'aimait ; que voulait-elle de plus ?

L'espace d'un instant, elle faillit accepter cette conclusion. Un homme qui l'aimait : qu'attendait-elle d'autre de la vie ? Puis elle serra les dents comme si elle s'apprêtait à arracher un pansement d'une blessure à demi cicatrisée.

Non, ce n'était pas assez. Pas pour elle.

Le temps était venu de renoncer aux faux-semblants, d'en finir avec cette existence, de cesser de se répéter que, quand Leftrin reviendrait – s'il revenait –, il lui dirait qu'il l'aimait, et tout irait bien. Que pouvait-il aimer chez elle ? Au-delà des oripeaux, qu'y avait-il en elle de réel qui pût lui valoir l'amour de Leftrin ? Qui pouvait s'accrocher à l'espoir que quelqu'un d'autre redonnerait du sens à sa vie ? Quel parasite avait besoin de quelqu'un d'autre pour valider son existence ?

Manuscrits, croquis, papiers et vélins s'empilaient en liasses bien nettes là où elle les avait posées ; toutes ses recherches, tous ses écrits l'attendaient près de la cheminée, mais l'envie de les brûler l'avait quittée. Elle avait failli s'y abandonner la veille au soir, plongée dans un abîme de désespoir, dans une obscurité si profonde qu'elle n'avait même pas eu l'énergie de jeter les documents au feu.

Dans la froide lumière du jour, cette impulsion lui apparaissait comme un accès de vanité ridicule, comme la colère d'un enfant qui accuse les autres de ses fautes. Que lui avaient fait Kanaï et les autres gardiens ? Rien, hormis l'obliger à regarder en face la vérité de sa vie. Brûler son travail n'aurait rien prouvé sinon qu'elle cherchait à les culpabiliser. Sa lèvre trembla quelques instants, puis se figea en un sourire très étrange. Ah, la tentation subsistait : les faire tous souffrir comme elle souffrait ! Mais cela ne marcherait pas : ils ne comprendraient pas ce qu'elle avait détruit. En outre, elle n'avait pas envie de se donner la peine d'aller frapper chez l'un d'eux pour lui demander du charbon. Non, inutile de les déranger ; qu'ils découvrent seuls ce monument à ce qu'elle avait été : une femme de papier, d'encre et d'illusion.

Fagotée dans ses vieux vêtements, elle ouvrit la porte de la masure et sortit ; l'air était humide et froid, et la bise la giflait. Sa haine et son dégoût d'elle-même montèrent en elle comme une marée. La prairie qui s'étendait devant la maison s'arrêtait au fleuve, glacé, gris et implacable ; Alise y était tombée un jour et avait failli s'y noyer. Elle laissa l'idée prendre corps dans sa tête. Ce serait rapide ; froid et désagréable, mais rapide. Elle dit tout haut la phrase qui avait hanté ses rêves toute la nuit : « Il est temps de mettre fin à cette existence. » Elle leva le visage ; au loin, le vent poussait des nuages lourds dans le ciel bleu.

Tu veux te suicider ? Pour ça ? Parce que Kanaï t'a dit ce que tu savais déjà ? Le contact mental de Sintara était empreint d'un amusement glacé, sa sollicitude de distance et d'impartialité. *Je me rappelle que mes ancêtres ont vu des humains agir ainsi, choisir de mettre fin à une vie déjà si brève qu'elle n'en a aucune importance, comme des moucherons qui se précipitent dans la flamme d'une bougie. Ils se jetaient à l'eau, ou se pendaient sous un pont. Alors ? Le fleuve ? C'est ainsi que tu comptes t'y prendre ?*

Sintara ne lui adressait plus la parole depuis des semaines ; son retour inattendu et sa curiosité sans chaleur déclenchèrent la colère d'Alise. Elle parcourut le ciel du regard : là, un petit scintillement de saphir sur le fond des nuages.

En un battement de cœur, son désespoir laissa place à la défiance, et, outrée, elle lança tout haut : « Mettre fin à *cette* existence, ai-je dit, non à *mon* existence ! » La dragonne inclina les ailes et descendit du ciel vers les collines. Alise sentit son changement d'humeur prendre racine en elle et grandir. « Me suicider ? À cause du temps que j'ai perdu, des illusions dont je me suis bercée ? Tout ce que ça démontrerait, c'est que je n'ai pas su échapper à ma propre bêtise ! Non, je ne mets pas fin à ma vie, dragonne : je la reprends en main ; je me l'approprie. »

Pendant un long moment, elle ne capta rien de Sintara ; la reine avait sans doute repéré quelque proie et perdu tout intérêt pour la femme à l'espérance de vie de moucheron qui n'était même pas capable de lui tuer un lapin. Puis, sans crier gare, l'esprit de la dragonne tonna dans sa tête.

La forme de tes pensées a changé. Je crois que tu deviens enfin toi-même.

Alise resta les yeux écarquillés ; à cet instant, la reine plaqua ses ailes contre ses flancs et fondit sur sa proie. La brusque absence de ses pensées dans l'esprit d'Alise fut comme une rafale de vent qui la laissa étourdie et seule.

Elle devenait elle-même ? La forme de ses pensées avait changé ? Sintara devait encore chercher à la manipuler à coups d'énigmes. Eh bien, ça aussi, c'était fini ! Plus jamais elle ne se laisserait volontairement prendre au charme d'un dragon. Il était temps d'arrêter tout cela. Elle tourna les talons et rentra dans la chaumine ; il était temps aussi d'en finir avec ses manifestations puériles d'amour-propre meurtri. Avec une détermination rageuse, qu'elle croyait disparue avec sa jeunesse, elle rangea ses papiers dans son coffre et referma le couvercle d'un geste définitif. Là !

Elle parcourut la masure du regard et secoua la tête. Pitoyable : comment avait-elle pu vivoter dans ce minuscule espace sans rien faire pour le rendre plus vivable ? Attendait-elle que Leftrin y apportât les commodités de sa cabine ? C'était lamentable. Elle ne passerait pas une heure de plus enfermée dans ce réduit.

Elle enfila tous ses vieux vêtements les uns par-dessus les autres, puis ressortit et se tourna vers les collines boisées qui se dressaient derrière le village de fortune. C'était dans ce monde qu'elle vivait aujourd'hui, et qu'elle vivrait peut-être toujours ; l'heure avait sonné d'en prendre la maîtrise. Sans se préoccuper du grésil, elle suivit un chemin, tracé par les gardiens, qui montait en lacet entre d'autres masures remises en état avant de parvenir à la forêt assoupie. Sa détermination s'affirmait à mesure qu'elle s'éloignait des habitations. Elle pouvait changer ; elle n'était pas l'esclave du passé. Elle pouvait devenir quelqu'un qui n'était pas seulement le résultat de ce que les autres lui avaient fait ; il n'était pas trop tard.

À une intersection avec une autre piste, elle choisit le sentier qui montait vers la droite, en se disant qu'au retour il lui suffirait de prendre celui qui descendrait vers la gauche pour revenir. Elle ne tenait pas compte des tiraillements dans ses mollets, dans ses fesses et dans son dos, et se réjouissait de la douleur de ses muscles inactifs depuis des semaines. L'effort de la marche la réchauffa, et elle finit par ouvrir son manteau et dénouer son écharpe. Elle étudia la forêt comme naguère Kelsingra, en séparant mentalement les plantes qu'elle connaissait de celles qu'elle n'identifiait pas ; elle repéra un buisson épineux dépourvu de feuilles : peut-être des framboisiers, à noter pour l'été.

Parvenue près d'un ruisseau, elle s'agenouilla pour se désaltérer, les mains en coupe, avant de le traverser. Dans un creux abrité, elle trouva des buissons de piroles avec encore leurs baies rouges, et elle eut l'impression d'avoir découvert un trésor de pierres précieuses. Se servant de son écharpe comme d'un sac, elle cueillit autant de fruits qu'elle le put : leur goût acide relèverait agréablement son ordinaire, et ils seraient efficaces contre les maux de gorge et la toux. Elle récolta aussi des aiguilles de pin fraîches en savourant leur odeur et en imaginant la tisane qu'elle pourrait en tirer ; elle s'étonnait qu'aucun des gardiens n'eût déjà prélevé ces richesses quand elle prit conscience que ces plantes devaient paraître exotiques à ces chasseurs qui avaient grandi au sommet des arbres.

Elle noua les deux extrémités de l'écharpe et la passa dans sa ceinture avant de reprendre son chemin. Laissant derrière elle les essences caduques, elle pénétra dans le domaine des conifères ; leurs branches lui frôlaient la tête comme autant de doigts, tamisaient la lumière du jour et assourdissaient le vent. L'épaisse couche odorante de leurs aiguilles et le silence de la forêt après le bruit incessant de la bise lui donnaient l'impression de s'être bouché les oreilles. Quel soulagement !

Elle poursuivit sa route entre les arbres, et la faim la gagna ; elle se fourra quelques baies de piroles dans la bouche, et, quand elle les broya entre ses dents, leur goût et leur odeur vifs noyèrent ses sens. La faim passa.

Elle déboucha dans une petite clairière où un géant terrassé par la foudre avait emporté dans sa chute toute une rangée de ses semblables ; une plante grimpante évoquant le lierre l'avait enveloppé ; elle l'étudia un moment, puis saisit une tige solide et l'arracha non sans mal de son support. Elle la dépouilla de ses feuilles et s'efforça de la briser. Impossible à mains nues ; elle hocha la tête. Elle reviendrait avec un couteau et en couperait des sections pour les rapporter à la maison et s'en servir pour tresser des objets – des paniers, peut-être des filets à poissons. Elle examina la plante de plus près : les bourgeons commençaient à grossir ; l'hiver relâchait peut-être sa mainmise sur la terre. Dans le ciel, un faucon cria. Alise leva les yeux vers une trouée dans le toit de la forêt, et elle se rendit compte alors du temps qui avait passé. Il fallait qu'elle rentrât. Elle n'avait pas les branches d'aulne vert qu'elle avait prévu de récolter pour fumer le poisson, mais elle ne reviendrait pas les mains vides : les baies de piroles feraient le bonheur de tous.

La descente éveilla promptement des douleurs dans d'autres muscles de ses jambes. Alise serra les dents et poursuivit son chemin. *Ça m'apprendra à rester si longtemps sans bouger*, se dit-elle, sévère.

C'est dans la strate de la forêt où les conifères laissaient la place aux caduques qu'elle capta une odeur

insolite ; le vent soufflait plus librement, et Alise s'arrêta pour tâcher de décrypter ce qu'elle sentait. Fétide et pourtant bizarrement familier. C'est seulement quand la créature apparut sur le sentier devant elle qu'elle fit le rapprochement. *Un félin.* Il ne la vit pas tout de suite ; la tête basse, il humait le sol, la gueule ouverte ; de longs crocs jaunes descendaient plus bas que sa mâchoire inférieure ; il avait une robe d'un noir inégal, avec des taches ténébreuses sur un fond obscur. Des touffes de poils lui sortaient des oreilles, et, sous sa fourrure, ses muscles roulaient au gré de ses mouvements. Incrédule, Alise s'émerveillait devant cet animal que nul n'avait observé depuis des siècles ; et, presque aussitôt, sa traduction d'un mot Ancien jaillit dans son esprit. « Un pard, souffla-t-elle. Un pard noir. »

Au son de sa voix, l'animal leva la tête et fixa sur elle ses yeux jaunes. La peur envahit Alise : son odeur sur la piste ! C'était ce qu'il reniflait.

Son cœur bondit puis se mit à cogner dans sa poitrine. La bête la regardait, peut-être aussi surprise de découvrir un humain que la jeune femme de voir un pard. Leurs deux espèces n'avaient plus dû se croiser depuis des générations. Il ouvrit la gueule pour goûter son odeur. Alise avait envie de hurler mais s'en abstint, et elle jeta à la cantonade une pensée terrorisée : *Sintara ! Sintara, un fauve me menace ! Un pard ! Aide-moi !*

Je ne peux pas. Débrouille-toi.

La réponse de la dragonne n'était pas indifférente, seulement factuelle. Durant cette brève connexion,

Alise sentit que la reine avait mangé copieusement et qu'elle plongeait dans une stupeur lourde ; même si elle avait accepté de se réveiller, le temps qu'elle prît son vol, franchît le fleuve et repérât Alise…

Tu penses pour rien. Concentre-toi sur l'instant. Le fauve ne quittait pas la jeune femme des yeux, et sa méfiance initiale s'était muée en intérêt. Plus Alise demeurerait figée comme un lapin, plus son audace grandirait. Elle devait réagir.

« Je ne suis pas une proie ! » lança-t-elle à l'animal, puis elle saisit les pans de son manteau et les ouvrit grand pour donner l'impression qu'elle était deux fois plus volumineuse qu'en réalité. « Je ne suis pas une proie ! » cria-t-elle encore, la voix plus grave, puis secouant son manteau, elle força ses jambes tremblantes à faire un pas raide vers le fauve. Si elle s'enfuyait, il l'attraperait ; si elle restait sans bouger, il l'attraperait aussi. Galvanisée par cette idée, et avec un hurlement de fureur et de désespoir, elle fonça sur la bête en battant des pans de son vêtement.

L'animal se ramassa, et Alise comprit qu'il allait la tuer. Son rugissement rauque monta dans les aigus de la furie, et le fauve montra soudain les crocs. Le souffle finit par manquer à la jeune femme, et le silence tomba entre la bête tapie au sol et son adversaire qui se déplaçait en agitant son manteau. Puis le pard tourna les talons et s'élança dans la forêt ; le chemin était dégagé, et Alise poursuivit sa course terrifiée. Elle courait à longues foulées, à une vitesse qu'elle croyait impossible ; les arbres devinrent flous, de basses branches se prenaient dans ses cheveux et ses vêtements, mais elle ne ralentit pas. L'air froid qu'elle avalait à grandes goulées lui brûlait la gorge et lui asséchait la bouche, mais elle fuyait toujours. Bien que l'obscurité commençât à former un tunnel devant ses yeux, elle continua de courir d'un pas trébuchant, en s'agrippant aux arbres pour s'empêcher de tomber. Quand enfin la terreur ne put plus la soutenir, elle se laissa choir le dos contre un tronc, et elle regarda le chemin par lequel elle était venue.

Rien ne bougeait dans les arbres, et, une fois qu'elle eut réussi à fermer la bouche et à retenir son souffle haché, elle n'entendit que les cognements sourds de son propre cœur. Elle eut le sentiment qu'il lui fallait des heures pour retrouver une respiration et un pouls normaux qui lui permissent de capter les bruits habituels de la forêt. Elle tendit l'oreille, mais ne perçut que le vent dans les branches nues. Prenant appui sur le tronc, elle se releva en se demandant si ses jambes flageolantes la soutiendraient.

Puis, alors qu'elle se mettait en chemin, un sourire ridiculement béat illumina son visage : elle avait réussi ! Elle avait tenu tête à un fauve, elle avait sauvé sa peau, et elle rentrait triomphante, avec des feuilles de piroles pour faire de la tisane, et des baies aussi. « Je ne suis pas une proie ! » murmura-t-elle d'une voix rauque, et son sourire s'élargit.

Elle rajusta sa tenue en marchant, et repoussa les mèches folles qui lui cachaient les yeux. La pluie avait commencé à tomber ; il était temps de rentrer avant d'être complètement trempée. Elle avait encore à faire ce soir : ramasser du bois pour le feu, emprunter du charbon pour rallumer la flambée, et tirer de l'eau pour le repas. Et elle devait mettre Carson au courant pour le pard, de façon qu'il prévînt les autres. Enfin, elle pourrait se préparer l'infusion.

Une tasse de piroles bien méritée. Cela faisait partie de sa nouvelle vie, maintenant.

VINGTIÈME JOUR DE LA LUNE DU POISSON

Septième année de l'Alliance Indépendante des Marchands

De la Guilde des Gardiens des Oiseaux, Terrilville, à tous les membres de la Guilde

À placarder à la vue de tous dans toutes les salles.

Il est primordial que tous les membres de la Guilde gardent à l'esprit que nous exerçons un métier séculaire doté de règles, de codes d'éthique professionnelle, et de secrets sur la manipulation, le dressage et l'élevage des oiseaux qui demeurent l'apanage de nos seuls membres. Les pigeons sont la propriété de la Guilde, et leurs rejetons sont la propriété de la Guilde. Pour conserver notre réputation et notre clientèle, ils doivent être les plus véloces, les mieux dressés et les plus robustes ; nos clients se servent de nos oiseaux et s'adressent à nos gardiens parce qu'ils savent pouvoir nous faire confiance pour acheminer des messages de façon rapide et confidentielle.

Dernièrement, nous avons reçu une avalanche de plaintes et de questions sur de possibles falsifications de messages ; simultanément, nous avons observé qu'un nombre croissant de citoyens contactait des éleveurs privés pour le transport de leurs missives. Pour ne rien arranger, l'épidémie de poux rouges a provoqué la colère de nos clients à cause du manque d'oiseaux.

Songeons bien que c'est non seulement notre réputation mais aussi nos revenus qui sont en jeu ; notre honneur exige que nos membres signalent tout soupçon de falsification.

De même, tout membre surpris à voler des œufs ou des jeunes pour son usage ou son profit personnel doit être dénoncé.

C'est seulement en adhérant tous aux règles de notre Guilde que nous maintiendrons la qualité de service qu'attendent de nous nos clients ; respectons nos critères de qualité, et nous en bénéficierons tous.

2

Vol

Les dragons survolaient le fleuve en larges cercles comme des hirondelles, apparemment sans effort. Le rouge, c'était Gringalette, et, loin au-dessus d'elle, parcourant une spirale de plus en plus étendue, Sintara était un saphir sur l'azur du ciel. Le cœur de Tatou bondit quand il repéra enfin une paire d'ailes émeraude : Dente ! Sa Dente à lui. Elle savait voler depuis trois jours, et chaque fois qu'il la voyait en l'air, il se sentait envahi d'affection et de fierté – mêlées d'inquiétude, naturellement.

Sot ! Je suis une dragonne ; le ciel m'appartient. Je sais que c'est difficile à comprendre pour une créature terrestre, mais c'est ici qu'est ma place.

Sa morgue fit sourire Tatou. *Tu voles comme du duvet de chardon, ma beauté ailée.*

Du duvet de chardon avec des serres ! Je vais à la chasse !

Puisses-tu trouver de la viande rouge !

Elle s'inclina et s'éloigna de ses congénères pour se diriger vers les piémonts de l'autre côté du fleuve.

Tatou éprouva un petit pincement de déception : il ne la reverrait sans doute pas de la journée ; elle allait chasser, tuer, se gorger de chair fraîche, dormir, et, le soir venu, elle retournerait, non auprès de lui, mais à Kelsingra pour s'y baigner ou se reposer dans un des sanctuaires réactivés de la cité. C'était l'idéal, il en avait conscience ; elle en avait besoin pour grandir et affiner son vol. Et puis il était ravi qu'elle fît partie des premiers à savoir voler. Mais... Mais elle lui manquait ; la réussite de sa dragonne le laissait plus seul que jamais.

Sur la rive qui s'étendait devant lui, plusieurs autres des grandes créatures s'efforçaient de réaliser ce que Dente maîtrisait désormais. Carson, debout à côté de Crache l'argentée, déployait une de ses ailes en la tenant par l'extrémité pour l'inspecter en quête de parasites ; Crache brillait déjà comme une épée polie, et Tatou se rendit compte que Carson, sous prétexte de la panser, la forçait à tirer sur son aile. La dragonne émettait un grondement à la fois mécontent et menaçant, mais son gardien n'y prêtait nulle attention ; tous les dragons ne se pliaient pas d'enthousiasme aux exercices, et Crache faisait partie des plus récalcitrants. Ranculos, lui, se montrait téméraire un jour et renfermé le lendemain ; bleu nuit, Kalo bouillait d'une rancœur empreinte de dignité de devoir soumettre ses efforts pour voler à la surveillance de simples humains, tandis que Baliper ne cachait pas sa peur du fleuve et refusait de pratiquer ses exercices à proximité du courant. Tatou songea que la plupart des autres étaient tout bonnement paresseux ; essayer de voler était un travail exigeant et pénible.

Certains, cependant, tenaient à réussir quel qu'en fût le coût. Dortean se remettait encore de sa chute dans les arbres, et Sestican avait une déchirure dans la membrane d'une de ses ailes ; Lecter, son gardien, pleurait en la déployant pour que Carson pût recoudre l'entaille.

Mercor se tenait droit, ses ailes d'or offertes au maigre soleil ; Harrikine et Sylve l'observaient, la jeune fille crispée par l'inquiétude. Le dragon de Harrikine, Ranculos, suivait la scène d'un œil jaloux. La grande créature dorée leva haut les ailes, puis les secoua brusquement comme pour s'assurer que tout fonctionnait. Elle se ramassa sur ses pattes postérieures, et elle bondit en brassant l'air vigoureusement ; mais elle ne put gagner assez d'altitude pour battre des ailes sur toute leur amplitude, et elle ne parvint qu'à planer longuement, parallèlement au fleuve, avant d'atterrir maladroitement sur la rive sablonneuse. Tatou laissa échapper un soupir de déception et vit Sylve enfouir son visage dans ses mains. Le dragon d'or maigrissait à mesure qu'il grandissait, et il ne scintillait plus comme avant. Apprendre à voler et à chasser était désormais une question de vie ou de mort, pour les autres autant que pour lui, car, là où il irait, ils suivraient.

Mercor possédait sur ses congénères une étrange autorité que Tatou ne comprenait pas complètement. Serpent, il menait le « Nœud », et Tatou s'étonnait qu'une fidélité établie dans une vie antérieure prévalût encore ; mais, quand il avait proclamé que les dragons qui savaient voler ne devaient chasser que sur l'autre rive du fleuve et laisser tranquille le gibier du côté du village pour que les gardiens subvinssent plus facilement aux besoins de leurs congénères cloués au sol, nul n'avait protesté. Les autres dragons le regardaient étirer ses ailes, et Tatou espérait que, si Mercor parvenait à prendre son envol, ils s'exerceraient plus volontiers.

Une fois qu'ils sauraient tous voler et chasser, la vie deviendrait plus facile pour tout le monde, et les gardiens pourraient enfin s'installer à Kelsingra. À la perspective de jouir d'un bon lit et d'eau chaude, Tatou poussa un soupir, puis il leva les yeux pour suivre le vol de Dente.

« Ce n'est pas facile de lui laisser sa liberté, n'est-ce pas ? »

Il se tourna vers Alise à contrecœur, croyant qu'elle avait lu en lui et savait qu'il soupirait après Thymara ; mais il comprit rapidement qu'elle parlait de sa dragonne, et il s'efforça de sourire. La Terrilvillienne parlait peu et se montrait grave et distante depuis quelque temps ; on eût dit qu'elle était redevenue l'étrangère du groupe, la dame distinguée de Terrilville qui avait sidéré les gardiens du désert des Pluies quand ils avaient découvert qu'elle participait à leur expédition. À l'origine, elle avait disputé à Thymara l'attention de Sintara, mais les compétences de chasseuse de la jeune fille avaient vite conquis le ventre de la dragonne, sinon son cœur. Néanmoins, Alise avait fini par trouver sa place dans le groupe ; elle ne chassait pas, mais participait du mieux qu'elle pouvait au pansage et au traitement des dragons blessés ;

et puis elle avait des connaissances, des informations sur les dragons et les Anciens qui avaient aidé l'expédition à progresser. Pendant quelque temps, on avait eu l'impression qu'elle faisait partie du groupe.

Mais aucun dragon n'avait choisi Alise comme gardienne, et la déclaration de Kanaï selon laquelle la cité appartenait aux gardiens l'avait rejetée de côté. Tatou frémissait encore en se remémorant leur altercation. À leur arrivée à Kelsingra, Alise avait pris le commandement et décrété qu'il ne fallait toucher à rien, qu'il ne fallait rien modifier tant qu'elle n'avait pas eu le temps d'examiner à fond la cité morte ; Tatou avait accepté ses exigences, comme les autres gardiens. Il s'étonnait aujourd'hui de lui avoir concédé tant d'autorité seulement parce que c'était une adulte et une chercheuse.

Mais la confrontation entre elle et Kanaï avait alors eu lieu. Kanaï était le seul des gardiens à pouvoir accéder à sa guise à la cité, car sa dragonne Gringalette avait été la première à savoir voler, et, à la différence de ses congénères, elle ne s'offusquait pas d'avoir à prendre un passager sur son dos. Gringalette avait transporté Alise à Kelsingra à plusieurs reprises, mais, quand Kanaï et Thymara avaient exploré la cité et en étaient revenus le lendemain avec toutes sortes de vêtements chauds fabriqués par les Anciens à partager avec les autres gardiens, Alise était montée sur ses grands chevaux. Jamais Tatou n'avait vu la distinguée Terrilvillienne aussi furieuse ; elle leur avait crié de lâcher les vêtements « tout de suite et de cesser de tirer dessus ».

C'est alors que Kanaï l'avait défiée. Il lui avait dit, à sa façon sans détour, que la cité était vivante et qu'elle appartenait aux Anciens, non à elle, et il avait souligné que lui et les autres gardiens étaient des Anciens tandis qu'elle était humaine et le resterait. Malgré le dépit qui le taraudait alors parce que Thymara était partie avec Kanaï, Tatou avait éprouvé une profonde pitié pour Alise, à quoi avaient succédé de la honte et du regret de la voir si vite battre en retraite et se couper de leur compagnie. Maintenant qu'il y songeait, il se sentait un peu coupable de n'avoir pas au moins frappé à sa porte pour lui demander si elle allait bien. Certes, il était plongé à l'époque dans son chagrin d'amour, cependant il eût quand même dû prendre de ses nouvelles ; mais, la vérité, c'est qu'il n'avait remarqué son absence qu'au moment où elle était réapparue.

Le fait qu'elle cherchât à nouer de nouveau la conversation indiquait-il qu'elle s'était remise de la sortie de Kanaï ? Il l'espérait.

Il répondit en souriant : « Dente a changé ; elle n'a plus autant besoin de moi.

— Comme tous les autres d'ici peu. » Alise était occupée à suivre des yeux la dragonne dans le ciel. « Vous devrez commencer à vous voir autrement ; votre existence va prendre de l'importance pour vous, tandis que les dragons vont acquérir la maîtrise de leur destin. Et sans doute aussi du nôtre.

— Comment ça ? »

Elle se tourna vers lui et le regarda en haussant les sourcils, comme étonnée qu'il ne comprît pas tout de suite. « Eh bien, mais les dragons domineront le monde à nouveau, comme autrefois.

— Comme autrefois ? » Tatou suivait la jeune femme en direction de la berge du fleuve. C'était une nouvelle habitude : gardiens et dragons incapables de voler se réunissaient là le matin pour parler des tâches de la journée. Tatou parcourut les alentours du regard et resta un instant saisi par la beauté de la scène. Les gardiens se découpaient, scintillants dans la brume matinale, car tous portaient désormais des vêtements Anciens, tandis que leurs dragons constellaient le versant de la colline et la rive du fleuve ; les grandes créatures déployaient leurs ailes, les agitaient vigoureusement, ou s'étiraient le cou ou les pattes. Elles aussi brillaient sur l'herbe humide de rosée de la prairie. Au bas de la pente, Carson avait renoncé à inciter Crache à s'exercer et les attendait en compagnie de Sédric.

Tatou se rendit compte que l'autorité s'était déplacée dans le groupe. Malgré le discours charismatique de Kanaï à son retour de Kelsingra, il n'avait pas pris le commandement comme Tatou l'imaginait, sans doute parce que le rôle de chef ne l'intéressait pas ; il était beau et joyeux, ses camarades l'aimaient, mais la plupart d'entre eux parlaient de lui avec un sourire affectueux plutôt qu'avec respect. Il demeurait aussi étrange qu'auparavant, réservé un moment puis bizarrement extraverti le suivant. Et content de ce qu'il était ; il n'y avait pas en lui la plus petite étincelle de l'ambition qui eût brûlé en Tatou.

Carson était de loin le plus âgé de ceux qui avaient pris en charge un dragon. Il paraissait naturel de lui céder l'autorité, et il ne cherchait pas à y échapper ; le chasseur assignait principalement les tâches journalières aux gardiens, quelques-uns à s'occuper des dragons restants, et les autres à chasser ou à pêcher. Si l'un d'eux protestait qu'il comptait s'employer à autre chose ce jour-là, Carson n'en faisait pas une affaire ; il reconnaissait leur individualité et ne s'acharnait pas à leur imposer ses ordres. Du coup, tous paraissaient accepter son autorité.

Sans rien dire, Alise, elle, assumait certains des travaux journaliers subalternes mais nécessaires : elle entretenait les fumoirs à poisson et à viande, ramassait des plantes comestibles et participait au pansage des dragons. Sylve, peu douée pour la chasse, appliquait son énergie à la cuisine. Sur la suggestion de Carson, les gardiens avaient repris l'habitude de grands repas en commun. Même s'il en éprouvait une impression curieuse, Tatou appréciait de retrouver ces réunions et ces conversations qu'ils partageaient lorsqu'ils accompagnaient les dragons le long du fleuve.

Il se sentait moins seul.

« Comme autrefois, oui, et comme ils le feront à l'avenir », poursuivit Alise. Elle lui jeta un regard. « Les voir voler, et vous tous changer… cela jette un éclairage nouveau sur ce que j'avais appris au cours de mes études. Les dragons étaient le pivot des civilisations Anciennes, et les humains formaient une population à part qui vivait dans des villages comme ceux que nous avons découverts ; ils cultivaient la terre, élevaient du bétail et échangeaient leurs denrées avec les Anciens contre leurs merveilleux objets. Regarde la cité, de l'autre côté du fleuve, Tatou, et interroge-toi : comment trouvaient-ils à s'alimenter ?

— Ma foi, il y avait des troupeaux à l'extérieur des villes, et probablement des champs.

— Sans doute ; mais c'étaient les humains qui s'en occupaient. Les Anciens se donnaient corps et âme à leur magie et à leurs dragons ; tout ce qu'ils bâtissaient, tout ce qu'ils créaient, c'était non pas pour eux-mêmes mais pour les dragons qui les dominaient.

— Qui les dominaient ? Les dragons les dominaient ? » L'image que la formule faisait naître dans son esprit ne lui souriait pas.

« Ce n'est pas le mot exact. Dente te domine-t-elle ?

— Bien sûr que non !

— Et pourtant tu consacres tes journées à chasser pour elle, à l'étriller et à prendre soin d'elle.

— Parce que j'en ai envie. »

Alise sourit. « C'est pourquoi "dominer" n'est par le bon terme. Charmer ? Ensorceler ? J'ignore comment l'exprimer, mais tu sais de quoi je parle. Si ces dragons se reproduisent et se multiplient, ils gouverneront inévitablement le monde à leur profit.

— Mais ce serait de l'égoïsme !

— Tu trouves ? N'est-ce pas ainsi qu'agissent les humains depuis des générations ? Nous nous approprions la terre et l'utilisons à notre usage ; nous modifions le cours des rivières et la face du monde pour pouvoir nous déplacer en bateau, faire pousser des plantes ou paître du bétail. Et nous jugeons tout naturel de remodeler tout notre environnement pour le rendre confortable aux hommes. Pourquoi les dragons percevraient-ils le monde différemment ? »

Tatou garda le silence.

« Ce n'est peut-être pas une tragédie, poursuivit Alise ; les humains perdront peut-être un peu de leur mesquinerie s'ils doivent rivaliser avec les dragons. Oh, regarde ! C'est Ranculos ? Je ne l'aurais pas cru possible ! »

L'immense dragon rouge volait. Il n'avait rien de gracieux : sa queue était encore trop maigre et son arrière-train trop délicat pour sa taille. Tatou s'apprêtait à faire remarquer à la jeune femme qu'il se laissait planer après un départ en hauteur quand les ailes du grand dragon se mirent à battre lourdement. Et sa glissade se mua en un vol laborieux qui lui fit gagner de l'altitude.

Tatou s'aperçut que Harrikine dévalait la colline quasiment dans l'ombre de son dragon. Comme Ranculos montait de plus en plus, il s'égosilla : « Attention ! Vire, incline les ailes à gauche ! Pas au-dessus du fleuve, Ranculos ! Pas au-dessus du fleuve ! »

À bout de souffle, il avait crié d'une voix qui ne portait guère, et l'énorme dragon n'avait pas dû l'entendre, ou bien il ne prêta pas attention à sa mise en garde ; peut-être l'exaltation l'emportait-elle, ou alors il avait décidé de parvenir à voler, dût-il y laisser la vie.

Le dragon rouge s'élevait lourdement dans le ciel en tâchant de replier ses pattes arrière qui pendaient derrière lui. D'autres gardiens joignaient leur voix à celle de Harrikine : « C'est trop tôt, Ranculos, c'est trop tôt !

— Reviens ! Fais demi-tour ! »

Mais il ne les écoutait pas ; ses laborieux efforts l'emmenaient de plus en plus loin de la rive. D'abord réguliers, ses battements d'ailes perdirent peu à peu leur rythme.

« Qu'est-ce qu'il fait ? Qu'est-ce qui lui arrive ?

— Silence ! » Le coup de trompe mental et physique de Mercor les terrassa tous. « Regardez ! » ordonna-t-il aux humains et aux dragons.

Ranculos planait à présent, les ailes déployées ; son indécision était évidente. Il s'inclina, hésitant, et entama un large cercle qui lui fit perdre de l'altitude. Puis, comme s'il prenait enfin conscience qu'il se trouvait plus près de Kelsingra que du village, il entreprit de revenir ; mais il était manifestement fatigué, et il avait du mal à supporter son propre poids en l'air. Sa trajectoire coupait inévitablement celle du fleuve.

« Nooooon ! » Le cri bas de Harrikine était empreint de souffrance. Raide, il suivait la scène les mains crispées sur le visage, les ongles enfoncés dans les joues. Le vol plané de Ranculos l'emportait de plus en plus loin ; en dessous de lui, le fleuve avide courait, implacable. Sylve lança un regard circonspect à Mercor, puis se précipita aux côtés de Harrikine ; Lecter descendait la colline d'un pas lourd pour rejoindre son frère d'adoption, ses larges épaules voûtées comme s'il partageait la peine de Harrikine et connaissait d'avance l'issue du drame.

Ranculos se remit à battre des ailes, non pas régulièrement mais de façon frénétique, avec l'énergie du désespoir, en s'inclinant de droite et de gauche ; il voletait comme un oisillon tombé trop tôt du nid. Il voulait atteindre la rive opposée, mais, malgré ses efforts, tous savaient qu'il n'y parviendrait pas. Une fois, deux fois, trois fois, l'extrémité de ses ailes effleura la surface de l'eau, puis ses pattes pendantes se prirent dans le courant, qui l'arracha au ciel et l'envoya culbuter dans l'onde grise. Il agita en vain ses ailes dans le courant, puis il coula. Le fleuve lissa ses éclaboussures comme s'il n'avait jamais existé.

« Ranculos. Ranculos ! » La voix de Harrikine devint stridente et empreinte d'une note enfantine, et il tomba lentement à genoux. Tous les regards fouillaient le fleuve en espérant ce qui ne pouvait pas être. Rien ne troublait plus le courant. Harrikine regardait fixement le fleuve ; il serra soudain les poings et cria : « Nage ! Bats-toi, Ranculos ! Ne te laisse pas faire ! Ne renonce pas ! »

Il se releva tant bien que mal et s'avança de quelques pas vers la rive en entraînant Sylve cramponnée à son bras. Il s'arrêta pour lancer des regards éperdus autour de lui, puis, pris d'un frisson, il s'écria : « PAR PITIÉ ! Sâ, par pitié, pas mon dragon ! Pas mon dragon ! » Le vent emporta sa supplique ; il retomba à genoux, courba le cou et resta ainsi.

Un terrible silence s'installa alors que tous regardaient le fleuve désert. Sylve se retourna vers les autres gardiens, une vaine horreur peinte sur son visage. Lecter s'avança, posa une main écailleuse sur l'épaule maigre de Harrikine, et baissa la tête ; un soupir l'agita.

Tatou ne disait rien, plein de compassion. Gêné, il jeta un coup d'œil vers le ciel ; il lui fallut un moment pour repérer Dente, petite émeraude scintillante dans le lointain. Elle se laissa soudain tomber, sans doute sur un daim. *Elle ne s'est rendu compte de rien, ou bien ça lui est égal ?* Il chercha en vain les deux autres dragons ; s'ils avaient conscience que Ranculos était en train de se noyer, ils n'en manifestaient rien. Était-ce parce qu'ils savaient qu'il n'y avait rien à faire ? Tatou ne comprenait pas cette apparente indifférence des dragons les uns envers les autres.

Et parfois envers leurs gardiens, se dit-il en voyant la beauté bleue de Sintara passer soudain dans son champ de vision. Elle aussi chassait au-dessus des lointaines collines de l'autre côté du fleuve, sans se préoccuper ni de Thymara, seule sur la berge, ni de Ranculos qui mourait dans l'étreinte glacée du courant.

« Ranculos ! » rugit Sestican tout à coup.

Tatou vit Lecter relever brusquement la tête. Il se retourna et regarda avec horreur son dragon bleu s'élancer lourdement dans la pente ; Sestican ouvrit les ailes, déployant les entrelacs orange qui se dessinaient sur ses membranes azur. Lecter abandonna son frère effondré et se mit à courir pour intercepter son dragon en le suppliant de s'arrêter. Davvie se lança à son tour à sa poursuite. La grande créature bleue s'était assidûment exercée au vol, mais Tatou n'en resta pas moins abasourdi quand elle bondit soudain en l'air, tendit son corps comme une flèche et commença à gagner de l'altitude à chaque battement d'ailes. Elle passa au-dessus de la tête de son gardien, mais ne surplombait le fleuve que de la hauteur d'une aile quand elle tenta la traversée. Lecter cria d'une voix rauque : « Non ! Non ! Tu n'es pas encore prêt ! Non, pas toi ! »

Davvie s'arrêta près de lui, les mains plaquées sur la bouche, l'air horrifié.

« Laissez-le faire », dit Mercor d'un ton las. Il s'exprimait sans énergie, mais sa voix portait. « Il prend le risque que nous devons tous courir tôt ou tard. Rester ici, c'est périr lentement ; une noyade rapide dans un fleuve glacé vaut peut-être mieux. » Les yeux noirs et tourbillonnants, il suivit du regard le vol lourd de Sestican.

Le vent murmurait sur la prairie en apportant la pluie. Tatou plissa les yeux, soulagé des gouttes d'eau qui tombaient sur ses joues.

« Mais peut-être pas ! » s'exclama soudain Mercor. Il se dressa sur ses pattes arrière pour se tourner vers l'aval du fleuve et observer la rive opposée ; plusieurs de ses congénères l'imitèrent. Harrikine se releva d'un bond alors que Crache s'écriait : « Il est sorti ! Ranculos a traversé ! »

Malgré tous ses efforts, Tatou ne vit rien ; la pluie faisait une brume grise, et la zone que regardaient les dragons était encombrée de bâtiments Anciens dont les ruines descendaient jusque dans l'eau. Mais à cet instant Harrikine cria : « C'est vrai ! Il est sorti du fleuve ! En mauvais état, mais vivant ! Ranculos est arrivé vivant à Kelsingra ! »

Il parut se rendre compte de la présence de Sylve ; il la prit dans ses bras et la fit tournoyer en clamant : « Il va bien ! Il va bien ! Il va bien ! » Sylve joignit son rire à ses exclamations de joie. Puis ils s'immobilisèrent soudain. « Sestican ? s'écria Harrikine. Lecter ! Lecter ! » La jeune fille et lui s'élancèrent vers Lecter.

Le dragon bleu s'approchait de la berge opposée ; il s'arqua, baissa la tête et tendit les pattes avant vers ses pattes postérieures, puis il toucha le sol, les ailes déployées, et, l'espace d'un instant, son atterrissage parut gracieux ; mais sa vitesse le trahit, et il exécuta un saut périlleux, les ailes toujours ouvertes. Cette arrivée maladroite fut saluée par un concert d'acclamations, de huées et de quelques éclats de rire, mais Lecter poussa un grand cri de bonheur et bondit en l'air. Il se tourna, un large sourire sur les lèvres, face aux rieurs pour leur lancer : « Et vos dragons, ils font mieux ? » Il aperçut Davvie et l'étreignit sur son cœur.

Quelques secondes plus tard, son frère adoptif et Sylve les engloutirent dans une folle embrassade. Puis, sous les yeux ébahis de Tatou, Harrikine s'écarta de Sylve, la fit tournoyer autour de lui puis l'embrassa goulûment. Les autres gardiens s'exclamèrent joyeusement en convergeant sur eux.

« Tout est en train de changer », murmura Alise ; elle regarda les jeunes gens s'embrasser, les vit disparaître dans la foule de leurs amis, puis se tourna vers Tatou. « Ça fait cinq, maintenant ; cinq dragons à Kelsingra.

— Presque la moitié : il en reste sept de ce côté-ci du fleuve », répondit Tatou. Puis il ajouta en voyant Harrikine et Sylve qui demeuraient dans les bras l'un de l'autre, sans se soucier de la cohue autour d'eux. « C'est vrai, tout est en train de changer. Qu'en pensez-vous ?

— Tu crois qu'ils s'intéressent à ce que je pense ? » Sa réponse eût pu paraître amère, mais elle était sincère.

Tatou se tut un instant. « Oui, dit-il enfin. Je crois que ça nous préoccupe tous. Vous savez tant de choses sur le passé que j'ai parfois l'impression que vous voyez plus clairement que nous ce qui nous attend… » Il s'interrompit en prenant conscience qu'il pouvait paraître brutal.

Elle termina la phrase à sa place : « Parce que je ne fais pas partie de votre groupe ; parce que je suis seulement une observatrice. » Comme il hochait la tête sans rien dire, gêné, elle éclata de rire. « Ça me donne un recul qui vous manque peut-être. »

D'un geste, elle désigna Sylve et Harrikine, main dans la main, près de Lecter, pendant que les autres gardiens autour d'eux riaient et se réjouissaient. Davvie était avec Lecter, et eux aussi se tenaient par la main. « À Trehaug ou à Terrilville, ce serait un scandale, et on les rejetterait ; mais ici, si on se détourne quand ils s'embrassent, ce n'est pas par dégoût, mais par respect de leur intimité. »

L'attention de Tatou se porta sur Kanaï qui se déplaçait parmi les gardiens assemblés pour se rapprocher de Thymara ; il lui dit quelque chose qui la fit rire, puis posa ses mains sur son dos, les doigts sur les bosses que faisaient ses ailes sous le tissu de son vêtement Ancien. Thymara eut comme un frisson et s'écarta, mais elle n'avait pas l'air offusqué.

Tatou revint à Alise. « Ou alors on se détourne par jalousie, dit-il, surpris de sa propre franchise.

— La solitude a du mal à supporter la vue du bonheur, reconnut-elle, et Tatou se rendit compte qu'elle avait cru que sa remarque lui était adressée.

— Au moins, vous savez que votre solitude cessera bientôt », fit-il.

Elle le remercia d'un sourire. « C'est vrai ; la tienne aussi prendra fin un jour ou l'autre. »

Il ne put lui retourner son sourire. « Comment pouvez-vous en être aussi sûre ? »

Penchant la tête, elle déclara : « Tu viens de le dire : je vois les choses sous un autre angle. Mais, si je te révèle ce que je prévois, ça risque de ne pas te plaire.

— Je suis prêt à l'entendre », répondit-il d'un ton plus assuré que ce qu'il éprouvait vraiment.

Alise regarda les gardiens, et, de l'autre côté du fleuve, les deux dragons à peine visibles dans la pluie et la brume. Ranculos avait émergé très en aval de Sestican, mais il remontait la berge ; Sestican, petite silhouette bleue, se déplaçait lentement le long d'une des avenues de la cité – Tatou supposa qu'il se dirigeait vers les bains réservés à son espèce ; les dragons qui ne savaient pas encore voler ne parlaient plus que de se plonger dans leurs eaux chaudes. Le jeune homme reporta les yeux sur eux. Ils contemplaient Kelsingra avec envie ; Mercor tendait le cou vers la cité comme s'il pouvait s'y transporter par la seule force de sa volonté ; Crache l'argentée et Relpda la courtaude se tenaient à l'écart, la tête penchée comme des enfants intrigués ; les autres dragons se déployaient en éventail derrière Mercor. Kalo, le grand mâle bleu-noir, dominait Veras, la petite reine de Jerd, tandis que Baliper et Arbuc, à distance prudente du dragon noir et de son tempérament vif, regardaient la rive opposée du fleuve avec convoitise. Tinder, l'unique dragonne couleur lavande, et dont les ailes s'ornaient désormais d'entrelacs bleu marine, était flanquée des deux orange, Dortean et Skrim ; ils rappelaient beaucoup à Tatou leurs gardiens, Kase et Boxteur, comme eux toujours à proximité l'un de l'autre. Alise interrompit ses réflexions.

« Tu es jeune, même pour un enfant du désert des Pluies, dit-elle d'un ton mesuré. D'après mes recherches, ton existence commence à peine selon les critères des Anciens ; tu as devant toi, non des décennies, mais plusieurs générations, et, à mon avis, quand Kelsingra reviendra à la vie et que sa population s'accroîtra, les jeunes femmes ne manqueront pas, et tu n'auras que l'embarras du choix. Tu trouveras une compagne, ou peut-être plusieurs, au cours de tes longues années. »

Il la regarda fixement, réduit au silence par cette perspective.

« Les Anciens ne sont pas humains, reprit Alise à mi-voix, et ils n'étaient pas tenus par les conventions des humains autrefois. » Elle se tourna vers Kelsingra, comme si elle pouvait lire l'avenir dans la cité brumeuse. « Et je pense qu'il en ira ainsi de nouveau ; vous vivrez à part des hommes, selon vos propres règles. » De la tête, elle indiqua les gardiens ivres de joie. « Mais ce n'est pas le moment de rester à bavarder avec moi ; tu devrais les rejoindre. »

Tatou hésita, et Alise loua son courage quand, après un hochement de tête raide, il descendit la pente pour aller se mêler aux siens. Il était le fils tatoué d'une esclave, non un véritable enfant du désert des Pluies, et il se voyait encore parfois comme un étranger, mais Alise savait la vérité : il était un Ancien au même titre que les autres, et il le demeurerait jusqu'à la fin de ses jours. Réfléchissant ainsi, elle revint à sa masure, et, avec un soupir, elle ouvrit la porte et pénétra dans son domaine ordonné. Ils étaient des Anciens, liés aux dragons, et pas elle ; elle était la seule humaine de la région à plusieurs journées de voyage, la seule à ne pas avoir de lien avec un dragon. Sa solitude lui sauta de nouveau à la gorge ; elle s'en débarrassa en détournant ses pensées des gardiens en liesse, des dragons qui rêvaient d'atteindre Kelsingra, et elle choisit ses tâches de la journée. Il fallait des branches vertes d'aulne pour les fumoirs à poisson, et, comme toujours, du bois sec pour la cuisine, de plus en plus difficile à trouver, car le village épuisait les ressources à une heure de marche de rayon autour de lui. Il était important d'en ramasser, et cette corvée restait dans ses compétences ; elle n'avait rien de glorieux ni de compliqué, mais elle lui revenait. Les sarments de plante grimpante qu'elle avait découverts s'étaient révélés parfaits pour tresser des paniers légers afin de transporter du bois ; elle en prit un et passa l'anse sur son épaule. Elle avait sa vie à elle, son objectif à elle. Elle s'empara aussi du solide bâton que Carson lui avait donné pour se défendre, et qui lui servait également de bâton de marche. Si elle voulait s'établir à Kelsingra et vivre aux côtés des dragons et de leurs gardiens, elle devait s'adapter à sa nouvelle position.

L'autre possibilité était insoutenable. Retourner à Terrilville et retomber dans les fers d'un mariage sans amour ? Retrouver l'ironie mordante de Hest, reprendre son existence fantôme d'épouse ? Non, mieux valait une cahute au bord d'un fleuve, avec ou sans Leftrin, qu'une vie pareille. Elle redressa les épaules et banda sa volonté ; elle avait du mal à renoncer à son rôle de spécialiste des dragons et des Anciens, mais elle apprenait. Le travail qu'elle effectuait à présent était humble, mais essentiel et satisfaisant d'une façon très différente de ce dont elle avait l'habitude.

Sylve lui avait demandé de lui montrer où se trouvaient les baies de piroles ; elles iraient ensemble dans l'après-midi récolter des baies, des feuilles, et chercher d'autres buissons ; et elles partiraient armées de bâtons, au cas où le pard reviendrait. Elle sourit en se remémorant l'air ahuri de Carson quand elle lui avait raconté comment elle avait effrayé le fauve ; il lui avait fait promettre de participer au repas commun du soir pour dire à tout le monde ce qu'elle avait vu, où, et comment elle avait échappé à la mort ; il lui avait aussi fait promettre de ne pas se lancer dans ce genre d'exploration toute seule et sans en informer personne.

Ce soir-là, devant les gardiens, elle leur avait exposé tout ce qu'elle avait appris des pards légendaires dans d'antiques manuscrits Anciens, puis elle leur avait expliqué comment elle s'était débrouillée pour paraître beaucoup plus grande et terroriser l'animal, et leurs rires lui avaient réchauffé le cœur, car c'étaient des rires, non pas moqueurs, mais d'admiration.

Elle avait une place désormais, qu'elle avait ménagée seule.

VINGT-DEUXIÈME JOUR DE LA LUNE DU POISSON

Septième année de l'Alliance Indépendante des Marchands

De Kim, Gardien des Oiseaux, Cassaric, à Winchor, Conservateur Général des Oiseaux, Terrilville

Je trouve ridicule de me voir l'objet de soupçons et d'accusations à cause d'une simple erreur de comptabilité. J'ai dit et répété au Conseil que je suis victime d'un préjugé parce que j'occupe ce poste alors que je suis Tatoué et non originaire du désert des Pluies. Les compagnons actuels manifestent une loyauté à leurs semblables qui débouche sur ce genre de racontars ; comme ils n'ont apparemment rien de mieux à faire que de propager de méchantes rumeurs, j'ai doublé leurs heures de travail.

C'est vrai, il existe une différence entre le nombre d'oiseaux présents aujourd'hui dans nos pigeonniers et leur nombre avant la fin de l'épidémie de poux rouges. La raison en est simple : certains sont morts.

Sur le moment, j'ai moins prêté attention à la paperasse qu'à la survie des pigeons, et c'est pourquoi, oui, j'ai brûlé les cadavres de ceux qui avaient péri, avant que d'autres gardiens constatent qu'ils étaient morts. Je cherchais à interrompre la contagion, et rien de plus.

Je ne puis produire de preuve de leur décès, à moins que vous ne me demandiez de vous envoyer un paquet de cendres prélevées sur le site d'incinération ; mais je considère que j'ai mieux à faire de mon temps.

Partagez-vous cet avis ?

Kim, Gardien des Oiseaux, Cassaric

P.S. Si d'autres gardiens ont besoin de compagnons, j'en ai à revendre, et c'est volontiers que j'en libérerai quelques-uns de mon service. Plus vite mes propres apprentis remplaceront ceux qui me sont déloyaux, plus vite le poste de Cassaric deviendra efficace et professionnel.

3

Chasseurs et proies

Sintara sortit du fleuve glacé, ses écailles bleues luisantes d'eau ; sur la berge, elle prit appui sur ses pattes arrière, déploya les ailes et les agita, faisant pleuvoir une averse sur le sable. Puis elle les rabattit proprement sur ses flancs en feignant d'ignorer que tous ses congénères la regardaient ; elle parcourut des yeux les dragons béants et les gardiens pétrifiés.

Ce fut Mercor qui rompit le silence. « Tu as l'air en bonne santé, Sintara. »

Elle le savait. Il n'avait pas fallu longtemps : de bons bains dans de l'eau frémissante, des vols pour se muscler, et de la viande en abondance pour regarnir sa chair. Elle se sentait enfin devenue un vrai dragon. Elle resta encore un moment dressée pour permettre à tous d'admirer sa silhouette avant de se remettre à quatre pattes, puis elle étudia Mercor pendant quelques longs instants avant de répondre : « Mais pas toi. Tu ne voles toujours pas, Mercor ? »

Il affronta le dédain de la reine. « Pas encore ; mais bientôt, j'espère. »

Sintara avait dit vrai : le dragon d'or avait grandi excessivement, comme si sa chair était étirée à l'extrême sur sa charpente. Il était propre, méticuleusement soigné, comme toujours, mais il ne luisait pas comme naguère.

« Il volera. »

La voix était assurée. Sintara tourna la tête ; absorbée par Mercor, elle avait oublié la présence des autres dragons, et plus encore celle des humains. Plusieurs jeunes Anciens avaient interrompu leurs activités pour assister à la conversation, mais pas Alise, qui travaillait sur Baliper et, concentrée sur sa tâche, passait les mains sur une longue entaille qui lui balafrait le mufle. La blessure était récente, et la jeune femme la débarrassait du sang et de la terre qui la maculaient avec un tissu qu'elle rinçait dans un seau d'eau à ses pieds. Son patient avait les yeux fermés.

Au lieu de répondre à Alise, Sintara dit : « Ainsi, tu fais office de gardienne pour Baliper, à présent ? Tu espères qu'il fera de toi une Ancienne ? Qu'il t'offrira une vie meilleure ? »

Les yeux de la jeune femme se portèrent un instant sur elle puis revinrent à la plaie. « Non, dit-elle.

— Mon gardien est mort. Je n'en veux pas d'autre. » Baliper s'exprimait d'une voix profondément dépourvue d'émotion.

Alise se figea, puis posa une main sur le cou musculeux du dragon rouge ; enfin, elle se baissa, rinça son chiffon et se remit à nettoyer l'entaille.

« Je te comprends », murmura-t-elle. Elle s'adressa ensuite à Sintara, et Mercor posa la même question au même instant : « Que fais-tu ici ? »

La dragonne s'agaça non seulement parce qu'ils avaient l'audace de l'interroger mais parce qu'elle n'était pas certaine de la réponse. Pourquoi était-elle revenue ? Il n'était pas dans les habitudes de son espèce de rechercher la compagnie des autres, fussent-ils dragons ou humains. Elle contempla un instant Kelsingra et se rappela pourquoi les Anciens avaient bâti la cité : pour y attirer ses semblables et leur offrir les plaisirs que seule une ville construite par les humains pouvait leur fournir.

Une réflexion de Mercor lui revint à l'esprit. Un jour, il y avait longtemps, ils parlaient des Anciens et de la façon dont les dragons changeaient les humains ; elle n'avait pas en mémoire la formulation exacte qu'avait employée le dragon d'or, mais il avait prétendu que les humains changeaient les dragons autant que l'inverse.

C'était une idée humiliante, voire ulcérante. Sa longue proximité avec les humains l'avait-elle changée, lui avait-elle donné le besoin de leur compagnie ? Le sang se rua plus violemment dans ses veines et répondit à la question. Non, pas seulement de leur compagnie ; elle sentit la vague de couleur qui parcourut ses écailles et la trahit.

« Sintara, y a-t-il une raison particulière à ta visite ? »

Mercor s'était encore rapproché, et il y avait comme de l'amusement dans sa voix.

« Je vais où il me plaît, rétorqua-t-elle. Aujourd'hui, j'avais envie de venir ici ; aujourd'hui, j'avais envie de voir ceux qui auraient pu devenir des dragons. »

Le dragon d'or ouvrit les ailes et les étira ; elles étaient plus grandes qu'elle ne se le rappelait. Il les agita à titre d'expérience, et leur vent, chargé de son odeur mâle, frappa Sintara. « Moi aussi, je suis content que tu sois là », dit-il.

Elle entendit un bruit – Alise qui pouffait ? Elle tourna brusquement la tête vers la jeune femme, mais celle-ci, penchée sur son seau, essorait son chiffon. La dragonne revint à Mercor, occupé à replier soigneusement ses ailes. Kalo les observait tous les deux avec intérêt, tout comme Crache. Comme Sintara le regardait, le mâle argenté se cabra et déploya ses ailes. Carson se tenait entre eux, l'air inquiet. « Ce n'est pas obligatoirement Mercor ! lança soudain le petit argenté hargneux. Ça pourrait être moi. »

La reine sentit ses sacs à venin enfler dans sa gorge. Crache battit des ailes d'un air provocant, déclenchant un vent fétide chargé de musc. Sintara secoua la tête et courba le cou en soufflant par les naseaux pour en chasser l'odeur. « Ce ne sera jamais toi, répliqua-t-elle avec mépris.

— Et pourquoi pas ? » contra-t-il en s'avançant vers elle d'un pas dansant. La colère fit soudain tourbillonner les yeux de Kalo.

« Crache ! » s'exclama Carson, mais l'argenté fit un nouveau pas chaloupé en avant.

Kalo leva une patte et la posa sur sa queue. Crache poussa un beuglement furieux et se tourna vers le dragon beaucoup plus fort que lui en ouvrant largement la gueule pour montrer ses glandes à venin rouges et distendues. Kalo lança son défi d'un coup de trompe en déployant brusquement les ailes, et il envoya bouler son petit adversaire de côté tandis que Carson, avec un cri d'effroi, se rejetait en arrière d'un bond pour éviter de se faire écraser.

Le grand dragon cobalt ne se souciait pas du tumulte derrière lui. « Je répondrai au défi en vol ! » annonça-t-il, et il leva les yeux vers Sintara. Elle entendit un appel lointain et s'aperçut que, loin dans le ciel, Dente tournoyait ; la petite reine verte observait la scène avec intérêt. La chaleur du regard de Kalo envahit Sintara, et elle n'éprouva tout à coup plus que de la colère, colère contre eux tous, contre tous ces mâles stupides, incapables de voler, insignifiants ! Une onde de couleur passa sur sa peau et teinta ses écailles.

« Répondre au défi en vol ? rugit-elle à l'adresse des dragons. Vous ne faites rien en vol ! Vous ne volez pas ! Je suis venue m'en rendre compte par moi-même : un champ de dragons aussi ancrés au sol que des vaches, aussi inutiles à une reine que les vieux ossements d'une proie.

— Ranculos vole, et Sestican aussi, dit Alise, implacable. Deux dragons mâles au moins savent voler ; si c'étaient ceux que tu désirais… »

L'insulte était insupportable, et, cette fois, Sintara cracha ; le jet de venin, contrôlé, toucha le sol à une longueur d'Alise. Baliper se dressa, les yeux pleins d'éclats furieux ; comme il s'élançait vers la reine, Alise poussa un cri et s'enfuit. Une pique sur une des protubérances de ses ailes déployées la manqua de peu. Sintara se campa sur ses pattes en ouvrant elle-même ses ailes, mais Kalo intercepta Baliper, et les deux mâles s'entremêlèrent, feintant la gueule ouverte et se frappant de leurs ailes griffues, tandis que s'élevaient les cris des Anciens ; certains prirent la fuite, d'autres se précipitèrent vers les combattants.

Sintara ne disposa que d'un instant pour appréhender la scène avant que Mercor ne la jetât à terre. Malgré sa maigreur, il restait plus volumineux qu'elle. Étendue au sol, elle le vit se dresser au-dessus d'elle, et elle s'attendit à recevoir un jet de venin ; mais il retomba presque délicatement, ses lourdes pattes avant immobilisant ses ailes et appuyant douloureusement sur les os flexibles.

Elle ouvrit les mâchoires pour lui cracher de l'acide, mais il baissa la tête, la gueule béante pour lui montrer ses glandes à venin gonflées. « Ne fais pas ça », siffla-t-il, et la brume dorée de l'acide accompagna ses mots ; son baiser piquant enveloppa le mufle de Sintara, et elle se détourna violemment.

Il prononça les mots suivants dans un grondement, si bien que les autres purent l'entendre, mais, en même temps, il les imprima durement dans l'esprit de la dragonne. *« Tu es impatiente, reine, et ça se comprend. Encore un peu de temps, et je volerai ; et je m'accouplerai avec toi. »* Il se cabra de nouveau et libéra Sintara ; elle se redressa maladroitement, crottée, les ailes meurtries, et les rabattit sur ses flancs en s'éloignant, penaude.

La bataille entre Baliper et Kalo n'avait pas duré ; les deux mâles se tenaient à l'écart l'un de l'autre, et soufflaient en prenant des poses agressives. Crache caracolait, narquois, à distance prudente des grands mâles, et projetait de l'acide çà et là tandis que les gardiens poussaient des cris d'avertissement en courant en tous sens. Sintara vit Alise la regarder ; elle avait les yeux agrandis et l'air inquiet. Quand la dragonne lui retourna son regard, elle recula en se protégeant le visage des mains, ce qui réveilla la colère de la reine ; elle la fixa sur Mercor.

« Ne me menace pas, dragon ! »

Il tourna la tête légèrement de côté, les ailes encore ouvertes à demi, prêt à lui décocher un coup si jamais elle se jetait sur lui. Mentalement, il répondit à mi-voix : *Ce n'est pas une menace, Sintara, mais une promesse.*

Il referma ses ailes, et son odeur musquée atteignit de nouveau la dragonne. Elle sentit ses écailles changer de couleur en réaction, réponse biologique d'une reine en chaleur ; les yeux noirs de Mercor tournoyèrent d'un air intéressé.

Elle se dressa sur ses pattes arrière, tourna le dos au grand mâle et, en bondissant en l'air, lança : « Je chasse où je veux, dragon ! Je ne te dois rien. » Elle battit des ailes à coups vigoureux et mesurés, et s'éleva au-dessus de ses congénères.

Au loin, Dente poussa un coup de trompe strident et moqueur.

« Thymara ! »

La jeune fille se retourna lentement vers Tatou ; elle avait l'estomac noué. Elle aurait voulu éviter cette conversation ; elle avait vu dans le regard de Tatou, lorsqu'elle était revenue de Kelsingra, qu'il savait ce qui s'était passé entre elle et Kanaï, et elle n'éprouvait ni le besoin ni l'envie d'en parler avec lui. Depuis, elle ne se dérobait pas vraiment, mais elle se débrouillait pour ne pas se retrouver seule avec lui, ce qui se révélait presque aussi difficile qu'éviter d'affronter seule Kanaï. Tatou avait usé de subtilité dans ses efforts pour l'acculer, tandis que Kanaï s'était présenté sur le pas de sa porte le soir même de leur retour de Kelsingra et lui avait proposé une promenade avec un sourire beaucoup trop entendu.

Il était venu à la porte de la chaumine qu'elle partageait avec Sylve et Jerd ; toutes trois s'étaient installées ensemble dès que les gardiens avaient investi le village. Autant que Thymara s'en souvînt, la décision n'avait guère été discutée : il paraissait logique que les trois gardiennes habitassent un même logement.

Harrikine les avait aidées à choisir leur future habitation parmi les masures en ruine, et il avait passé de nombreux après-midi à la remettre en état. Grâce à lui, la cheminée conduisait la fumée à l'extérieur, le toit ne fuyait qu'en cas de vent violent, et il y avait des volets aux ouvertures. Les meubles étaient peu nombreux et rustiques, mais c'était le cas chez tous les gardiens. Carson leur avait fourni des peaux de daim grossièrement tannées qui, tendues sur un châssis en bois, formaient des lits, et des couverts en bois.

Thymara faisait partie des meilleurs chasseurs, si bien que les trois jeunes filles avaient toujours de la viande à manger et à échanger avec les autres gardiens. Thymara appréciait les soirées en compagnie de Sylve, et encore plus quand certains des garçons se joignaient à elles autour du feu pour bavarder. Au début, Tatou venait fréquemment, tout comme Kanaï.

Jerd y passait quelques soirées, revenant sporadiquement pour chercher quelque chose parmi ses affaires ou pour partager un repas avec les deux autres filles et se plaindre du garçon avec qui elle vivait à ce moment-là. Malgré son antipathie, Thymara ne pouvait se défendre d'un intérêt pervers pour ses diatribes contre ses amants ; elle était écœurée par sa sexualité insouciante, par ses colères, sa façon d'exposer les détails de sa vie intime et de papillonner d'un gardien à l'autre : Jerd avait déjà couché plus d'une fois avec plusieurs d'entre eux. Il était de notoriété publique que Boxteur était amoureux d'elle, mais c'était le seul auquel elle n'accordait apparemment aucun intérêt ; Nortel avait été son amant au moins à trois reprises, et Kase, le garçon aux yeux cuivrés, avait eu la distinction de la jeter littéralement à la porte de chez lui après l'avoir jetée hors de son lit. Elle avait eu l'air abasourdi autant que furieux qu'il eût pris l'initiative de mettre fin à leur liaison ; Thymara pensait que Kase, fidèle à son cousin Boxteur, n'avait pas voulu participer à son chagrin.

Mais le premier soir après l'aventure avec Kanaï à Kelsingra, Jerd était naturellement revenue et avait abreuvé Thymara de petites piques méchantes ; elle avait pris soin de lui rappeler que Kanaï avait fait partie de ses amants, bien que brièvement, et que Tatou aussi avait partagé sa couche. Sa présence n'avait pas facilité à Thymara la tâche de répondre à Kanaï qu'elle n'avait pas envie de se promener avec lui ce soir-là ; elle avait eu tout autant de mal à refuser le lendemain, et le surlendemain. Quand elle lui avait enfin avoué qu'elle pensait avoir commis une erreur et que sa peur de concevoir un enfant dépassait son envie de lui, Kanaï l'avait surprise en hochant la tête d'un air grave.

« C'est un problème ; je vais chercher à découvrir comment les Anciens s'en prémunissaient, et, quand j'aurai trouvé, je te le dirai. Après ça, on pourra se faire plaisir sans crainte. » Il avait parlé ainsi alors qu'ils marchaient main dans la main le long du fleuve quelques jours plus tôt. Elle avait éclaté de rire, à la fois charmée et inquiète comme toujours de sa façon directe et enfantine de traiter des questions qui n'avaient rien d'enfantin.

« Tu te débarrasses donc si facilement des règles qui nous ont formés ? lui avait-elle demandé.

— Elles ne s'appliquent plus à nous ; si tu revenais avec moi à Kelsingra pour y passer un peu plus de temps avec les pierres, tu le saurais.

— Méfie-toi de la pierre de mémoire », avait-elle répondu.

C'était une autre règle de leur enfance : tous les habitants du désert des Pluies connaissaient le danger qu'il y avait à s'amuser avec les souvenirs engrangés dans les pierres. Plus d'un gamin s'y était perdu, noyé dans la mémoire de temps passés. Mais Kanaï avait haussé les épaules.

« Je te l'ai déjà dit : j'utilise les pierres et les souvenirs qu'elles contiennent comme leurs créateurs le voulaient. Je le comprends maintenant, c'est en partie de l'art des rues, et en partie, surtout dans les murs des maisons, des souvenirs personnels, comme des journaux intimes. Il y a aussi de la poésie, en particulier dans les statues, ou de l'histoire. Mais il doit exister un lieu où les Anciens rangeaient leur magie et leur médecine, et, quand je l'aurai découvert, je pense que je trouverai ce qu'il nous faut. Ça te rassure ?

— Un peu. » Elle avait jugé inutile de lui révéler qu'elle n'était pas sûre de lui ouvrir son lit même si elle savait qu'elle n'avait rien à redouter. Comment lui expliquer ses réticences ? Comme lui expliquer ce qu'elle ne comprenait pas elle-même ? Mieux valait se taire.

Il était aussi plus facile de ne pas parler de Kanaï avec Tatou. Elle se tourna vers lui avec un demi-sourire et dit d'un ton d'excuse : « J'allais partir à la chasse ; Carson m'a alloué la colline aux saules, aujourd'hui.

— À moi aussi, répondit Tatou, nonchalant. Carson veut qu'on chasse à deux par mesure de sécurité, et pas seulement à cause du pard d'Alise : on aura aussi moins de chance d'effrayer le gibier l'un de l'autre. »

Elle acquiesça de la tête sans savoir quoi dire. Il fallait que cela arrive un jour ou l'autre. Depuis la réunion où les gardiens avaient discuté de la meilleure façon d'encourager les dragons à voler, Carson avait présenté toutes sortes de nouvelles idées : diviser le territoire de chasse pour éviter les conflits, et chasser par équipes de deux pour améliorer la sécurité en faisaient partie. Aujourd'hui, certains chasseraient dans la longue vallée, d'autres sur la haute rive, et d'autres encore iraient pêcher. La colline aux saules était parallèle au fleuve, et, comme son nom l'indiquait, couverte de saules, ce qui en faisait le terrain de pâture idéal pour les cerfs, et Carson le réservait à ses meilleurs tireurs à l'arc.

Thymara et Tatou avaient leur matériel ; rien ne s'opposait donc à leur départ. Après la confrontation du matin entre les dragons, la jeune fille avait eu envie de s'enfuir ; même si Sintara n'avait pas fait attention à elle, et n'avait peut-être pas remarqué qu'elle observait la scène de l'autre rive, Thymara avait honte de sa dragonne. Elle avait évité les autres gardiens pour ne pas avoir à entendre ce qu'ils disaient de sa reine gâtée ; le pire, c'était qu'elle cherchait sans cesse à justifier l'attitude supérieure et méprisante de Sintara ; elle voulait pouvoir défendre sa dragonne. Sintara ne lui accordait guère d'intérêt, elle le savait, mais chaque fois qu'elle croyait s'être détachée de la reine bleue, celle-ci trouvait un nouveau moyen de ressusciter ses émotions ; aujourd'hui, c'était par la honte.

Elle tâcha de s'en libérer tandis que Tatou lui emboîtait le pas. Ce n'était pas sa faute ; elle n'avait rien fait. Mais rien n'y faisait. Comme ils traversaient la prairie et laissaient derrière eux gardiens et dragons, elle s'efforça de se convaincre qu'elle imaginait seulement leurs regards tournés vers elle.

Kase, Boxteur, Nortel et Jerd avaient été tirés au sort pour la corvée d'étrillage ; ils examinaient les dragons incapables de voler et vérifiaient qu'ils n'avaient pas de parasites au coin des yeux ni dans les oreilles, tout en les encourageant à s'exercer à étirer leurs ailes. Arbuc s'y prêtait à sa manière douce et un peu simplette alors que Tinder marchait de long en large, attendant impatiemment qu'on s'occupât de lui ; depuis qu'il avait acquis sa teinte lavande, il laissait paraître un côté gandin qui suscitait l'hilarité de certains gardiens. Alise appliquait du suif de cerf dans les nouvelles entailles dont Kalo avait gratifié Baliper.

Une fois les dragons pansés, les gardiens les engageraient à s'entraîner à voler, et c'était seulement après qu'ils s'y seraient pliés, au moins symboliquement, qu'ils auraient à manger ; Carson y tenait.

Thymara ne les enviait pas ; de tous ses semblables, Mercor était le seul qui se montrât patient quand il avait faim. Crache avait une personnalité parmi les plus ombrageuses, exécrables et grossières qu'elle connût, et même Carson avait du mal à le tenir. Dente, petite et hargneuse, avait réussi à apprendre à voler, Sâ merci, mais Veras, la magnifique reine vert et or, ne décollait toujours pas, et elle était aussi vindicative que sa gardienne, Jerd. Kalo, le plus grand de tous, était décidé à voler, quitte à y laisser la vie ; il avait Davvie pour gardien, mais ce jour-là c'était Boxteur qui nettoyait les nombreuses coupures et égratignures qu'il devait à sa dispute avec Baliper – dispute que Sintara avait déclenchée. Thymara accéléra le pas ; mieux valait passer la journée à chasser le cerf puis à rapporter la carcasse au camp qu'affronter les gardiens et leurs dragons.

Au moins, elle n'avait plus à faire face à sa propre dragonne. Elle jeta un regard vers le ciel en songeant à Sintara, en s'efforçant de réprimer le sentiment d'abandon qu'elle éprouvait.

« Elle te manque ? » murmura Tatou.

Elle lui en voulut presque de pouvoir lire en elle si aisément. « Oui. Et elle ne me facilite pas la vie ; elle me contacte mentalement parfois, sans raison logique ; elle est tout à coup dans ma tête, à se vanter de la taille de l'ours qu'elle vient de tuer, qui a eu beau se débattre mais n'a pas réussi à la toucher. Ça, c'était il y a deux jours. Ou alors elle me montre brusquement ce qu'elle voit, une montagne enneigée ou le reflet de la cité dans un affluent du fleuve, un spectacle si magnifique que j'en ai le souffle coupé, et puis elle disparaît tout aussi vite, et je ne sens plus du tout sa présence. »

Elle n'avait pas voulu en révéler autant à Tatou. Il hocha la tête, compréhensif, puis avoua : « Je sens la présence de Dente tout le temps, comme un fil accroché à mon esprit. Je sais quand elle chasse, quand elle mange… c'est d'ailleurs ce qu'elle fait en ce moment. Elle dévore une espèce de chèvre des montagnes ; elle n'aime pas le goût de son pelage. » Il eut un sourire affectueux devant l'excentricité de sa dragonne, puis, comme il regardait Thymara, son sourire s'évanouit. « Pardon, je ne voulais pas retourner le couteau dans la plaie. J'ignore pourquoi Sintara te traite aussi mal. Elle est prétentieuse et cruelle ! Tu es une bonne gardienne, Thymara ; tu t'es toujours bien occupée d'elle, tu la pansais et tu lui apportais à manger, et tu t'en tirais mieux que la plupart. Je ne sais pas pourquoi elle ne t'aime pas. »

Les émotions de Thymara durent transparaître sur son visage, car Tatou s'interrompit brusquement puis reprit : « Pardon ; je dis toujours ce qu'il ne faut pas, même quand je ne fais que souligner l'évidence. J'aurais mieux fait de me taire. Excuse-moi.

— Je pense qu'elle m'aime, en réalité, répondit Thymara avec raideur, du moins autant qu'un dragon peut aimer son gardien. Il vaudrait peut-être mieux dire qu'ils tiennent à nous ; par exemple, ça ne plaît pas à Sintara quand je m'occupe d'un de ses congénères.

— Ça, c'est de la jalousie, pas de l'amour. »

Thymara garda le silence. La conversation s'approchait dangereusement d'un sujet épineux. Elle accéléra encore le pas et choisit le chemin le plus raide pour accéder au sommet de la colline. « C'est le trajet le plus rapide, dit-elle, bien que Tatou n'eût formulé aucune objection. J'aime me placer le plus haut possible pour repérer mes proies d'au-dessus ; j'ai l'impression qu'elles me remarquent moins facilement.

— D'accord », fit Tatou, et ils économisèrent leur souffle pour effectuer la montée.

Thymara était soulagée de ne plus pouvoir parler. L'air du matin était frais, et elle aurait eu froid si l'ascension n'avait pas exigé tant d'efforts ; la pluie tombait légèrement, et les branches bourgeonnantes des saules en retenaient une partie avant qu'elle n'atteignît les chasseurs. Ils parvinrent au sommet, et la jeune fille se mit à marcher vers l'amont du fleuve. Quand elle découvrit une sente qu'elle n'avait encore jamais suivie, elle l'emprunta. Sans consulter son compagnon, elle avait décidé d'aller plus loin que d'habitude pour trouver du gibier de bonne taille ; elle avait l'intention de longer la crête et d'explorer un nouveau territoire afin de rapporter, avec un peu de chance, une belle pièce.

Le silence les enveloppait depuis le début de la montée, d'une part, parce qu'ils observaient la discrétion nécessaire aux chasseurs, d'autre part parce que Thymara tenait à éviter d'aborder des sujets délicats. Elle se rappelait que naguère les silences qui s'installaient entre elle et Tatou n'avaient rien de contraint ; c'était le silence qui existe entre des amis qui n'ont pas toujours besoin de paroles pour communiquer, et cela lui manquait. Sans réfléchir, elle dit : « Parfois, j'aimerais que tout redevienne comme avant entre nous.

— Avant quoi ? » demanda-t-il à mi-voix.

Elle haussa les épaules et lui jeta un regard pardessus son épaule tandis qu'ils suivaient la piste du gibier. « Avant qu'on quitte Trehaug ; avant qu'on devienne des gardiens de dragons. » Avant que Tatou ne couche avec Jerd ; à l'époque où tomber amoureuse et faire l'amour lui étaient interdits par les coutumes du désert des Pluies ; avant que Tatou ne lui eût fait clairement comprendre qu'il la désirait et n'eût éveillé en elle les mêmes émotions pour lui ; avant que la vie ne fût devenue bêtement compliquée.

Son compagnon ne répondit rien, et elle se perdit un instant dans la beauté du paysage. Des rayons de soleil tombaient par des trouées dans les nuages, et les branches noires et humides des saules dessinaient une trame sur le fond du ciel gris ; çà et là, des feuilles jaunes pendaient aux rameaux. Au sol, les feuilles mortes formaient un épais tapis humide qui étouffait le bruit de leurs pas. Le vent s'était calmé et ne porterait pas leur odeur ; c'était un jour parfait pour chasser.

« Je te désirais déjà à Trehaug ; mais j'avais peur de ton père et encore plus de ta mère ; et puis je ne savais pas comment aborder le sujet avec toi. C'était interdit, à l'époque. »

Thymara s'éclaircit la gorge. « Tu vois la bifurcation et le grand arbre au-dessus ? Si on grimpe dedans, on aura une vue dégagée dans toutes les directions, et de la place pour tirer si du gibier passe par là.

— Je vois ; bon plan », répondit-il, laconique.

Grâce à ses griffes, elle put monter facilement à l'arbre ; ceux de cette région étaient si petits, comparés à ceux de sa jeunesse, qu'elle avait dû mettre au point de nouvelles techniques d'ascension. Un genou replié sur une branche, elle se penchait, la main tendue vers Tatou, quand il demanda : « Tu comptes m'en parler un jour ? »

Il tenait la main de Thymara, et leurs visages étaient tout proches. Pratiquement la tête en bas, elle ne pouvait éviter son regard. « Il faut vraiment ? » fit-elle d'un ton plaintif.

Il la laissa supporter une partie de son poids, puis escalada l'arbre si aisément qu'elle le soupçonna d'avoir pu y parvenir sans son aide. Il s'installa sur une branche un peu au-dessus de la sienne, adossé au tronc, du côté opposé à Thymara de façon à couvrir une autre partie de la piste. Pendant quelques instants, ils se turent, occupés à placer leurs flèches à portée de main et à retendre leurs arcs, puis ils attendirent. On n'entendait que le lointain murmure du fleuve et des gazouillis d'oiseaux. « J'y tiens, dit Tatou comme si la conversation n'avait pas cessé. J'en ai besoin, ajouta-t-il après une pause.

— Pourquoi ? » Mais elle connaissait la réponse.

« Parce que ça me rend dingue de ne pas savoir. Alors je veux que tu me répondes, même si tu penses que ça va me faire mal. Je ne me mettrai pas en colère – enfin, j'essaierai, et, si je n'y arrive pas, je tâcherai de ne pas le montrer. Mais il faut que je sache, Thymara : pourquoi avoir choisi Kanaï et pas moi ?

— Je n'ai pas choisi, dit-elle, puis elle continua vivement sans laisser à Tatou le temps d'intervenir : Ça n'aura sans doute aucun sens pour toi ; déjà, pour moi, c'est incompréhensible, et c'est pourquoi je ne peux pas l'expliquer. J'apprécie Kanaï – enfin, j'aime Kanaï, tout comme je t'aime. Comment aurions-nous pu vivre tout ce que nous avons vécu ensemble sans finir par nous aimer ? Mais ce n'est pas ce que j'éprouvais pour Kanaï cette fameuse nuit ; je ne me suis pas arrêtée pour me demander : “Est-ce que je préférerais faire ça avec Tatou ?" L'important, c'était ce que je ressentais, moi ; ce qui comptait, c'était d'être moi, et ça, c'était quelque chose que je pouvais faire si j'en avais envie. Or, j'en avais envie. »

Le jeune homme se tut un moment puis déclara d'un ton bourru : « Tu as raison : je n'y comprends rien. » Thymara nourrit un instant l'espoir qu'il s'en tiendrait là, mais il insista : « Alors, ça veut dire que, quand tu étais avec moi, tu n'avais pas envie de le faire ?

— Tu sais bien que si, répondit-elle, la voix basse. Tu dois savoir à quel point c'était dur de te dire non, et de me dire non à moi.

— Mais tu as décidé de dire oui à Kanaï. » Il ne lâchait pas prise.

Elle chercha une réponse qui permît à Tatou de comprendre, mais elle n'en trouva pas.

« Je crois que c'est à moi que j'ai dit oui, et Kanaï était là par hasard. Expliqué ainsi, ça ne fait pas très élégant, hein ? Mais c'est comme ça, et c'est la vérité.

— J'aurais aimé... » La voix de Tatou mourut ; puis il s'éclaircit la gorge et fit un effort pour reprendre : « J'aurais aimé que ce soit moi ; que tu m'attendes, que je sois le premier. »

Elle n'avait pas envie d'en connaître la raison, mais ne put s'empêcher de demander : « Pourquoi ?

— Parce que ç'aurait été un lien particulier entre nous, qu'on aurait pu se rappeler ensemble jusqu'à la fin de nos jours. »

Sa voix s'était voilée, empreinte d'émotion, mais, au lieu d'ébranler Thymara, sa déclaration la mit en colère, et c'est d'un ton acide comme du venin qu'elle répliqua : « Parce que tu m'as attendue, pour ta première fois ? »

Il se décolla du tronc et tourna la tête vers elle ; elle sentit son mouvement, mais refusa de croiser son regard. « Quoi, ça te tracasse toujours ? Écoute, Thymara, depuis le temps qu'on se connaît, tu devrais savoir que tu as toujours beaucoup plus compté pour moi que Jerd. Oui, c'est arrivé, et je n'en suis pas fier ; c'était une erreur, voilà, je l'avoue, une énorme erreur ; mais j'étais bête, et elle était là, elle s'offrait à moi, et, tu sais, je pense que les hommes voient les choses différemment. C'est pour ça que tu as couché avec Kanaï ? Par jalousie ? Parce que ça ne tient pas debout : il a couché avec Jerd, lui aussi.

— Je ne suis pas jalouse. » Et c'était la vérité : la jalousie avait disparu, mais elle devait reconnaître que la douleur demeurait. « J'admets que ça me gênait beaucoup, à une époque, parce que je croyais que nous avions une relation particulière – et aussi, en toute franchise, parce que Jerd n'arrêtait pas de me mettre le nez dedans ; à l'écouter, j'avais l'impression que, si je couchais avec toi, je me contenterais des restes.

— Des restes… » Tatou s'exprimait d'une voix sans inflexion. « C'est comme ça que tu me vois ? Comme un rebut de Jerd, si bien que je ne te suffis pas ? »

La colère montait dans chacun de ses mots, et Thymara sentait la colère l'envahir elle aussi. Il avait voulu la vérité en promettant de ne pas s'emballer, mais, manifestement, il cherchait désormais un prétexte pour laisser exploser sa rancœur ; du coup, elle ne pouvait plus lui avouer qu'en effet elle avait regretté depuis d'avoir choisi Kanaï plutôt que lui. Tatou représentait un point solide et réel dans son existence, quelqu'un sur qui elle pouvait compter pour l'épauler, tandis que Kanaï était volage et bizarre, exotique, attirant, et parfois dangereusement étrange. « Comme la différence entre du pain et des champignons, dit-elle.

— Pardon ? » L'arbre grinça quand Tatou changea de position, et on entendit un cri lointain.

« Chut ! Écoute ! »

Le son retentit à nouveau. Ce n'était pas un cri, du moins pas un cri humain, et il n'exprimait nulle détresse, mais plutôt de l'excitation, comme un appel. Thymara sentit ses poils se dresser sur sa nuque et sur ses bras. Le cri revint, montant et descendant cette fois à la façon d'une plainte ; alors qu'il s'éteignait, une voix le reprit, puis une autre. Thymara assura sa prise sur son arc et s'adossa fermement contre le tronc. Les bruits s'approchaient, accompagnés à présent du choc sourd de sabots sur le sol.

Tatou se déplaça pour se retrouver au-dessus de la jeune fille, face à la même direction qu'elle. Elle sentait les vibrations que provoquaient les sabots ; un grand animal accourait vers eux. Non, deux – trois ? Elle se courba, accrochée à l'arbre, pour scruter la piste.

Ce n'étaient pas des élans, mais peut-être leur étaient-ils apparentés : dépourvus de bois, ils avaient de grosses bosses de chair sur les épaules, et ils étaient plus hauts que Carson au garrot. Ils galopaient droit devant eux en arrachant des pans de végétation sur leur passage ; ils étaient trop corpulents pour la sente, et ils ne la dévalaient que parce qu'ils y avaient été chassés. Les basses branches qui les frappaient cassaient dans leur fuite ; les naseaux de la bête de tête étaient dilatés et rouge sang, et l'écume volait de sa bouche. Les animaux qui le suivaient étaient semblablement éperdus ; une terreur stridente imprégnait leur respiration courte, et l'odeur de leur peur flottait dans la forêt derrière eux. Thymara se rendit compte avec consternation que ni elle ni Tatou n'avaient encoché une flèche.

« Qu'est-ce qu'ils... », fit Tatou, et un long cri plaintif s'éleva de nouveau ; un autre lui répondit, moins loin.

Thymara savait ce qu'étaient des loups ; il n'y en avait pas dans le désert des Pluies, mais, dans les contes d'autrefois qu'on narrait encore, c'étaient des prédateurs voraces qui faisaient trembler les gens la nuit. Mais elle s'apercevait que son imagination ne rendait pas justice à la réalité : c'étaient d'énormes créatures à la langue rouge et aux crocs blancs, hirsutes et pétries d'une soif de sang joyeuse, qui s'élançaient sur la piste à cinq, six, huit, courant à toute allure et donnant pourtant voix à leur chasse. Ce n'étaient pas des hurlements, mais des appels jappants, plaintifs qui disaient que la viande serait bientôt à elles.

Les arbres et les branches les cachèrent à la vue des deux gardiens, et leurs cris commencèrent à s'affaiblir. Tatou descendit derrière Thymara, puis sauta au sol sans discrétion ; la jeune fille soupira en secouant la tête. Il avait raison : après une telle cacophonie, il ne devait rester nul gibier dans les environs. Elle l'imita, puis lui lança, agacée : « Tu pars dans la mauvaise direction !

— Non ; je veux voir comment ça se termine. » Il s'élança au trot sur la piste des animaux.

« C'est idiot ! Les loups te mettront en pièces aussi facilement que les élans ! »

Il ne l'entendit pas ou ne voulut pas tenir compte de sa mise en garde. Elle demeura un instant immobile, incapable de savoir si elle devait écouter sa peur ou sa colère, puis elle partit à sa poursuite. « TATOU ! » Elle pouvait crier aussi fort qu'elle voulait : il ne restait plus de gibier dans le secteur, de toute façon. « Carson nous a dit de chasser par deux justement à cause de dangers comme ceux des loups ! »

Il était déjà hors de vue, et Thymara s'arrêta, indécise ; devait-elle retourner au village prévenir Carson et les autres de ce qui s'était passé ? Si Tatou revenait, elle aurait l'air d'une rapporteuse ; s'il ne revenait pas, elle l'aurait laissé aller seul à la mort. Elle serra les dents, elle replaça son arc sur son dos et prit une flèche à la main pour la tenir comme une lance, puis elle rajusta sa tunique, l'enfonça dans sa ceinture et se mit à courir.

Ce n'était pas un exercice que les enfants du désert des Pluies, plus habitués aux arbres, pratiquaient souvent ; elle y était devenue plus douée depuis son départ de Cassaric, mais elle gardait toujours une impression de danger : comment courir en restant consciente de son environnement ? Comment entendre quoi que ce fût alors que son cœur tonnait à ses oreilles, ou sentir aucune odeur alors qu'elle respirait à grandes goulées, la bouche ouverte ?

La sente serpentait le long de la crête au sommet de la colline, évitait les taillis les plus denses et s'enfonçait dans un bosquet ; Tatou était bon coureur, résistant et rapide, et Thymara, incapable de le rattraper, devait suivre la piste piétinée que les immenses élans avaient laissée.

Quand le chemin quitta la crête pour emprunter une pente raide qui descendait vers le fleuve, elle aperçut enfin son compagnon. Il courait toujours, son arc à la main, tête baissée ; plus loin, elle vit, non les proies ni leurs poursuivants, mais la végétation agitée qui indiquait le passage des animaux en fuite. Les jappements excités des loups portaient jusqu'à elle et l'infectèrent de leur frénésie ; elle baissa le menton, plaqua ses ailes sur son dos et, bondissant, dévala la pente de plus en plus escarpée. « Tatou ! » cria-t-elle à nouveau, mais le souffle court et sans pouvoir donner de force à sa voix. La piste obliqua soudain et se remit à monter. Thymara serra les dents et n'interrompit pas sa course.

Relevant la tête, elle vit Tatou devant elle, arrêté au sommet de la colline. « Tatou ! » lança-t-elle, et, cette fois, il se tourna vers elle. Il ne bougeait pas, mais, malgré son envie de ralentir sa course, voire de revenir au pas le temps de reprendre son souffle, Thymara se força à continuer de monter au galop.

Elle parvint près de lui à bout de souffle et incapable de parler ; lui aussi se taisait, le regard fixé sur l'autre versant de la colline.

La chasse s'était poursuivie sans eux ; les élans et les prédateurs avaient dû traverser à grands bonds la pente extrêmement raide, car elle était parsemée d'empreintes de sabots et de mottes de terre arrachées. En contrebas, les vestiges d'une route Ancienne couraient parallèlement à la piste des animaux avant de bifurquer vers le fleuve. De leur position élevée, Thymara vit que la route s'interrompait aux ruines d'un pont, mélange de poutres brisées et de pierres écroulées ; jadis, il devait franchir le fleuve, car Thymara distinguait l'autre extrémité, semblablement coupée, sur la rive opposée.

En dessous de l'arche disloquée du pont, l'eau bouillonnait, écumante. Sur la berge proche, la route se présentait comme une surface chaotique ; des arbres s'y étaient développés, et certaines sections s'étaient fracturées avant de glisser dans l'eau qui rongeait les bords du fleuve. Il n'y avait aucun signe de la route qui aurait dû mener au village des gardiens ; bien longtemps auparavant, le fleuve avait changé de cours pour la dévorer, puis il avait retrouvé son lit et cédé la place à une prairie.

« Les loups vont acculer leurs proies, dit Tatou. Ils doivent connaître le coin : ils conduisent les élans dans une impasse. »

Il avait raison ; Thymara repéra d'abord les animaux en fuite, puis, à travers un rideau d'arbres, les loups derrière eux. Elle se retourna vers Tatou et constata qu'il descendait la pente escarpée. Il avait commencé en position accroupie, mais il s'assit soudain et se laissa glisser ; il disparut dans la broussaille qui couvrait le bas du versant.

« Mais tu es DINGUE ! » hurla-t-elle, furieuse. Puis, en se traitant elle-même d'imbécile, elle le suivit. Le passage de Tatou avait délogé des pierres, et la pluie rendait le sol dérapant ; elle parvint à garder son équilibre plus longtemps que lui, mais elle finit par tomber sur le flanc et parcourut le reste du chemin en glissant elle aussi, précédée par une moraine de terre et de rameaux épineux. Son compagnon l'attendait en bas.

« Pas de bruit ! » fit-il en lui tendant la main. À contrecœur, elle la prit, et il l'aida à se redresser. Ils escaladèrent une petite pente et se retrouvèrent soudain à découvert sur l'antique route.

Plus rien ne leur barrait la vue du drame. Les loups menaient effectivement les élans entre deux murs décoratifs qui encadraient l'approche du pont ; l'animal de tête, plus rapide que ses deux compagnons, s'était aperçu de son erreur : parvenu au bout du pont, il se déplaçait de-ci, de-là en tournant son énorme tête en tous sens en quête d'un moyen de descendre de l'arche. Il n'y en avait pas ; loin en contrebas, les eaux passaient en grondant.

Un des autres élans boitait bas et s'était laissé distancer ; le troisième continuait de galoper, sans se rendre compte qu'il se ruait vers une chute mortelle. La meute de loups fonça sur le pont sans ralentir ni hésiter, au contraire de ses proies.

L'animal à la traîne fut englouti ; il s'abattit dans un cri promptement interrompu. Un des loups le prit à la gorge pendant que deux autres le saisissaient par les pattes arrière ; un quatrième le bouscula à l'épaule et le fit tomber, pendant qu'un cinquième s'attaquait à son ventre. C'en était fait de l'élan : ruant éperdument de ses longues pattes, il disparut sous la masse des assaillants.

Son congénère, éperonné par son cri d'agonie, s'élança droit devant lui ; inconscient du danger ou aveuglé par la panique, il parvint au bout du pont et sauta dans le vide.

L'élan de tête, le plus grand des trois, acculé, affronta ses poursuivants. Il n'y avait plus que trois loups, car le reste de la meute s'affairait à dévorer la proie à terre. L'immense animal secoua la tête, menaçant ses adversaires de ses andouillers inexistants, puis il demeura immobile, majestueux. Quand le premier loup s'approcha, ramassé, il se retourna brusquement et lui décocha une ruade qui toucha l'attaquant ; mais un deuxième se précipita sous lui et crocha son ventre de ses mâchoires voraces. L'élan fit un bond maladroit, mais ne put se défaire du loup, et, comme il s'efforçait de s'écarter de son agresseur, le dernier lui sauta à la gorge. Le premier s'était remis de la ruade, et, sous les yeux étonnés de Thymara, il bondit sur le dos de la proie et avança la tête pour lui mordre la nuque. La grande créature fit encore deux pas chancelants, puis ses pattes avant fléchirent ; elle mourut sans bruit, en s'efforçant de fuir alors que sa croupe s'effondrait. Elle s'abattit, et Tatou, qui retenait sa respiration, laissa échapper un soupir.

Thymara prit conscience qu'elle lui tenait toujours la main. « Ne restons pas ici, dit-elle à mi-voix. S'ils nous voient, il n'y a rien entre eux et nous, et ils courent plus vite que nous. »

Tatou ne quitta pas la scène des yeux. « Ils vont se goberger et ils ne s'intéresseront pas à nous. » Il regarda soudain le ciel. « Enfin, si on leur en laisse l'occasion », ajouta-t-il.

Sintara tomba comme un éclair bleu sur la meute qui mettait en pièces le premier élan ; sous le choc, la dépouille et les loups furent projetés de l'autre côté du pont pour s'arrêter contre le mur de pierre ; la dragonne suivit le mouvement, les serres enfoncées dans l'énorme cadavre et déchiquetant les loups avec les griffes de ses pattes antérieures. Quand le groupe heurta le mur, elle avait planté les crocs dans un des loups et l'emportait en l'air ; les autres, glapissant de douleur, s'étalaient derrière elle en un sillage sanglant. Ils ne chasseraient plus jamais.

Une fraction de seconde après Sintara, Dente s'abattit sur l'autre élan et les trois loups qui l'avaient tué, mais elle eut moins de chance : un des prédateurs partit en tournoyant dans le vide, suivi de près par la dépouille de l'élan ; le second mourut avec un glapissement aigu tandis que le troisième, poussant des « kaï ! kaï ! » terrifiés, s'enfuyait.

« Tatou ! » hurla Thymara en le voyant se diriger vers eux, mais, d'un seul mouvement, le jeune homme tira la jeune fille derrière lui tout en brandissant son arc comme un gourdin. Plus il approchait, plus l'animal grandissait de façon démesurée, jusqu'au moment où elle comprit qu'il était bel et bien énorme : debout sur les pattes arrière, il eût été plus grand que Tatou. La gueule ouverte, la langue rouge, il fonçait droit sur eux. Thymara s'apprêtait à pousser un cri de terreur quand le loup s'écarta soudain pour passer à côté d'eux et s'élancer dans la pente avant de disparaître dans les taillis.

Elle s'aperçut alors qu'elle tenait le dos de la tunique de son compagnon dans ses poings crispés ; elle lâcha prise, et il se retourna pour la prendre dans ses bras. Ils s'étreignirent un moment, tremblants de tous leurs membres, puis Thymara releva le visage et jeta un regard par-dessus son épaule. « Il est parti, dit-elle bêtement.

— Je sais », répondit-il, mais il continua de la tenir contre sa poitrine. Après un silence, il murmura : « Je regrette d'avoir couché avec Jerd ; je le regrette pour beaucoup de raisons, mais surtout parce que ça t'a fait mal, et parce que ça nous complique… » Il n'acheva pas sa phrase.

Elle prit une inspiration. Elle savait ce qu'il voulait entendre, et elle savait ce qu'elle ne pouvait pas dire : elle ne regrettait pas ce qui s'était passé avec Kanaï. Elle n'y voyait pas une erreur de sa part ; elle eût aimé avoir pris le temps d'y réfléchir davantage, mais elle ne pouvait pas dire à Tatou qu'elle regrettait sa décision. Elle trouva un biais. « Ce que tu as fait avec Jerd n'avait rien à voir avec moi à l'époque. J'ai d'abord été furieuse à cause de la façon dont je l'ai appris, et parce que j'avais l'impression d'être une imbécile ; puis j'en ai voulu à Jerd de m'avoir rabaissée ainsi. Mais tu n'y pouvais rien, et...

— Mais bien sûr ! Quels idiots nous sommes ! »

Elle s'écarta de lui et le regarda, vexée ; mais c'était au pont tronqué derrière elle qu'il s'intéressait, et elle s'efforça de distinguer ce qui avait provoqué sa réaction. Sintara était toujours là, en train de se gorger de viande d'élan et de loup ; Dente avait disparu ainsi que le loup qui subsistait de son atterrissage maladroit. Elle avait dû l'avaler tout rond et s'envoler. Tout à coup, la dragonne réapparut derrière l'extrémité brisée du pont ; fine et verte, elle battait régulièrement des ailes et gagnait de l'altitude en traversant le fleuve. À mi-parcours, elle s'inclina brusquement et se mit à remonter le courant en s'élevant toujours plus haut.

« Des idiots ? Pourquoi ? » demanda Thymara, tout en redoutant d'entendre la réponse.

À sa grande surprise, il s'exclama : « C'est ça dont les dragons ont besoin : une plate-forme de décollage ! Je parie que la moitié d'entre eux arriveraient à s'envoler et à franchir le fleuve s'ils s'élançaient de là ; au pire, ils s'approcheraient assez de l'autre rive pour pouvoir sortir de l'eau à pied même s'ils y tombaient. Ils savent tous un peu voler, maintenant ; s'ils pouvaient aller à Kelsingra et se tremper dans les bains chauds, il y aurait des chances pour qu'ils puissent redécoller de l'autre partie du pont et qu'ils se débrouillent mieux en vol – et à la chasse. »

La jeune fille mesura des yeux les deux extrémités du pont et se remémora les efforts des dragons. « Oui, ça marcherait, dit-elle.

— Je sais ! » Tatou la prit dans ses bras et la fit tournoyer ; puis il la reposa au sol et lui donna brusquement un baiser qui lui écrasa les lèvres contre les dents et fit monter en elle une onde de chaleur. Enfin, sans laisser à Thymara le temps de réagir, il s'écarta d'elle et se baissa pour ramasser l'arc qu'il avait laissé tomber. « Allons-y ; une nouvelle pareille, ça vaut toute la viande qu'on pourrait rapporter. »

Elle se tut. Entre le baiser inattendu et la présomption de Tatou que leur relation avait changé, elle restait le souffle court. Elle aurait dû le repousser ; elle devrait se précipiter derrière lui, le prendre dans ses bras et l'embrasser comme il fallait. Son cœur qui cognait dans sa poitrine faisait jaillir cent questions dans son cerveau, mais elle ne voulait plus en poser aucune ; le sujet était clos pour le moment. Avec une longue inspiration, elle s'efforça au calme. Elle avait besoin de temps pour réfléchir avant que l'un ou l'autre ajoutât quoi que ce fût. Elle employa un ton soigneusement dégagé pour dire : « Tu as raison, il faut y aller. » Mais elle resta encore un instant à regarder Sintara manger. La reine bleue avait grandi, et son appétit aussi ; tenant l'élan sous ses griffes, elle courba le cou et arracha une patte de derrière. Comme elle rejetait la tête en arrière pour l'avaler, son œil luisant s'arrêta sur Thymara, et elle l'observa un instant, la gueule pleine de viande ; ses dents acérées découpèrent la chair et broyèrent l'os, puis elle jeta en l'air le morceau ainsi tranché et le rattrapa au vol ; elle leva la tête pour l'engloutir.

« Sintara… », murmura Thymara dans l'air froid du matin ; en réponse, elle sentit un infime effleurement mental, puis elle revint vers Tatou, et ils prirent le chemin du village.

« Ce n'est pas du tout ce que vous m'aviez promis ! » Furieux, l'homme élégamment vêtu se tourna vers l'individu qui tenait la chaîne fixée aux poignets de Selden. La brise qui montait de l'eau agitait son épais manteau et ses cheveux qui s'éclaircissaient. « Je ne peux pas montrer ça au duc ! Un monstre de foire décharné qui tousse sans arrêt ! Vous m'aviez promis un homme-dragon ; vous disiez que ce serait le rejeton d'une femme et d'un dragon ! »

L'autre le regardait fixement, ses yeux bleu clair pleins d'une fureur glaciale. Selden observait les deux hommes d'un œil éteint et s'efforçait de s'intéresser à la scène ; on l'avait brutalement tiré d'un sommeil proche de la stupeur, sorti d'un entrepont, obligé à gravir deux échelles puis à traverser un pont pour descendre sur un ponton couvert d'échardes. On l'avait autorisé à garder sa couverture crasseuse uniquement parce qu'il la tenait serrée contre sa poitrine à son réveil et que personne ne voulait la toucher. C'était compréhensible : il savait qu'il puait, sa peau était raidie de sueur séchée, ses cheveux tombaient en dessous de ses épaules en mèches emmêlées, il avait faim, soif et froid, et voilà qu'on s'apprêtait à le vendre comme un singe sale et hirsute ramené des régions chaudes.

Partout sur les quais, on déchargeait du fret et on concluait des accords ; il sentit une odeur de café, et des voix qui criaient en chalcédien attentèrent à ses oreilles. La scène ne changeait guère des quais de Terrilville lors de l'arrivée d'un navire : c'était dans la même atmosphère d'urgence qu'on déplaçait les cargaisons des ponts aux quais à l'aide de grues puis qu'on les transportait dans des brouettes jusqu'aux entrepôts, ou qu'on les vendait sur place aux acheteurs empressés.

L'acheteur de Selden, lui, n'avait pas l'air particulièrement empressé ; ses traits affichaient un net mécontentement. Il se tenait très droit, mais les ans commençaient à peser sur sa chair ; c'était peut-être un guerrier jadis, mais ses muscles avaient fondu et son ventre s'était alourdi de graisse. Des bagues ornaient ses doigts et une grosse chaîne d'argent pendait à son cou. Si son pouvoir résidait autrefois dans ses bras, aujourd'hui, il l'arborait dans sa riche vêture et sa certitude absolue que nul ne souhaitait lui déplaire.

En tout cas, l'homme qui voulait lui vendre Selden en paraissait convaincu : il s'avançait la tête courbée, les yeux baissés, presque suppliant.

« Mais c'est un véritable homme-dragon, comme je vous l'avais promis ! N'avez-vous pas reçu l'échantillon de sa chair que je vous ai envoyé ? Vous avez dû voir les écailles. Regardez donc ! » Il se tourna et arracha brusquement la couverture qui était le seul vêtement de Selden. Le vent qui soufflait en rafales rugit de joie et fouetta la peau de Selden. « Là, vous voyez ? Vous voyez ? Il est couvert d'écailles de la tête aux pieds. Et observez ses pieds et ses mains ! Vous en avez déjà vu des comme ça ? Il est authentique, je vous l'assure, seigneur. Nous venons de débarquer, chancelier Ellik, et le voyage a été long, mais, une fois lavé, nourri et remplumé, il dépassera vos espérances, vous verrez ! »

Le chancelier examina Selden du regard comme s'il s'apprêtait à choisir un cochon pour l'abattoir. « Je vois surtout qu'il est couvert d'entailles et de bleus ; pour le prix demandé, je le trouve en très mauvais état.

— Il en est seul responsable, répondit le marchand. Il a un caractère exécrable, et il s'en est pris deux fois à son gardien ; la deuxième fois, le gardien a dû lui infliger une punition qu'il n'oublierait pas, sans quoi il risquait de se faire attaquer chaque fois qu'il venait lui donner à manger. Il peut être violent ; mais c'est le dragon en lui, comprenez-vous ? Un homme ordinaire aurait su qu'il ne servait à rien de lutter alors qu'on est enchaîné à un mousqueton. C'est bien la preuve qu'il est à moitié dragon.

— C'est faux », intervint Selden d'une voix croassante. Il avait du mal à tenir debout. Le sol était stable, il le savait, mais il avait la sensation persistante d'être soumis à un tangage incessant ; il avait vécu trop longtemps au fond d'une cale de bateau. L'éclat grisâtre du petit matin l'éblouissait, et l'air lui paraissait glacé. Il se souvenait d'avoir attaqué le gardien, et de la raison qui l'y avait poussé : il espérait obliger l'homme à le tuer. Il avait échoué, et l'homme qui l'avait battu avait pris grand plaisir à lui infliger le plus de souffrance possible sans faire de dégâts mortels. Pendant deux jours, Selden n'avait pratiquement pas pu se déplacer.

Il bondit, arracha sa couverture des mains du marchand et la serra contre sa poitrine, pendant que l'homme s'écartait de lui avec un petit cri. Selden recula autant que le lui permettaient ses chaînes ; il eût voulu jeter la couverture sur ses épaules mais craignait de s'effondrer tant il se sentait faible et malade. Il regarda les hommes dont sa vie dépendait en s'efforçant de rassembler ses facultés. Il n'était pas en état de les affronter. Auquel valait-il mieux qu'il appartînt ? Il fit son choix et changea le discours qu'il avait préparé ; il tâcha de s'éclaircir la gorge et déclara d'une voix rauque : « Je ne suis pas moi-même pour le moment. Il me faut de quoi manger, des vêtements chauds et du repos. » Il chercha un terrain commun avec l'un et l'autre pour éveiller leur compassion. « Mon père n'était pas un dragon ; il venait de Chalcède, c'était votre compatriote. Il était capitaine, et il s'appelait Kyle Havre ; il venait d'une ville côtière, Shal. » Pris d'un espoir fou, il parcourut les alentours du regard. « Est-ce Shal ? Sommes-nous à Shal ? Quelqu'un se souviendra sûrement de lui. Il paraît que je lui ressemble. »

Les yeux du chancelier étincelèrent de colère. « Il parle ? Vous ne m'en aviez pas averti ! »

Le marchand se passa la langue sur les lèvres ; à l'évidence, il n'avait pas prévu que ce fût un problème. Il répondit promptement d'une voix plaintive :

« C'est un homme-dragon, mon seigneur. Il parle et il marche comme un humain, mais il a le corps d'un dragon – et il ment comme un dragon, car chacun sait que ces créatures ne sont que mensonges et tromperies.

— Le corps d'un dragon ! » Le chancelier évalua Selden d'un œil dédaigneux. « Un lézard, peut-être ; un serpent décharné. »

Selden hésita à reprendre la parole puis préféra garder le silence : mieux valait ne pas exciter la colère de l'homme et garder le peu de forces qui lui restait pour le cas où il en aurait besoin. Il estimait avoir de meilleures chances de s'en tirer s'il passait aux mains du courtisan qu'en demeurant avec le marchand ; comment savoir où et à qui ce dernier tenterait de le vendre ? On était en Chalcède, et il était considéré comme un esclave. Il avait déjà connu l'existence rude d'un esclave, l'indignité et la douleur d'appartenir à quelqu'un d'autre, d'être un corps à la vente. Le sordide souvenir éclata dans son esprit comme un abcès rempli de pus ; il l'écarta mais retint la colère qui l'accompagnait.

Il s'y accrocha, craignant qu'elle ne cédât le pas à la résignation. *Je refuse de mourir ici.* Il tendit sa volonté au plus profond de lui-même pour infuser de l'énergie dans ses muscles, se força à se redresser et à cesser de trembler ; il battit des paupières pour éclaircir ses yeux larmoyants et se tourna vers l'acheteur. Le chancelier Ellik… Un homme d'influence, donc. Il laissa la fureur qui l'animait brûler dans son regard. *Achète-moi.* Il planta sa pensée comme une flèche dans l'esprit de l'homme, et un grand calme l'envahit.

« Très bien », répondit le chancelier comme si Selden avait parlé tout haut, et, l'espace d'un instant, il entretint l'espoir fou d'avoir encore un peu de pouvoir sur son existence.

Mais alors l'homme s'adressa au marchand. « Je vais honorer notre accord – si l'on peut "honorer" une escroquerie comme la vôtre ! Je vais acheter votre "homme-dragon", mais pour la moitié du prix convenu. Et estimez-vous heureux. »

Selden sentit plus qu'il ne vit la haine dans les yeux baissés du négociant ; cependant, la réaction de l'homme resta mesurée. Il tendit la chaîne de Selden au chancelier. « Naturellement, mon seigneur. L'esclave est à vous. »

L'autre ne fit pas un geste, mais jeta un regard par-dessus son épaule, et un nouveau personnage s'avança, mince, musclé, vêtu d'une tenue propre et de bonne coupe. Un domestique, donc. Il ne cherchait pas à dissimuler le dégoût que sa tâche lui inspirait, mais le chancelier n'en avait cure ; il lança sèchement : « Conduisez-le à mes appartements et rendez-le présentable. »

Le serviteur, la mine sombre, agita brutalement la chaîne. « Suis-moi, esclave. » Il avait parlé en langue commune ; il se détourna et s'éloigna d'un pas vif sans un regard pour Selden qui s'efforçait tant bien que mal de le suivre.

Encore une fois, son destin changeait de mains.

« Très bien », répondit [illegible] Sch[illegible] [illegible] pâle [illegible] d'un instant, il [illegible] espoir [illegible] encore [illegible] pouvoir [illegible] son existence.

[illegible] alors [illegible] marchand, « je [illegible] encore [illegible] un peu ; [illegible] quelque [illegible] acheter votre [illegible] raison, mais [illegible] prix doivent [illegible] sentence. »

[illegible] plus [illegible] dans les yeux [illegible] la [illegible] Schen [illegible] L'esclave est à vous. »

[illegible] pas un geste, mais jeta un regard [illegible] au nouveau personnage [illegible] propre et [illegible]. Le domestique [illegible] chercha [illegible] le [illegible] répondit, [illegible] chancelier [illegible] lance [illegible] ments et regardez [illegible] »

[illegible] serviteur [illegible] la [illegible] parlé en langue [illegible] il se détourna [illegible] sans un regard pour [illegible] tant [illegible]

[illegible] son destin [illegible] de moins

VINGT-CINQUIÈME JOUR DE LA LUNE DU POISSON

Septième année de l'Alliance Indépendante des Marchands

De Reyall, Gardien remplaçant des Oiseaux, Terrilville, à Detozi, Gardienne des Oiseaux, Trehaug

Ci-joint une offre de récompense pour tout renseignement nouveau concernant Sédric Meldar ou Alise Kincarron Finbok, membres de l'expédition du Mataf. *À faire dupliquer et placarder partout dans Trehaug, Cassaric et les villes de moindre importance du désert des Pluies.*

À Detozi, Gardienne des Oiseaux, un bref salut de la part de son neveu, et l'explication du nouvel emballage des messages. Je vais écrire la présente directive sur une enveloppe extérieure en tissu, que je refermerai ensuite en la cousant puis en la trempant dans la cire. À l'intérieur se trouve un tube en os, cacheté à la cire, qui renferme lui-même un tube en métal. Les dirigeants de la Guilde prétendent que cela n'alourdira pas les pigeons, mais de nombreux gardiens et moi-même émettons des réserves, surtout en ce qui concerne les oiseaux les plus petits. Certes, il faut prendre des mesures pour assurer au public que les messages seront envoyés et reçus sans être lus, mais je pense que celle-ci sanctionnera les oiseaux plus qu'elle n'éradiquera d'éventuels gardiens malhonnêtes. Erek et toi pourriez-vous joindre votre voix à ceux qui contestent l'utilité de ces nouveaux cylindres à messages ?

4

Négociations

« Qui aurait cru qu'une pièce aussi sordide pouvait puer encore plus que son aspect ne le laissait supposer ? fit Reddine avec une ironie dépourvue de légèreté.

— Silence ! » lui dit Hest, et il l'écarta pour pénétrer dans la chambre. Le sol tangua sous ses pieds de façon inquiétante. Ce n'était pas une chambre d'auberge : il n'existait pas d'auberge à proprement parler à Cassaric mais seulement des bordels, des tavernes où l'on pouvait payer un supplément pour passer la nuit sur un banc, ou des logements comme celui-ci, sorte de cages à oiseaux exiguës que certaines familles ouvrières louaient pour arrondir leurs revenus. La femme à qui ils s'étaient adressés était tailleuse et leur avait assuré qu'ils avaient beaucoup de chance d'avoir trouvé de quoi se loger si tard. Hest s'était efforcé de garder son calme en lui remettant la somme exorbitante qu'elle exigeait, après quoi elle avait envoyé son jeune fils pour les conduire à la petite pièce dépourvue de verrou qui oscillait dans le vent à plusieurs branches de là.

Tandis qu'ils s'avançaient sur la branche dont le diamètre se réduisait à mesure qu'ils approchaient de leur logement, Reddine ne lâchait pas la ridicule corde à nœuds qui passait pour une balustrade le long du chemin. Hest ne s'y était pas abaissé : il eût mille fois préféré tomber dans l'abîme forestier que donner ainsi à voir sa peur. Reddine, lui, n'avait pas de tels scrupules : il n'avait cessé de tenir des propos incohérents et pleurnichards, au point que Hest avait dû se retenir de le pousser dans le vide pour le dépasser.

Il parcourut la chambre du regard puis soupira : il faudrait s'en contenter. Le lit était étroit, le foyer en terre cuite plein de cendres, et la literie n'avait pas dû être lavée depuis que le dernier occupant avait dormi sur la paillasse. C'était sans importance : Hest avait une belle chambre traditionnelle qui l'attendait dans une auberge de Trehaug. Il avait l'intention de conclure l'affaire du Chalcédien le plus vite possible, après quoi il trouverait sans doute quelque batelier à qui graisser la patte pour le ramener à Trehaug le soir même. Là, il s'attellerait à sa propre affaire, c'est-à-dire localiser son épouse vagabonde ; certes, elle était partie de Cassaric, mais il ne voyait pas de raison de ne pas organiser ses recherches depuis une chambre confortable à Trehaug. Après tout, c'est à cela que servent les coursiers : à aller poser des questions et porter des messages là où personne ne veut se rendre.

Il serra les dents : il remplissait cette fonction auprès du Chalcédien, il s'en était soudain rendu compte ; il lui servait de coursier, envoyé dans une région inhospitalière pour livrer un message de menace. Ma foi, autant s'en débarrasser si c'était la seule façon de retrouver son existence.

Il s'était procuré une chambre pour le secret dont il voulait entourer le rendez-vous. L'horrible Chalcédien, à Terrilville, avait martelé qu'il devait faire preuve de la plus grande discrétion et remettre le message en privé ; de fait, la mise en place de l'entrevue avait nécessité un nombre d'étapes effarant, car Hest avait dû laisser une lettre à une auberge de Trehaug, attendre la réponse puis aller voir un certain préposé aux ascenseurs de la même ville pour lui demander de lui indiquer un logement à louer à Cassaric ; il pensait que l'homme aurait le bon sens de choisir un établissement convenable, mais non. Le seul élément heureux de l'affaire était que, par une extraordinaire coïncidence, le bateau étanche partait lui aussi pour Cassaric le même jour, si bien que Hest n'avait pas été obligé de rendre sa cabine.

Il posa son modeste bagage et regarda Reddine en faire autant de sa grosse mallette ; son compagnon de voyage se redressa avec un gémissement de douleur. « Eh bien, nous voici arrivés. Et maintenant ? Es-tu prêt à m'en dire un peu plus sur ce mystérieux associé et sur la raison pour laquelle il tient absolument au secret ? »

Hest n'avait pas voulu en révéler trop de sa mission à Reddine, et il lui avait présenté leur expédition comme un voyage d'affaires pendant lequel il chercherait aussi à résoudre le problème de son épouse disparue. Il n'avait pas prononcé le nom de Sédric, car Reddine lui vouait une jalousie irrationnelle, et Hest ne tenait pas à l'éveiller tout de suite : mieux valait réserver cet éclat pour un moment où il serait plus amusant et plus profitable. La jalousie améliorait singulièrement le côté comique de Reddine.

De la fripouille chalcédienne, Hest n'avait rien dit, laissant Reddine croire que les messages secrets et les contacts étranges étaient en rapport avec des marchandises Anciennes de grand prix. Le mystère excitait Reddine, et Hest avait pris un vif plaisir à contrarier ses efforts pour lui tirer les vers du nez ; il ne lui avait pas non plus expliqué que, si la mission était une réussite, il s'approprierait une large partie de Kelsingra : inutile d'éveiller exagérément la cupidité du petit homme. Il lui révélerait tout au moment voulu, se créant une légende de Marchand astucieux que Reddine irait répandre dans tout Terrilville.

Depuis son arrivée dans le désert des Pluies, toutes les nouvelles qu'il avait entendues l'avaient convaincu qu'une telle mainmise sur Kelsingra lui vaudrait une fortune qui dépasserait ses rêves les plus fous. Trehaug bruissait de rumeurs sur la visite de Leftrin et sur son départ précipité ; il se disait que l'expédition avait formé une alliance avec les Khuprus, et, ce qui était sûr, c'est que le capitaine du *Mataf* s'était servi libéralement de leur crédit pour réapprovisionner son bateau. Leftrin avait lancé des accusations de trahison et de rupture de contrat, puis il avait fui Cassaric sans son argent. C'était illogique – à moins, bien sûr, qu'il attendît d'amasser une si grande fortune en remontant le fleuve que la paie du Conseil ne l'intéressait plus. Voilà qui donnait à réfléchir.

La plupart des bateaux qui avaient tenté de suivre le *Mataf* avaient fait demi-tour, mais l'un d'eux, jumeau de celui sur lequel Hest avait voyagé, n'était pas revenu. Avait-il sombré ou poursuivait-il la chasse ? S'il survivait aux eaux acides, celui qu'avait emprunté Hest le pouvait aussi. Combien coûterait la location de cette embarcation pour se rendre à Kelsingra ? À Terrilville, le capitaine s'était montré revêche et réservé, comme s'il ne voulait pas prendre Hest à son bord pour le conduire à Trehaug ; Hest avait dû embarquer Reddine au dernier moment en profitant de ce que le commandant était si pressé de se mettre en route qu'un passager de plus ou de moins n'avait guère d'importance. Le capitaine risquait de refuser de remonter le fleuve, mais le capitaine n'était souvent pas le propriétaire ; ce dernier aurait peut-être assez d'audace pour spéculer et offrir le voyage contre un dixième des gains potentiels de Hest.

Jusque-là, le jeune homme n'avait parlé à personne de ses espoirs ; seuls deux Marchands avaient eu le culot de lui demander si sa visite dans le désert des Pluies était en relation avec la disparition de son épouse. Il les avait regardés d'un air méprisant et n'avait pas répondu : il ne voulait rien révéler qui pût inciter d'autres personnes à s'intéresser à la fortune qui lui revenait. Il chassa ces réflexions de son esprit ; il mourait d'envie de détourner ses pensées de l'affaire qui le retenait dans la chambre minuscule, mais il devait la résoudre avant de s'occuper des siennes propres. Finissons-en avec ce maudit Chalcédien !

« Nous attendons », dit-il en prenant place avec prudence sur le seul siège de la pièce, en lianes séchées et tressées sur une armature en bois ; un coussin aplati protégeait seul de l'assise, et la pièce de tissu jetée sur le dossier n'ajoutait guère au confort de la chose, mais au moins Hest pouvait se reposer après l'interminable montée des escaliers. Reddine parcourut en vain les aîtres des yeux puis s'assit avec un gémissement sur le lit bas, les genoux sous le menton ; il croisa les bras sur ses tibias et se pencha en avant, l'air mécontent.

« Nous attendons quoi ?

— J'aurais dû dire : j'attends. Ma première entrevue doit se dérouler dans la discrétion la plus extrême. Si tout se passe bien, je devrais bientôt recevoir une visite en réponse au billet que tu as confié à Drost, le propriétaire de la taverne à l'enseigne de la Grenouille et de la Rame à Trehaug, et je remettrai certains objets à mon visiteur. Entre-temps, mon cher, tu iras t'amuser un peu ; quand j'aurai fini, je demanderai à notre propriétaire d'envoyer son gamin te chercher. »

Reddine se redressa, l'air consterné. « M'amuser ? Dans ce village pour singes ? Mais où ? La nuit tombe, les branches qui servent de voies de circulation deviennent glissantes, et tu veux que j'aille me promener tout seul ? Comment pourras-tu m'envoyer chercher si tu ne sais pas où je suis ? Ça suffit, Hest !

Nous avons entrepris ce voyage ridicule ensemble, et jusqu'à présent je me suis plié à toutes tes exigences, j'ai escaladé des arbres, j'ai laissé des messages secrets dans des tavernes immondes, et je transporte même cette boîte partout comme si j'étais un âne des frondaisons ! J'ai faim, je suis trempé, glacé jusqu'aux os, et tu voudrais que je ressorte par ce temps pourri ? » Il se leva soudain et s'efforça de tourner comme un lion furieux en cage, mais il avait plutôt l'air d'un chien qui fait quelques tours sur lui-même avant de se coucher. Sous son pas, la chambre se mit à tanguer ; il s'arrêta, exaspéré et étourdi à la fois. Sa colère atteignit le seuil critique.

« Si tu veux mon avis, ta fameuse affaire n'a rien de confidentiel ! Je crois que tu n'as pas confiance en moi. Mais ne compte pas sur moi pour jouer les chiens de manchon comme Sédric, dépendant de toi pour tout, incapable de la plus petite initiative ! Si tu tiens à ma compagnie, Hest, il faut que tu me respectes. Je participe à cette expédition dans le but d'acquérir des produits du désert des Pluies, en tant que négociant indépendant, et pour cela j'ai apporté mes propres fonds. Je nous pensais assez bons amis pour profiter de tes contacts ; non pour entrer en concurrence avec toi ni enchérir contre toi, mais pour effectuer de petits investissements de mon côté sur des articles que tu jugerais indignes de ton temps. Et maintenant que je suis ici, que j'ai fait tout ce chemin et que je t'ai servi de grouillot, tu veux me renvoyer comme un laquais sans cervelle ! Eh bien, non, Hest ! Je refuse. »

Le siège était très inconfortable, et Hest était aussi transi de froid et las que Reddine. Sédric, lui, aurait eu assez de jugeote pour ne pas se disputer avec lui à un moment pareil. Hest regarda le petit homme qui, la moue boudeuse comme un enfant mal élevé, soufflait comme un bichon au nez camus et envisageait très sérieusement en cet instant d'abandonner son compagnon à Cassaric. Eh bien, on allait voir comment il se débrouillait comme « négociant indépendant » !

Puis une idée beaucoup plus séduisante lui vint à l'esprit.

« Tu as raison, Reddine. » À cette concession, l'intéressé prit un air si ahuri que Hest eut bien du mal à ne pas éclater de rire. Mais il continua, imperturbable : « Je veux te démontrer clairement la confiance que j'ai en toi. Je vais te confier l'entrevue et te laisser la diriger. Les hommes que tu rencontreras représentent de puissants intérêts commerciaux ; tu seras peut-être un peu étonné de savoir qu'ils viennent de Chalcède…

— Des marchands chalcédiens ? Ici, dans le désert des Pluies ? » Reddine était abasourdi.

Hest haussa les sourcils. « Tu sais sûrement que j'ai effectué plusieurs voyages d'affaires en Chalcède, donc tu n'ignores pas que j'y ai des contacts. Et trois maisons marchandes chalcédiennes ont ouvert des bureaux à Terrilville depuis la fin des hostilités entre nos deux pays. De fait, j'ai entendu plusieurs membres du Conseil des Marchands de Terrilville affirmer qu'établir des relations commerciales avec les Chalcédiens constitue peut-être le meilleur moyen d'obtenir une paix durable avec eux. Quand les buts économiques et les profits convergent, les pays se font rarement la guerre. »

Hest parlait d'un ton suave. Reddine plissait le front mais acquiesçait de la tête. Hest décida de sauter le pas, jugeant son compagnon prêt à accepter tout ce qu'il dirait. « Tu ne t'étonneras donc pas que certaines entreprises commerciales chalcédiennes s'efforcent de créer des liens dans le désert des Pluies. Naturellement, certains esprits rétrogrades voient ça d'un mauvais œil, et c'est pourquoi ces négociations doivent se dérouler sous le sceau du secret. Tu reconnaîtras peut-être un de nos deux interlocuteurs, Begasti Cored ; il est venu plusieurs fois à Terrilville avant de transférer son activité ici à Cassaric. L'autre, Sinad Arich, je ne l'ai jamais rencontré, mais il m'est adressé, bien sûr, avec les meilleures recommandations et les plus hautes références. À Terrilville, on m'a confié – on *nous* a confié – un message pour ces deux éminents personnages, accompagnés de présents sous la forme de deux coffrets dans la mallette dont tu t'occupes si consciencieusement depuis notre départ. » Hest se pencha en baissant la voix. « Ces cadeaux et le message proviennent d'une personne très proche du pouvoir en Chalcède. Begasti Cored s'attendra peut-être à être reçu par moi, bien que Sédric fût son contact naguère ; or le message à lui remettre est en rapport avec des produits que Sédric avait promis de lui livrer, ce qu'il n'a pas fait, évidemment. Tu vois donc dans quelle position délicate nous nous trouvons, n'est-ce pas ? Nous devons donner les présents et le message à nos homologues chalcédiens et les encourager à contacter Sédric s'ils en ont les moyens pour le convaincre qu'il est essentiel de livrer rapidement les articles promis. » Hest prit une longue inspiration et poursuivit : « Malheureusement, l'incapacité de Sédric à honorer sa part du marché jette sur moi une vilaine lumière, et, si j'ai accepté de supporter les rigueurs de ce voyage, c'est en grande partie parce que je dois rétablir ma réputation ! Il me faut obtenir de Begasti Cored une déclaration signée stipulant que l'accord n'engageait que Sédric et ne me concernait pas. Et, s'il dispose du contrat d'origine, je serai encore plus ravi de le récupérer. »

Il réfléchissait à toute allure tout en se félicitant de son inspiration géniale : Reddine ferait tout le sale travail à sa place. En demandant la déclaration à Cored, il détournerait peut-être l'attention du Chalcédien de Hest, et, si le fait d'avoir organisé une réunion avec des Chalcédiens sur le territoire du désert des Pluies entraînait des problèmes, c'est Reddine qui les supporterait, non lui ; si nécessaire, il pourrait jurer n'avoir eu nulle connaissance de la transaction. Après tout, c'était Reddine qui avait porté le message à la taverne ; qu'il termine la mission et dégage Hest de toute accusation éventuelle de trahison.

Le petit homme hochait toujours la tête, les yeux brillants : les aspects inhabituels de l'affaire avaient capturé son imagination. Hest inspira de nouveau longuement en tâchant de voir si son plan présentait une faille. Certes, le Chalcédien lui avait dit de délivrer lui-même le message, mais qu'en saurait-il ? Non, tout se passerait bien. Et cela ferait les pieds à Reddine d'être là quand les deux visiteurs ouvriraient leurs sinistres petits cadeaux ; il comprendrait ce qu'il en coûtait d'exiger une part des affaires de Hest. Il sourit et se pencha vers lui d'un air de conspirateur. « Je sais que tu te compares à Sédric et que tu te demandes si je suis satisfait de toi ; eh bien, je te donne l'occasion de me prouver ce que tu vaux. Corrige les erreurs qu'il a commises avec ces hommes et tu m'auras démontré ta supériorité sur lui. Je pense que tu as mérité que je te fasse confiance, Reddine, et le fait que tu l'exiges m'indique que tu as l'ambition nécessaire pour devenir un vrai Marchand et mon associé. »

Les joues de Reddine avaient pris une coloration de plus en plus rouge ; la sueur perlait à son front et il était désormais bouche bée. « Le message ? Il est avec les coffrets ? » demanda-t-il avec avidité.

Hest secoua la tête. « Non, tu dois le délivrer toi-même. Voici ce que tu devras dire. » Il s'éclaircit la gorge et les mots qu'il avait appris par cœur lui revinrent aisément. « Vos fils aînés vous envoient leurs salutations ; grâce aux bons soins du duc, ils se portent bien. Tous les membres de votre famille ne peuvent en dire autant, mais, dans le cas de vos fils aînés, c'est la vérité. Si vous ne voulez pas qu'elle se démente, il vous suffit d'achever votre mission pour prouver votre loyauté au duc. Ces présents vous sont remis pour vous rappeler que la marchandise promise est toujours attendue avec impatience.

Le duc souhaite que vous fassiez tout pour qu'elle arrive promptement. »

Reddine ouvrit de grands yeux. « Dois-je employer précisément ces termes ? »

Hest réfléchit. « Oui. As-tu de l'encre et du papier ? Je vais te les dicter et tu pourras les relire si tu n'arrives par à les mémoriser assez vite.

— Je… enfin, non, pas sur moi, mais… Répète-moi le message ; je le retiendrai, en tout cas assez exactement pour qu'il n'y ait pas de différence. Le duc ? Doux Sâ, le duc de Chalcède ! Ah, Hest, tu as vraiment des relations haut placées ! Mais l'affaire est délicate, et je comprends que tu recherches la discrétion. Je ne te décevrai pas, mon ami, je te le garantis. Ah, doux Sâ, rien que d'y songer, mon cœur s'emballe ! Mais où seras-tu ? Ne peux-tu pas rester pour remettre toi-même le message ? »

Hest haussa les sourcils. « Je te l'ai dit : c'est une entrevue extrêmement confidentielle ; nos visiteurs s'attendent à être reçus par un homme, non par deux. Je vais sortir un moment et aller prendre une tasse de thé ou passer le temps d'une façon ou d'une autre pendant que tu t'occupes de cette affaire. » Il se tut puis demanda à brûle-pourpoint : « C'est bien ce que tu souhaitais ?

— Je… non, je ne voulais pas te chasser de ta…

— Non, pas de ça ! » Hest interrompit les bredouillements de Reddine. « Pas de regrets ! Tu as établi une limite, et tu as droit à mon respect. Je vais sortir et te laisser le temps d'essayer de voler de tes propres ailes. Mais, avant, je vais te répéter le message encore une fois. »

Ils repérèrent le premier dragon alors qu'ils se trouvaient encore à trois jours de Kelsingra. Le bateau avait alerté Leftrin par un brusque frisson qui avait remonté tout le dos du capitaine pour s'achever par un picotement du cuir chevelu. Il s'était gratté la tête, avait regardé le ciel pour voir si Mataf l'avertissait d'un grain et avait alors remarqué un petit éclat de saphir qui se détachait sur la couverture nuageuse.

Le point disparut, et Leftrin crut un instant avoir été le jouet d'une illusion ; puis il redevint visible, d'abord opale bleu pâle qui clignotait dans la brume puis soudain bleu étincelant comme… « Un dragon ! » cria le capitaine, ce qui fit sursauter tout le monde, et il tendit le doigt vers le ciel.

Hennesie se rua près de lui. Il avait la réputation d'avoir l'œil le plus perçant de l'équipage, et il la conforta en déclarant : « C'est Sintara ! Vous voyez les dessins or et blanc sur ses ailes ? Elle a appris à voler !

— Moi, j'ai déjà du mal à voir que c'est un dragon », grommela Leftrin, bon enfant, avec un sourire jusqu'aux oreilles. Ainsi les dragons volaient désormais, du moins l'un d'eux. Le bonheur qu'il éprouvait l'étonnait : il était fier comme un père devant les premiers pas de son enfant. « J'aimerais savoir si les autres savent voler aussi. »

Hennesie n'eut pas le temps de répondre : Reyn se précipita vers Leftrin en criant : « Pouvez-vous l'appeler ?

Lui signaler que nous avons besoin d'elle ? » Un espoir terrible illuminait ses traits.

« Non. » Le capitaine refusa de lui mentir. « Et, même si c'était possible, elle n'aurait nulle part où atterrir. Mais ça fait plaisir de la voir ; reprenez courage. Nous ne sommes plus qu'à quelques jours de Kelsingra ; très bientôt, nous rejoindrons les dragons et nous obtiendrons peut-être alors l'aide dont votre garçon a besoin.

— Vous êtes sûr que Mataf ne peut pas aller plus vite ? »

Encore une question qui revenait souvent dans la bouche du jeune homme, et, malgré toute sa compassion, Leftrin se lassait d'y répondre. « Le bateau met tout son cœur à la tâche ; personne ne peut lui en demander davantage. »

Reyn s'apprêtait à répliquer quand des cris assourdis retentirent derrière la gabare. Les deux hommes se tournèrent vers la poupe.

Le bateau qui les poursuivait depuis Terrilville était toujours là ; sa vigie venait de repérer la dragonne, sans doute après avoir vu l'équipage du *Mataf* pointer le doigt vers le ciel en poussant des exclamations. Leftrin soupira : il en avait assez de voir le bateau « étanche » derrière lui. À plusieurs reprises, Mataf avait réussi à le distancer en voyageant de nuit, mais s'était fait rattraper au bout d'un jour ou deux. La vitesse que l'étroit poursuivant atteignait était étonnante, et Leftrin soupçonnait les hommes à son bord de risquer leur vie en maniant les rames jour et nuit pour rester à sa hauteur ; on avait dû les payer très cher. Ou alors c'étaient des chasseurs de trésors qui rêvaient de faire fortune, ce qui expliquerait leurs efforts inlassables. Leftrin eût tout donné pour les voir renoncer mais, à présent qu'ils avaient aperçu un dragon en vol, c'était sans espoir.

Si Sintara les avait remarqués, elle n'en laissa rien paraître : elle chassait en survolant à grands cercles lents les deux rives du fleuve. Leftrin songea qu'il devait ajouter ce renseignement à sa collection croissante de notes, cartes et dessins de la région : si un dragon chassait par là, c'est qu'il y avait sûrement des zones de terrain solide quelque part ; il ne voyait pas Sintara fondre sur une proie qui l'obligerait à traverser les frondaisons de la forêt pour atterrir dans un marécage, ni se jeter avec bonheur au milieu du fleuve. Non, derrière ces grands arbres, il devait y avoir des prairies, voire des piémonts, annonciateurs des plaines et des collines de Kelsingra. Il vaudrait la peine d'aller voir cela. Plus tard.

« Vient-elle ? Est-ce Tintaglia ? »

Reyn détourna le regard, incapable de supporter l'espoir qui brillait dans les yeux bleus de Malta. Il secoua la tête. « Ce n'est pas notre dragonne ; sinon, je crois que je le sentirais. Non, c'est une des jeunes, une femelle bleue du nom de Sintara. D'après Leftrin, même si nous pouvions l'appeler ou lui faire signe, elle ne pourrait se poser nulle part. Mais nous ne sommes plus qu'à quelques jours de Kelsingra ; nous arriverons bientôt, ma chérie, et tout ira bien pour Phron.

— Quelques jours… », répéta la jeune femme d'un air abattu. Elle regarda son enfant qui dormait, mais tut ce qu'ils pensaient tous les deux : il n'avait peut-être pas quelques jours devant lui.

Les premiers temps à bord du Mataf, il se portait à merveille ; il tétait, dormait, s'éveillait pour poser sur ses parents son intense regard bleu, s'étirait, remuait et grandissait ; ses bras et ses jambes devenaient dodus, ses joues s'arrondissaient ; son teint prenait une belle couleur rose qui estompait son aspect de lézard, et son père et sa mère avaient cru pouvoir espérer que le danger était passé.

Mais, ces premiers jours écoulés, tout progrès avait cessé ; le sommeil de l'enfant était devenu agité, entrecoupé de longues crises de pleurs quand rien ne pouvait le consoler ; sa peau s'était desséchée et ses yeux collaient. Reyn avait appris la patience, même si tenir l'enfant dans ses bras alors qu'il hurlait afin que Malta pût s'isoler pour dormir un peu avait été une des expériences les plus éprouvantes de sa vie. On avait essayé toutes sortes de solutions pour calmer le petit : le border plus serré dans son lit, lui faire boire quelques gouttes de rhum pour lui calmer l'estomac, le promener au pas et au trot, lui donner un bain chaud, le bercer, lui chanter des comptines, le laisser crier jusqu'à ce qu'il s'endormît d'épuisement : rien n'avait apaisé ses pleurs incessants. Exaspéré, désespéré, Reyn avait vu Malta s'abîmer dans une tristesse sans fond. Même quand le petit dormait, quelqu'un veillait sur lui ; tous redoutaient le moment où il pousserait un soupir et ne reprendrait plus sa respiration.

« Laisse-le dormir un peu seul. Viens avec moi te dérouiller les jambes et profiter du vent. »

Malta se leva à contrecœur pendant que Phron dormait dans son panier. Un bras autour des épaules de sa femme, Reyn la fit sortir de son abri de toile pour la conduire sur le pont. La bise était froide, chargée de l'humidité de la pluie à venir, mais elle ne put rendre leur couleur aux joues de Malta. La jeune femme était épuisée. Son époux lui prit la main et sentit les os délicats sous la peau fine ; des mèches de ses cheveux secs s'échappaient de ses tresses d'or enroulées sur sa tête. Quand Reyn l'avait-il vue les brosser pour la dernière fois ? Il ne s'en souvenait plus. « Il faut que tu manges davantage », lui dit-il d'une voix douce, et elle tressaillit comme s'il lui faisait un reproche.

« J'ai bien assez de lait pour lui, et il tète parfaitement ; mais ça n'a pas l'air de lui profiter.

— Ce n'est pas ce que je voulais dire : je parlais pour toi – et pour lui aussi, évidemment. » Reyn chercha ses mots puis renonça ; il attira Malta à lui, referma son manteau sur elle pour la protéger du vent et posa le menton sur sa tête. « Le capitaine Leftrin m'a assuré que la dernière fois qu'ils ont traversé cette région l'eau était si basse qu'ils ont passé plusieurs jours à chercher un chenal navigable. C'est difficile à croire, n'est-ce pas ? »

Malta parcourut des yeux l'immense étendue d'eau et acquiesça. Dans cette zone, le fleuve coulait plus lentement, et les plantes flottantes y étaient plus fréquentes ; elles au moins paraissaient persuadées que le printemps était proche : de nouvelles frondes se dressaient, prêtes à se développer en feuilles dès que le temps se réchaufferait, et des bourgeons verts piquetaient de longues herbes noires qui flottaient au courant.

« Jadis, les Anciens ont bâti de magnifiques résidences au bord du fleuve, avec des sections particulières pour le plaisir des dragons ; certaines se dressaient sur des pilotis, et, à cette époque de l'année, elles auraient formé de petites îles : d'autres se trouvaient plus en retrait sur la rive. Toutes offraient différentes commodités aux dragons de passage : des plates-formes en pierre qui s'échauffaient quand une des grandes créatures s'y installait, des salles aux parois de verre, ornées de plantes exotiques, où un dragon pouvait s'abriter confortablement une nuit de tempête hivernale ; en tout cas, le capitaine affirme que c'est ce que les dragons lui ont raconté. » Il désigna de la main une colline couverte de bouleaux nus ; une brume rose commençait à apparaître le long des troncs blancs, signe indubitable de l'approche du printemps. « Je pense que nous construirons notre manoir là-bas, dit-il d'un ton pompeux. Nous aurons des piliers blancs, d'accord ? Et un jardin sur le toit, avec de vastes massifs de tulipes. » Il regarda Malta avec l'espoir de la voir sourire.

Mais son stratagème pour la distraire à l'aide d'un joli rêve avait échoué. « Crois-tu que les dragons aideront notre petit ? » demanda-t-elle à mi-voix.

Il abandonna sa ruse ; la même question le torturait. Il s'efforça de prendre un ton surpris. « Pourquoi refuseraient-ils ?

— Parce que ce sont des dragons. » Elle s'exprimait d'un ton las et découragé. « Parce qu'ils sont peut-être insensibles comme Tintaglia ; elle a laissé ceux de son espèce, sans défense, mourir de faim. Elle a fait de mon petit frère son chanteur, l'a envoûté grâce à son charme puis l'a envoyé dans l'inconnu ; et, quand il a disparu, elle n'a pas eu l'air de s'en émouvoir. Elle nous a changés puis elle nous a abandonnés sans se soucier de la façon dont notre existence en était affectée.

— C'est une dragonne, concéda Reyn, mais une parmi d'autres. Ses congénères réagissent peut-être différemment.

— Je n'ai rien constaté de tel quand je les ai vus à Cassaric : ils étaient égoïstes et mesquins.

— Ils étaient malheureux, ils avaient faim et ils étaient incapables de se débrouiller seuls. Dans cette situation, tout le monde est égoïste et mesquin ; ça fait ressortir le mauvais côté des gens.

— Mais si les dragons ne veulent pas aider Phron ? Que ferons-nous ? »

Il la serra plus fort. « Occupons-nous du moment présent ; pour l'instant, il est vivant et il dort. Je crois que tu devrais manger quelque chose et te reposer toi aussi.

— Moi, je crois que vous devriez tous les deux manger quelque chose et aller vous reposer ensemble dans la cabine. Je resterai ici avec Phron. »

Reyn leva les yeux et sourit à sa sœur par-dessus la tête de Malta. « Merci, Tillamon ; tu es sûre que ça ne te dérange pas ?

— Pas du tout. » Ses cheveux tombaient librement sur ses épaules, et une rafale de vent lui en souffla une mèche sur le visage. Elle l'écarta, et ce simple geste attira l'attention de son frère : elle avait les joues roses, et il s'aperçut alors que sa sœur paraissait plus jeune et plus vivante que depuis bien des années. Il dit sans réfléchir : « Tu as l'air heureuse. »

Elle prit une expression choquée. « Non. Non, Reyn ; je m'inquiète autant que vous pour Phron ! »

Malta secoua lentement la tête avec un sourire – triste, mais un sourire. « Sœur, je le sais ; tu es toujours là pour nous aider. Mais ce n'est pas pour autant que tu n'as pas le droit d'être heureuse de ce que tu as découvert pendant ce voyage. Ni moi ni Reyn ne t'en voulons de… »

La voix de Malta mourut alors qu'elle se tournait vers son mari. Il savait que son visage n'exprimait que la confusion. « Qu'a-t-elle découvert ? demanda-t-il.

— L'amour », répondit Tillamon avec simplicité. Elle regarda Reyn dans les yeux.

À toute allure, il réinterpréta des bribes de conversations qu'il avait surprises, certains moments où il avait aperçu Tillamon et… « Hennesie ? fit-il, entre ahurissement et consternation. Hennesie, le second ? » Le ton qu'il avait employé trahissait ce qu'il ne disait pas : sa sœur, de souche Marchande, appariée à un simple matelot ? Et un matelot aux allures de séducteur ?

Elle pinça les lèvres, et son regard devint impénétrable. « Oui, Hennesie. Et ça ne te regarde en rien, petit frère ; je suis majeure depuis longtemps et je prends seule mes décisions.

— Mais…

— Je suis épuisée, intervint soudain Malta en se retournant vers son mari. Je t'en prie, Reyn, profitons de l'occasion que nous offre Tillamon de partager un lit et un peu de sommeil. Il y a des jours que je n'ai pas dormi près de toi, et je me repose toujours mieux quand tu es avec moi. Viens. »

Elle le tira par le bras, et il la suivit à contrecœur ; mieux valait permettre à Malta de se reposer que se disputer avec Tillamon ; il pourrait toujours lui parler en privé plus tard. Il accompagna sa femme jusqu'à la chambre, qui n'était guère qu'une grande caisse arrimée au pont avec une paillasse sur laquelle ils dormaient à tour de rôle. Reyn se réjouissait de retrouver Malta dans ses bras : il commençait à détester dormir seul.

On eût dit qu'elle avait lu dans ses pensées. « Laisse-la, Reyn. Songe à ce que nous avons et au réconfort que cela nous procure. Peut-on en vouloir à Tillamon de désirer la même chose ?

— Mais… Hennesie ?

— Un homme qui travaille dur et qui aime ce qu'il fait ; un homme qui lui sourit au lieu de se moquer ou de se détourner. Je le crois sincère, Reyn – et, même dans le cas contraire, Tillamon a raison. Elle est adulte depuis longtemps, et ce n'est pas à nous de lui dire à qui donner son cœur. »

Il s'apprêta à discuter puis se tut tandis que Malta levait la clenche de la porte. Le petit espace sans air lui parut tout à coup attirant et douillet, et il fut envahi d'une grande envie de dormir et de tenir Malta dans ses bras.

« Nous nous inquiéterons plus tard. Reposons-nous tant que nous en avons le temps », dit-elle.

Il acquiesça de la tête et la suivit dans la cabine.

Vingt-cinquième jour de la Lune du Poisson

Septième année de l'Alliance Indépendante des Marchands

De votre ami de Cassaric au Marchand Finbok, Terrilville

Étant donné que le besoin de prudence a grandement augmenté, mes dépenses en ont fait autant, et j'attends désormais un paiement double du précédent, tout en liquide et livré discrètement. Votre dernier coursier était un imbécile : il s'est rendu sur mon lieu de travail et ne m'a remis qu'un ordre de crédit au lieu du paiement en liquide dont nous étions convenus.

C'est pourquoi les renseignements que je vous transmets aujourd'hui ne représentent qu'une partie de ceux que je détiens. Payez-moi, et vous apprendrez ce que je sais

Le voyageur est arrivé, mais pas seul, et apparemment sa mission n'est pas celle que vous laissiez entendre. Un autre étranger m'a proposé une somme coquette contre des informations sur lui ; je suis resté discret, mais les informations sont mon fonds de commerce, et je les vends ou ne les vends pas, selon ce qui est le plus profitable.

Les nouvelles en provenance de l'amont du fleuve sont rares. Elles pourraient vous intéresser, mais, pour que je vous les transmette, il me faudrait de l'argent sonnant et trébuchant déposé à l'auberge de Trehaug dont je vous ai parlé, et remis en mains propres à la femme rousse avec trois roses tatouées sur la joue.

Si vous ne tenez pas compte de mes instructions, notre contrat sera invalidé. Vous n'êtes pas le seul à vouloir connaître les secrets des informations internes des Marchands avant les autres, et certains de ces autres seraient très intéressés d'apprendre ce que je sais de vos affaires.

À bon entendeur...

5

Le grand saut

Personne n'avait imaginé les efforts qu'il faudrait déployer pour mener les dragons de la prairie en bord de fleuve jusqu'au pont. Sédric, à côté de Carson, regardait le dernier des grands dragons descendre la pente raide pour accéder à l'ancienne route. Les immenses créatures avaient creusé une large dépression dans l'escarpement et repoussé devant elles des masses de terre, de roche et de débris végétaux qui s'étalaient désormais en éventail sur la route en contrebas. Tinder se décida en dernier ; quand il parvint en bas, le dragon lavande de Nortel était crotté de boue jusqu'au garrot.

Seuls restèrent les deux dragons les plus petits, Relpda et Crache. « Terre froide et mouillée. J'aime pas, se plaignit Relpda.

— J'ai essayé de te faire passer la première, avant que les autres n'abîment la pente, fit remarquer Sédric.

— Voulais pas. Veux pas. C'est trop raide. »

Sédric s'efforça de la rassurer. « Ça ira : tu n'auras qu'à te laisser glisser, et tu arriveras en bas.

— Tu vas dégringoler comme un caillou et tu auras de la chance si tu ne te brises pas les ailes », intervint Crache, hargneux. Ses yeux gris argent étaient teintés de rouge et tournoyaient lentement ; il savourait apparemment la peur qu'il suscitait chez Relpda, et Sédric eut envie de le frapper. Mais il étouffa cette pensée avant que l'un ou l'autre des dragons pût la capter et tâcha d'infuser le calme dans son esprit et sa voix.

« Écoute-moi, Relpda : je ne te demanderai jamais de faire quoi que ce soit qui présente un risque. Nous devons nous rendre en bas, et il n'y a qu'un moyen d'y arriver : il faut descendre la colline pour rejoindre les autres près du pont.

— Et, une fois là-bas, il te fera sauter du pont pour que tu tombes dans l'eau et te noies. » L'idée avait l'air d'enthousiasmer Crache au plus haut point.

« Crache…, fit Carson d'un ton sévère, mais le petit argenté ne se laissa pas démonter.

— Mon gardien veut que je me noie moi aussi, confia-t-il à Relpda ; comme ça, il n'aura plus besoin de chasser aussi souvent pour me nourrir, et il aura du temps pour se rouler dans son lit avec ton gardien. »

Sans un mot, Carson se rua soudain en avant et heurta de l'épaule la hanche du dragon de tout son poids. Crache se tenait au ras de la pente et observait la longue descente escarpée d'un œil réprobateur ; le petit dragon argenté pédala frénétiquement pour se rattraper mais ne parvint qu'à déloger la terre sous ses pattes. Sa queue qui battait jeta Carson à terre, et tous deux dévalèrent la pente boueuse, l'homme s'accrochant à l'extrémité d'une des ailes du dragon. Crache se mit à pousser des coups de trompe stridents, mais c'est seulement quand le chasseur y ajouta de grands cris que Sédric comprit que ni l'un ni l'autre ne s'effrayait vraiment de la dégringolade.

« Ils aiment ? Être tous sales et tomber de la colline ? » Relpda fit écho à son étonnement.

« Apparemment », répondit-il, dubitatif. Carson et Crache parvinrent en bas de la pente et atteignirent la route dans un éboulis de terre. Le chasseur se releva, épousseta en vain ses vêtements et cria aux deux traînards : « Ce n'est pas si terrible ! Venez !

— Nous n'avons pas le choix, dirait-on », fit Sédric. Il parcourut du regard la pente dans l'espoir de trouver un moyen plus facile, plus sûr et moins salissant de descendre. Les autres dragons et leurs gardiens s'avançaient déjà sur le pont ; Carson attendait ses deux compagnons. Crache avait déployé ses ailes et les agitait sans se préoccuper de la boue qui retombait sur le chasseur.

« N'y passez pas la journée ! lança Carson, bon enfant.

— Relpda est toujours la plus lente, grinça Crache.

— J'arrive ! » cria Sédric à contrecœur. Il se plaça de flanc par rapport à la pente, décidant de descendre de biais.

« Pas la boue ! s'exclama Relpda, butée.

— Ma beauté cuivrée, ça ne me plaît pas plus qu'à toi, mais il faut rejoindre les autres. » Il refusait de songer au défi qu'il devrait affronter ensuite : la persuader de sauter du pont. Il l'estimait capable de voler ; tous les dragons s'exerçaient durement, et la plupart montraient une certaine capacité, au moins à planer. Sédric était quasiment certain qu'elle pouvait prendre son envol et parvenir sans encombre à Kelsingra. Quasiment. Il écarta ses inquiétudes de ses pensées ; Carson l'avait mis en garde : il ne devait pas douter de Relpda sous peine de la faire douter d'elle-même.

Il se déplaça d'un côté de la large ornière créée par le passage des dragons et entreprit une descente prudente en coupant la pente en biais. Au bout de cinq ou six pas, son pied d'appui glissa, et il tomba sur le flanc, roula sur le ventre et s'évertua à se rattraper à des touffes d'herbe qui s'arrachèrent sous son poids. Il commença à glisser, et l'éclat de rire mal réprimé de Carson et le grand coup de trompe hilare de Crache n'arrangèrent rien. Par deux fois, il parvint à s'arrêter mais, dès qu'il voulut se redresser, il dérapa de nouveau. Quand il arriva en bas de la pente sur les fesses, Carson accourut, la main tendue.

« Ça n'avait rien de drôle ! » s'exclama Sédric, indigné, mais il ne put résister à la gaieté qu'il vit danser dans les yeux du chasseur, qui se mordait les lèvres pour ne pas rire. Il se releva avec un large sourire et passa un moment à débarrasser sa tunique et son pantalon Anciens des petits cailloux, des bourres piquantes et de la terre dont il était couvert. Quand il en eut fini, il avait les mains sales, mais ses vêtements avaient retrouvé tout leur éclat bleu et argent.

Il regarda Carson ; la tenue de cuir du chasseur était striée de boue.

« Je t'avais dit qu'il fallait essayer ces habits ; Kanaï en a rapporté toute une collection. »

Carson haussa les épaules d'un air soumis. « Les habitudes ont la vie dure. » Puis il poursuivit devant la déception manifeste de Sédric : « Peut-être, quand on aura tous été transportés à la cité. Je me sens un peu mal à l'aise à l'idée d'attirer l'attention avec des vêtements de couleur vive.

— Ça ne te plaît pas quand j'en mets ? »

Carson eut un sourire malicieux. « J'aime mieux quand tu les enlèves. Mais, si, ça me plaît sur toi ; cependant c'est différent : tu es beau, et il faut que tu portes de beaux habits. »

Sédric secoua la tête, gêné mais sensible au compliment. Carson était ce qu'il était, et, au fond, il n'avait nul désir de le changer ; s'il devait tout avouer, il devait reconnaître qu'il trouvait un charme rugueux à son compagnon dans sa tenue grossière. Il y avait quelque chose de rassurant et de compétent dans sa façon de porter le produit de ses chasses.

« Moi aussi j'aime ça, déclara tout à coup Crache. Ça lui donne une odeur de curée et de viande ; c'est une bonne odeur. »

Le dragon argenté paraissait parfois un peu trop conscient des pensées les plus cachées de Sédric ; celui-ci préféra regarder le haut de la pente raide où Relpda, tout au bord, les observait en dansant nerveusement d'une patte sur l'autre. Hormis Carson et

Crache, tout le monde était parti. « Dépêche-toi, ma reine cuivrée, ou nous allons rester en arrière !

— Et tu seras la dernière à sauter, comme d'habitude ! se moqua Crache, injuste. Allons, vache cuivrée, rassemble tes miettes de courage et dégringole la pente !

— Dis-lui de cesser ces railleries, lança Sédric, agacé, à Carson. Elle va se mettre en colère et je n'en tirerai plus rien. » Malgré la distance, il voyait un éclat rouge dans les yeux tournoyants de Relpda. Elle leva la tête, le cou tendu, les collerettes dressées par la fureur ; ses couleurs s'avivèrent, et elle se mit à luire comme une bouilloire en cuivre sur un fourneau surchauffé.

« La dernière ? cria-t-elle. C'est toi qui seras le dernier et pour toujours sans compagne, crapaud brillant ! » Elle posa un regard plein de rage sur Sédric. « Pas la boue ! » Elle fit brusquement demi-tour et disparut à la vue de son gardien.

« Regarde ce que tu as fait ! reprocha-t-il à l'argenté aucunement repentant. Elle va retourner au village, et il me faudra encore une journée entière pour la convaincre de… »

Il n'acheva pas sa phrase : en entendant le pas de tonnerre de sa dragonne, il leva les yeux et la vit arriver au galop en haut de la pente avant de s'élancer dans les airs.

« Va-t'en vite ! » brailla Carson, mais Sédric resta figé de terreur pour elle et pour lui.

Relpda déploya les ailes, et il se baissa, les mains sur la tête, alors qu'elle tombait vers lui. Il jeta un coup d'œil effrayé et la vit battre éperdument des ailes ; il referma aussitôt les paupières.

Quelques instants plus tard, toujours vivant, il les rouvrit. Carson regardait en l'air, bouche bée d'étonnement. Le cri triomphant de Crache pénétra son esprit. « Elle vole ! La reine cuivrée vole ! »

Sédric s'efforça de repérer ce que le chasseur suivait des yeux ; Carson lui passa le bras autour des épaules et tendit le doigt vers le fleuve. Il fallut un moment à Sédric pour comprendre ce qu'il voyait. C'était sa dragonne ; malgré le ciel nuageux, elle scintillait, cuivrée sur le fond d'étain de la surface du fleuve. Les ailes largement ouvertes, elle planait en perdant de l'altitude, et Sédric visualisa le point précis où elle toucherait l'eau, bien avant le milieu du courant. « Vole ! cria-t-il d'une voix rauque. Bats des ailes, Relpda ! Vole ! »

La main de Carson se crispa sur son épaule ; le chasseur se taisait mais Sédric savait qu'il partageait son angoisse. Près du pont, les autres gardiens échangeaient des questions inquiètes ; Dortean poussa un coup de trompe éperdu, et Veras lui fit écho d'une voix encore plus stridente.

« VOLE ! » Ce rugissement autoritaire, plein de colère, venait de Crache. Le dragon argenté se dressa sur ses pattes arrière, déploya les ailes et les agita en vain, exaspéré. « Vole ! »

Sédric ne voulait pas regarder mais il ne pouvait pas non plus détacher les yeux de Relpda ; il percevait sa terreur mêlée d'excitation à sentir le vent filer le long de ses flancs, ses efforts pour aligner ses pattes à son corps. Puis elle se mit à battre des ailes. Son saut du haut de la pente l'avait envoyée dans une longue parabole descendante, et elle n'avait eu qu'à ouvrir les ailes pour se laisser porter par l'air ; mais à présent d'anciens souvenirs se réveillaient. Elle avait jadis été reine et souveraine de ce même ciel.

« Ne réfléchis pas ! Vole, c'est tout ! rugit Crache, et il s'élança dans un galop pesant.

— Crache ! » cria Carson en partant à sa suite. Sédric ne tenait plus en place ; il se rua derrière eux, sentant la bise sur son visage, le vent sur le cou tendu de Relpda, et les rafales de l'air au-dessus du fleuve qui la giflaient. Il se contraignit à s'immobiliser et ferma les yeux.

« Je suis avec toi, Relpda. Vole, ma beauté ; ne pense qu'à voler ! »

Depuis qu'il avait bu son sang, il partageait la conscience de sa dragonne. Par moments, c'était seulement gênant, et en d'autres occasions il avait le sentiment de ne plus penser par lui-même ; cependant il n'avait pas songé que l'inverse était vrai et qu'il pouvait inspirer des doutes à sa reine. Mais il n'y avait plus de craintes aujourd'hui ; il n'y avait qu'une reine cuivrée, l'air libre et Kelsingra au loin qui l'appelait. Il s'engouffra en elle pour infuser de la vigueur dans ses ailes et de la confiance dans son cœur.

« Crache, NON ! » Quelque part, il entendit la voix de Carson, mais il banda sa volonté et resta concentré. Les ailes battaient régulièrement ; le bruit de l'eau qui roulait en dessous n'était qu'un bruit incapable de l'arrêter ni de l'engloutir. Devant, les murs luisants de Kelsingra l'attiraient. Il lui promit qu'elle y trouverait chaleur, protection contre la pluie et le vent éternels, et eau chaude pour se reposer et se débarrasser de la perpétuelle ankylose du froid.

J'arrive, reine cuivrée. Nous allons voler ensemble.

La pensée s'imposa dans leur esprit commun. C'était Crache ; il avait sauté du pont en bousculant ses congénères plus massifs pour passer le premier. *J'ai capturé le vent lui-même et je viens te rejoindre. Nous montons ensemble !*

Les ailes scintillantes de Relpda changèrent brusquement de rythme : elles battirent plus lentement et s'appuyèrent plus solidement sur l'air. Elle s'éleva, le fleuve s'éloigna, et, dans un moment vertigineux, Sédric vit par ses yeux la campagne qui s'étendait sous elle ; jamais il n'avait imaginé qu'on pût voir si loin avec tant de détails. Un homme au sommet d'une montagne pouvait admirer un panorama semblable mais il ne détecterait jamais l'élan qui somnolait sur un versant ni l'agitation des hautes herbes d'une prairie, due non au vent mais au passage d'un troupeau de petites bêtes similaires à des chèvres. Soudain il perçut leur odeur, le mâle musqué de tête et les cinq – non, six femelles qui le suivaient. Une foule d'informations envahit son esprit d'une façon qu'il n'avait jamais connue. Quand le contact se rompit brutalement avec Relpda, il n'eût su dire si c'était elle qui l'avait écarté ou lui qui s'était enfui.

Il resta un moment à cligner des yeux avec l'impression de sortir d'un rêve extraordinaire. Il voyait flou, et il ferma les yeux puis les frotta avant de comprendre qu'il retrouvait simplement sa vision humaine normale. Il secoua la tête puis parcourut les alentours du regard. Les autres dragons et leurs gardiens étaient massés sur la route près du pont ; Carson accourait vers lui, une étrange expression sur le visage où se mêlaient joie et terreur. Du coin de l'œil, Sédric surprit un mouvement sur le pont, et il vit Dortean, le dragon orange, se mettre soudain à galoper, se figer le temps d'un battement de cœur, puis sauter au-dessus du fleuve. Il déploya ses ailes, révélant des motifs semblables à de grandes fleurs bleues. Il tendit tout son corps et se mua en une flèche. Loin de tomber, il s'éleva à coups d'ailes puissants. Derrière lui, sur le pont, Nortel entama une gigue joyeuse devant le décollage réussi de son dragon ; son cousin Boxteur se précipita pour le rejoindre et lui assena de vigoureuses claques dans le dos en riant à gorge déployée pendant que Kase indiquait son dragon du doigt. Puis ils s'interrompirent brusquement pour s'écarter du chemin de Skrim quand le long et mince dragon se rua vers le vide ; sans hésiter, il s'élança en l'air, seconde flèche orange en vol. Ondulant comme un serpent, il fournit d'intenses efforts pour s'élever dans le ciel.

« Sédric ! » Le cri de Carson détourna son attention du départ victorieux de Skrim. « Sédric, tu l'as vu ? Tu le vois ? »

Son compagnon, soudain devant lui, le souleva de terre et le fit tournoyer dans ses bras. « Tu as vu nos dragons ? s'exclama le chasseur à son oreille.

— NON ! laisse-moi descendre. De quoi parles-tu ? » demanda Sédric. Quand Carson le posa à terre, il dut s'accrocher à son bras, pris de vertige. « Quoi ? Où ça ?

— Là ! » déclara Carson avec fierté en pointant le doigt vers le ciel, au loin, au-dessus de Kelsingra.

Au mieux, Sédric espérait que Relpda parviendrait à se poser sans dommage sur la rive opposée ; il n'avait pas imaginé la voir parcourir de larges cercles à l'aplomb de la cité. Elle s'inclinait dangereusement à chacun de ses virages, et, si elle n'avait pas la grâce d'une alouette, elle en avait le vol joyeux. En contrebas, Crache battait frénétiquement des ailes pour la rattraper ; plus lourd qu'elle, il devait fournir de grands efforts, mais sa réussite n'en était que plus éclatante. Il arriva à la hauteur de Relpda puis la dépassa, et brusquement il plongea sur elle. Sédric lança en vain un cri d'avertissement à sa reine, mais Relpda avait vu Crache approcher. Au dernier instant, elle plaqua ses ailes sur ses flancs, se laissa tomber comme une pierre puis, d'un mouvement fluide, se redressa en vol plané ; les ailes à nouveau déployées, elle gagna de la vitesse et fila vers les collines lointaines. Mais Crache l'avait imitée et la serrait de près en poussant de puissants coups de trompe. Alors que Relpda disparaissait derrière une élévation de terrain au loin, Sédric s'écria : « Pourquoi la harcèle-t-il ainsi ? Carson, rappelle-le ! Fais quelque chose. J'ai peur qu'il ne lui veuille du mal ! »

Carson resserra son bras autour de ses épaules puis lui prit le menton pour tourner le regard inquiet de

Sédric vers lui ; il sourit. « Citadin, va ! se moqua-t-il gentiment. Crache veut faire à Relpda exactement le même mal que j'ai envie de te faire. » Puis il se courba pour embrasser passionnément son amant.

Hest était surpris : la tisane était excellente, épicée et chaude. Le boutiquier lui avait donné une petite table près d'un gros fourneau en céramique bleue, et lui avait servi des amuse-gueules en accompagnement du breuvage, certains fourrés de saucisse au poivre, d'autres de fruits à la fois acides et sucrés. Hest ne précipita pas sa collation ; il voulait laisser à Reddine tout le temps nécessaire pour conclure son entrevue avec les Chalcédiens puis réfléchir à l'inanité d'avoir tenté de forcer la main à son compagnon. À son retour dans la sinistre chambre exiguë, il aurait sans doute atteint ses deux objectifs ; les messages de menace auraient été échangés sans qu'il eût à se salir les mains et Reddine aurait retrouvé toute sa soumission.

Hest avait fait l'effort de se montrer charmant et spirituel avec le boutiquier, et le résultat était là, comme toujours ; toutefois, malgré son affabilité, l'homme était occupé, et, bien qu'ayant échangé quelques mots aimables avec Hest, il n'avait pas réagi quand ce dernier lui avait dit : « Je viens d'arriver à bord d'un des navires étanches ; à mon avis, ils vont radicalement changer les déplacements sur le fleuve. » Néanmoins, Hest avait attiré l'attention d'une jeune femme qui s'était révélée très bavarde, et il n'avait pas été très difficile d'orienter la conversation des bateaux étanches aux vivenefs puis au *Mataf* et à son expédition. Les rumeurs allaient bon train ; la jeune femme savait tout du passage du capitaine Leftrin à Cassaric, de son départ précipité et même de son association apparente avec une des filles du Marchand Khuprus ; on ne l'avait plus revue depuis le départ du *Mataf*, et certains supposaient qu'elle était tombée amoureuse du capitaine et s'était enfuie avec lui. On parlait aussi de Reyn Khuprus et de son épouse enceinte Malta ; on disait qu'ils s'étaient présentés à la réunion des Marchands du désert des Pluies au moment où Leftrin était arrivé, et qu'il avait remis à Malta Khuprus un message secret, voire un objet d'une valeur inestimable en provenance de la cité Ancienne de Kelsingra. Depuis lors, on n'avait plus revu les prétendus Anciens à Cassaric. À sa moue dédaigneuse, Hest avait compris qu'elle ne portait ni Reyn ni Malta dans son cœur, et, une fois qu'il eût laissé entendre qu'il partageait son avis, son interlocutrice lui apprit tout ce qu'il souhaitait savoir. La matriarche des Khuprus refusait de révéler où son fils et sa bru se trouvaient ou si la grossesse avait donné un enfant viable ; l'absence d'informations devenait criante, tout comme l'expression inquiète, voire défaite de Jani Khuprus. La jeune femme soupçonnait la naissance d'un monstre qu'on gardait dissimulé par crainte qu'on n'exigeât sa mort.

Il avait fallu un peu de temps à Hest pour la détourner de la politique intérieure du désert des Pluies et la ramener sur le terrain qui l'intéressait ; il désirait découvrir ce qu'on savait de Kelsingra et plus particulièrement de son épouse, mais ne pouvait s'en enquérir directement. Enfin, il parvint à faire évoquer à son interlocutrice la première fois où Leftrin avait expliqué le but de son expédition au Conseil ; elle n'y avait pas assisté mais elle s'étendit longuement sur la façon dont « l'Ancienne Malta » s'était imposée à l'assemblée en prétendant représenter son frère Selden, absent, lequel devait lui-même s'exprimer au nom des dragons, comme si les dragons avaient un droit de représentation au Conseil ! À son avis, la prétention de Selden à connaître la volonté des dragons n'était qu'une nouvelle astuce des Anciens Khuprus pour s'approprier encore plus de pouvoir : tout le monde savait qu'ils rêvaient de devenir roi et reine et d'asseoir leur domination sur le désert des Pluies. Sa diatribe ennuya Hest bien avant qu'elle ne s'en lassât elle-même, et elle ne prit congé qu'après avoir terminé les petits gâteaux. Il en avait coûté au Marchand un après-midi et plusieurs pièces d'argent pour apprendre que nul ne savait apparemment ce que le *Mataf* avait découvert au bout du fleuve.

Il jeta un regard par la minuscule fenêtre. Il faisait sombre – mais, comme c'était l'impression qu'il avait depuis son arrivée à Cassaric, il en conclut qu'il ne pouvait guère estimer ainsi l'heure qu'il était. L'épaisse voûte de la forêt bloquait le maigre soleil de cette fin d'hiver. Mieux valait suivre son inclination qui le poussait à juger le moment venu de retourner à la chambre. Il empila des pièces près de sa tasse et sortit. Le vent avait considérablement forci, et des feuilles mortes, des aiguilles et des fragments de mousse tombaient des frondaisons. Il fallut quelques instants à Hest pour s'orienter, sur quoi il se dirigea vers un arbre plus petit que les autres, monta deux volées de marches puis parcourut une branche pour parvenir à la fragile construction où se trouvait sa chambre. La pluie qui frappait la voûte des arbres s'était frayé un chemin jusque-là et s'écrasait en énormes gouttes chargées de brindilles et de terre récoltées en chemin. Hest se réjouit de n'avoir pas à dormir dans sa cage suspendue : le tangage eût été sans doute aussi insupportable qu'à bord d'un bateau en pleine mer.

Il voulut ouvrir la porte, mais elle était fermée de l'intérieur. « Reddine ? » appela-t-il, agacé, mais il n'obtint pas de réponse. Quel toupet ! Il lui avait joué un petit tour en lui confiant la remise des sinistres messages de remontrance, mais de là à le laisser dehors, exposé au vent et à la pluie ! « Crénom, Reddine, ouvre la porte ! » lança-t-il, et il la martela du poing, mais sans plus de succès. La pluie se mit à tomber dru. Hest s'appuya de l'épaule contre le battant et parvint à l'écarter d'un empan.

Il jeta un coup d'œil dans la pièce obscure. « Reddine ! » Son cri s'interrompit brusquement quand une main brune et musclée le saisit à la gorge.

« Silence ! » fit une voix qu'il ne connaissait que trop bien.

La porte fut entrouverte et on l'attira dans la chambre noire. Il trébucha sur un obstacle mou et tomba à genoux, et la main le lâcha ; il toussa plusieurs fois avant de parvenir à reprendre son souffle. L'huis avait été refermé, et seule la lueur des braises du petit foyer éclairait les aîtres ; il distingua l'objet qui bloquait la porte : un corps. Le Chalcédien lui barrait l'issue. Le corps ne bougeait pas. Il régnait une odeur désagréable.

« Reddine ! » Il tendit la main et toucha une chemise en coton grossier.

« Non ! » La voix du Chalcédien était empreinte d'un mépris absolu. « Non, c'est Arich. Il est venu seul. Votre homme ne s'est pas mal débrouillé avec lui, au début ; il lui a remis le paquet, et Arich en a compris l'importance avant de mourir. C'était évidemment nécessaire : il aurait été intolérable qu'il meure l'espoir au cœur après son terrible échec. Naturellement, il avait des questions dont votre homme ignorait les réponses, et j'ai donc dû intervenir ; il a été sidéré de me voir, presque autant que votre envoyé. Avant que je ne l'élimine, il a fait certaines déclarations qui m'inclinent à penser que Begasti Cored n'est plus. Dommage : il était plus astucieux qu'Arich et possédait peut-être plus d'informations – sans parler du fait que le duc se réjouissait à l'idée que Begasti identifierait la main de son fils unique.

— Que faites-vous ici ? Et où est Reddine ? » Hest avait retrouvé un peu de son aplomb ; il se redressa en chancelant et recula jusqu'à la paroi en osier de la chambre. La fragile construction tangua sous ses pieds, à moins que l'horreur de la situation ne le désorientât ; un cadavre dans une chambre qu'il avait louée ; allait-on l'accuser ?

« Je remplis ma mission pour le duc : je me procure de la chair de dragon. Rappelez-vous que c'est dans ce but que je vous ai envoyé ici. Quant à "Reddine"…

le nom de votre homme, je suppose ? Il est là, sur le lit où il est tombé. »

Dans l'obscurité, Hest n'avait pas remarqué la masse qui reposait sur le lit bas ; forçant sur ses yeux, il distingua des détails, une main pâle qui pendait, la dentelle au poignet noire de sang. « Il est blessé ? Il s'en remettra ?

— Non. Il est mort. » Il n'y avait pas trace de regret dans la voix de l'homme.

Avec un hoquet d'horreur, Hest recula jusqu'à ce qu'il sentît sous ses mains le mur tressé ; ses genoux tremblaient et un rugissement emplissait ses oreilles. Reddine était mort. Reddine qu'il avait connu toute sa vie, son compagnon de lit occasionnel depuis qu'ils avaient découvert leur intérêt mutuel, Reddine qui avait pris son petit déjeuner avec lui ce matin même. Reddine était mort ici, victime de violence. C'était incompréhensible. Il contempla le tableau, qui se grava au fer rouge dans son esprit. Reddine était étendu sur le ventre, le visage tourné vers lui ; la lueur inégale de l'âtre dansait sur le contour de sa bouche ouverte et de ses yeux fixes. Il n'avait pas l'air mort, mais vaguement surpris, et Hest avait l'impression qu'il allait se redresser brusquement en éclatant de rire. Puis le long moment pendant lequel il eût pu être la victime de quelque plaisanterie malsaine concoctée par le Chalcédien et son ami passa. Mort. Reddine gisait mort, là, devant lui, sur la paillasse crasseuse d'une chambre du désert des Pluies.

Il lui apparut tout à coup très possible de subir le même sort. D'une voix rauque, il parvint à demander :

« Pourquoi ? Je vous ai obéi ; j'ai fait tout ce que vous avez exigé de moi.

— Presque, mais pas tout à fait. Je vous avais dit de venir seul, et vous avez désobéi. Vous voyez le résultat ? » Le Chalcédien employait le ton de doux reproche d'un maître d'école devant un élève qui se trompe. « Mais tout n'était pas perdu ; votre ami et vous les avez attirés hors de leur cachette.

— Alors vous n'avez plus besoin de moi ? Je peux m'en aller ? » L'espoir l'envahit. Partir, fuir, retourner à Terrilville aussi vite que possible ! Reddine était mort. *Mort !*

« Bien sûr que non. Mettez-vous bien ceci dans le crâne, Hest Finbok, c'est une idée très simple : votre employé, Sédric, a promis de nous procurer des prélèvements de dragon, or, nous ne les avons pas reçus. Votre rôle s'achèvera quand vous aurez satisfait à ce contrat, qui est en réalité votre contrat puisqu'il a été conclu par votre serviteur qui parlait en votre nom. » L'assassin leva les mains puis les laissa retomber. « Qu'y a-t-il de si difficile à comprendre là-dedans ?

— Mais j'ai fait tout ce que vous demandiez ! Je ne peux pas faire apparaître des bouts de dragons par magie ! Si je ne les ai pas, je ne les ai pas ! Que voulez-vous ? Que puis-je vous donner en remplacement ? De l'argent ? »

Le Chalcédien avança sur lui. Sa balafre était moins livide, mais il avait l'air plus hagard avec ses cheveux et sa barbe hirsutes. « Ce que je veux ? » Il approcha son visage de celui de Hest, et ses yeux noisette étincelèrent de rage. « Ce que je ne veux pas, c'est qu'on me remette la main de mon fils dans un coffret serti de pierres précieuses. Je veux rapporter à mon duc la chair, le sang et les organes d'un dragon pour qu'il me rende ma chair et mon sang qu'il tient en otage ; je veux qu'il me récompense richement puis oublie qu'il me connaît, moi ou ma famille, de façon que nous puissions vivre sans crainte jusqu'à la fin de nos jours. Ce n'est pas avec de l'argent que j'obtiendrai cela, Terrilvillien, mais avec de la chair de dragon.

— J'ignore comment vous la procurer. Croyez-vous que, si je le savais, je ne vous l'aurais pas déjà donnée ? » La voix de Hest tremblait ; tout son corps était convulsé, non de peur, mais d'une émotion plus profonde encore. Il serra les dents pour les empêcher de claquer.

« Taisez-vous. Vous êtes inutile mais je n'ai pas d'autre outil sous la main. J'ai fait ici ce qui était possible avec ces pauvres imbéciles. Sinad Arich et Begasti Cored ont échoué, j'en ai eu la quasi-certitude quand on m'a envoyé voir ce qui les retardait. Je les ai donc écartés de mon chemin. J'ai écarté aussi votre Reddine ; vous avez mal choisi en décidant d'en faire vos mains. Il a vomi quand Arich a ouvert son paquet, et, quand je suis entré, il a failli tourner de l'œil, puis il a crié comme une femme lorsque j'ai tué Arich. C'est le genre d'homme que vous prenez comme compagnon ?

— Je le connaissais depuis toujours », répondit Hest sans le vouloir, l'esprit paralysé, à peine capable de se représenter que Reddine n'était plus. Reddine qui grimpait sur une table pour lever son verre, Reddine qui essayait des manteaux chez leur tailleur préféré, Reddine, les sourcils haussés, qui se penchait pour le faire profiter d'un ragot absolument scandaleux, Reddine à genoux, les lèvres humides, qui éveillait ses sens, Reddine sur le ventre, les yeux dans le vague. Il l'avait connu toute sa vie, et celle de Reddine était aujourd'hui finie. Plus de Reddine. « Je n'ai aucune idée de la façon de vous procurer de la chair de dragon, dit-il sans ambages.

— Ça ne m'étonne pas, répondit le Chalcédien. Mais vous trouverez.

— Comment ? De quoi parlez-vous ? Comment pourrais-je bien m'y prendre ? »

Le Chalcédien secoua la tête d'un air las. « Croyez-vous que je ne me suis pas renseigné ? Croyez-vous que je ne sais rien de votre femme ? Et de vos contacts dans la région en tant que futur Marchand de votre famille ? Je vous ai fait venir ici pour me servir de vous, pour découvrir tout ce qu'il est possible d'apprendre sur les dragons et votre chère petite épouse. Cela fait, nous les suivrons…

— Mais aucun bateau ne peut nous transporter ! » l'interrompit Hest non sans audace.

L'homme partit d'un éclat de rire sec. « Nous avons pris nos dispositions avant même notre départ de Terrilville. Avez-vous vraiment pensé qu'il s'agissait d'une coïncidence si un des nouveaux bateaux "étanches" se mettait en route à un moment aussi propice pour vous ? Et s'il ne disposait plus que d'une seule cabine ? Imbécile !

— Alors… vous étiez à bord avec nous ?

— Évidemment. Mais cessons d'enfoncer des portes ouvertes ; il nous reste une tâche à accomplir ce soir, et c'est de rendre les choses un peu moins visibles avant de dormir.

— Moins visibles ?

— Il faut nous débarrasser des cadavres. D'abord, déshabillez-les pour mieux dissimuler leur identité. » Le Chalcédien réfléchit un instant. « Et il vaudrait mieux qu'on ne puisse pas reconnaître leurs traits. » Il dégaina un de ses méchants poignards en s'accroupissant près du corps d'Arich. « Retirez-lui ses vêtements pendant que je m'occupe de sa figure. » Sans se retourner, il ajouta : « Faisons vite ; nous avons encore du pain sur la planche. Hest Finbok a quelques lettres à écrire, certaines pour proposer une association très profitable avec sa famille, et une de nature extrêmement confidentielle. Je pense ainsi obliger nos amis à sortir de leur tanière et les mener au bord du précipice comme je le veux. »

VINGT-SIXIÈME JOUR DE LA LUNE DU POISSON

Septième année de l'Alliance Indépendante des Marchands

De Ronica Vestrit des Marchands Vestrit, Terrilville, au dresseur de pigeons incompétent qui reçoit les messages à Cassaric

La cliente demande que cette missive soit placardée dans la Salle de la Guilde des Dresseurs.

Une fois, il peut s'agir d'un accident ; deux fois, d'une coïncidence ; quatre fois, c'est de l'espionnage. Vous mettez votre nez dans tous les messages qu'on m'envoie de Cassaric ; ceux que j'ai reçus de Malta Vestrit Khuprus me sont parvenus avec le cachet abîmé ou arraché, tout comme une lettre très récente de Jani Khuprus. Il est évident que vous visez particulièrement les missives entre la famille Khuprus et la famille des Marchands Vestrit.

Il est aussi évident que vous nous croyez stupides au point d'ignorer comment la Guilde emploie ses oiseaux et ses gardiens. Vous noterez que le présent message vous parvient fixé à la patte d'un des pigeons de votre nichoir, pigeons dont vous êtes personnellement responsable. La Guilde refuse de me donner votre nom, mais je sais qu'elle a désormais identifié l'auteur de certaines interférences dans les courriers. J'ai déposé plainte contre vous, nommément, en citant les marques aux pattes des oiseaux qui sont arrivés porteurs de messages endommagés.

Vos jours en tant que gardien sont comptés. Vous déshonorez les Marchands du désert des Pluies et la famille dont vous êtes issu ; vous portez la honte d'avoir trahi vos serments de confidentialité et de loyauté. Le négoce ne peut prospérer là où règnent l'indiscrétion et la duplicité. Les gens comme vous nous font du mal à tous.

6

Sang de dragon

« Il a l'air malade », dit le duc.

Le chancelier Ellik baissa les yeux sans répondre, humilié de voir son duc faire si peu de cas de son présent, mais il inclina la tête, soumis. Il n'avait pas le choix, et le duc se plaisait à le lui rappeler. Il faisait chaud dans la salle d'audience privée, voire étouffant pour certains des assistants ; le souverain avait tant maigri qu'il avait toujours froid, même par un beau jour de printemps. Du feu crépitait dans les deux larges cheminées, d'épais tapis couvraient le dallage de pierre et des tapisseries cachaient les murs ; le duc était emmitouflé dans des robes chaudes et moelleuses, et pourtant il se sentait glacé alors que la sueur luisait sur le visage des six gardes qui l'entouraient. Les seuls autres occupants de la salle étaient son chancelier et la créature qu'il avait amenée.

L'homme-dragon enchaîné, l'Ancien qui se tenait devant lui, ne transpirait pas. Il était décharné, avec les yeux caves et les cheveux raides et ternes. Ellik l'avait vêtu d'un simple pagne, sans doute pour mieux laisser voir ses écailles ; hélas, il ne cachait rien non plus de ses côtes saillantes ni de ses coudes et de ses genoux osseux. Un bandage lui prenait l'épaule. Ce n'était pas du tout l'être magnifique auquel s'attendait le duc.

« Je suis malade, en effet. »

L'intervention de la créature le fit tressaillir. Sa surprise venait non seulement de ce qu'elle sût parler mais aussi de sa voix, plus puissante qu'il ne l'eût cru étant donné son état ; en outre, elle s'exprimait en chalcédien, avec un accent, certes, mais de façon assez claire. L'Ancien se mit à tousser comme pour illustrer son propos, du toussotement timide de celui qui craint qu'un raclement trop fort ne devienne douloureux ; le duc connaissait bien le phénomène. La créature se passa une main fine et couverte d'écailles bleues sur la bouche, soupira puis leva les yeux pour croiser le regard du duc. Elle laissa retomber ses bras le long de ses flancs, et les chaînes cliquetèrent à ses poignets. Dans la lumière de la salle, elle avait des yeux humains mais, à son entrée, ils avaient paru chatoyants comme ceux d'un chat, d'un bleu brillant à la lueur des chandelles.

« Silence ! cracha Ellik. Silence, et à genoux devant le duc. » Furieux, il tira brutalement sur la chaîne, et la créature trébucha puis tomba à genoux, tendant les mains devant elle pour éviter de s'écrouler tout à fait.

Elle poussa un cri en heurtant le dallage puis se redressa difficilement en position agenouillée. Elle lança un regard de haine à Ellik.

Le duc interrompit le chancelier qui ramenait son poing en arrière. « Ainsi, cet être parle ? Laisse-le, chancelier ; il m'amuse. » Le souverain vit qu'Ellik était contrarié : raison de plus pour entendre ce que l'homme-dragon avait à dire.

La créature écailleuse s'éclaircit la gorge mais sa voix resta rauque. Elle s'exprima avec le formalisme d'un homme dont la raison vacille ; le duc avait l'habitude de cette ultime tentative pour s'accrocher à la normalité. Pourquoi les gens au bout du rouleau croyaient-ils que la logique et le protocole pouvaient leur rendre une existence qui avait disparu ?

« Je m'appelle Selden Vestrit des Marchands de Terrilville, fils adoptif de la famille Khuprus des Marchands du désert des Pluies et Chanteur de la dragonne Tintaglia. Mais vous le savez peut-être déjà ? » Il leva un regard plein d'espoir vers le duc ; cependant, devant son visage impavide, il reprit : « Tintaglia m'a choisi pour la servir, et je l'ai fait avec plaisir. Elle m'a confié une mission : partir à l'aventure pour voir si je découvrais d'autres membres de son espèce ou si j'entendais parler d'eux. J'ai obéi ; j'ai voyagé loin avec un groupe de Marchands. Ce qui me motivait, c'était l'amour de ma dragonne, mais eux espéraient gagner ses faveurs et en tirer fortune. Mais nos recherches demeuraient vaines ; les autres voulaient faire demi-tour ; moi, je savais que je devais continuer. »

Une fois de plus, il chercha sur les traits impassibles du duc une trace de compassion ou d'intérêt, mais le visage du souverain ne laissait transparaître nulle curiosité, et c'est d'une voix plus éteinte que le chanteur poursuivit : « Pour finir, les miens m'ont trahi ; les Marchands avec qui je voyageais ont abandonné la mission. Ils jugeaient sans doute que c'était moi qui les avais trahis en les entraînant dans une expédition ridicule qui leur avait coûté de l'argent sans rien leur rapporter. Ils m'ont dépouillé de tout et, au port suivant, ils m'ont vendu comme esclave. Mes nouveaux "propriétaires" m'ont emmené loin dans le Sud pour m'exhiber dans les marchés et les foires ; mais, quand la nouveauté que je représentais a commencé à diminuer et que je suis tombé malade, ils m'ont revendu. On m'a transporté par bateau vers le nord, mais des pirates ont arraisonné notre navire et j'ai changé de mains ; on m'a acheté comme phénomène à montrer aux curieux. Votre chancelier a eu vent de mon existence et m'a fait conduire ici, et me voici devant vous. »

Le duc ignorait tout de ces événements. Il se demanda si Ellik était au courant mais il ne regarda pas son chancelier ; l'homme-dragon retenait toute son attention. Il était persuasif, ce « chanteur de dragon ». Il avait la voix râpeuse, sans plus aucune musique, mais le rythme et le ton de ses paroles eussent convaincu un homme plus sensible. Le duc se tut ; alors la voix du prisonnier s'imprégna de désespoir, et le souverain se demanda s'il n'était pas plus jeune qu'il n'en avait l'air.

« Ceux qui prétendent m'avoir acheté et vendu sont des menteurs ! Je ne suis pas un esclave ; je n'ai jamais commis aucun crime punissable d'asservissement et je n'ai jamais appartenu à aucune cité où l'on tolère une telle sanction. Si vous refusez de me libérer sur ma seule parole, faites expliquer ma situation à ma famille ; elle vous rachètera ma liberté. » Il fut à nouveau pris de toux, plus rudement cette fois, et la douleur convulsa ses traits à chacune de ses expirations rauques. Il parvint difficilement à éviter de s'écrouler, et, quand il s'essuya la bouche, ses lèvres restèrent humides de mucus. C'était répugnant.

Le duc le considéra d'un œil froid. « Je sais maintenant ton nom, mais ton identité n'a aucune importance. C'est ce que tu es qui t'amène ici ; tu es à moitié dragon et c'est tout ce qui compte. » Il prit un air calculateur. « Depuis combien de temps es-tu malade ?

— Non, vous vous trompez. Je ne suis pas à moitié dragon : je suis un homme qu'un dragon a changé. Ma mère est originaire de Terrilville, mais mon père était Chalcédien ; il s'appelait Kyle Havre et il était capitaine. C'était un homme comme vous. »

La créature poussa l'audace jusqu'à serrer les poings tout en s'avançant à genoux. Ellik tira sur sa laisse, et l'Ancien poussa un cri de souffrance ; d'un pied dédaigneux, le chancelier le fit tomber sur le flanc, et la créature lui adressa un regard noir. Le chancelier lui posa le pied sur la gorge, et, l'espace d'un instant, le duc retrouva le guerrier qu'Ellik était jadis.

« Tu ferais bien d'apprendre la politesse, Ancien, ou je te l'enseignerai moi-même. » Ellik s'exprimait d'un ton sévère, mais le duc se demanda si c'était par respect pour son maître ou s'il préférait imposer le silence à la créature avant que son « cadeau » ne recommençât à nier sa nature. C'était sans importance. Les écailles fines, la teinte bleue, même les yeux luisants, tout prouvait qu'elle n'était pas humaine. Astucieux de prétendre que son père était Chalcédien – d'ailleurs ne disait-on pas : « Astucieux comme un dragon » ?

« Depuis combien de temps es-tu malade ? insista le duc.

— Je ne sais pas. » L'Ancien avait renoncé à son attitude provocatrice, et il garda les yeux baissés. « C'est difficile de mesurer le passage du temps quand on est enfermé dans le ventre d'un bateau. Mais j'étais déjà mal en point quand on m'a vendu, et encore plus quand les pirates ont abordé le navire dans lequel j'étais. Pendant quelque temps, ils ont redouté de me toucher, et ce n'était pas seulement à cause de mon apparence. » Il toussa de nouveau, plié en deux.

« Il n'a plus que la peau sur les os, fit observer le duc.

— C'est l'état naturel de son espèce, je crois, répondit Ellik avec circonspection, d'être long et maigre comme cela. Il y a quelques images dans de vieux manuscrits qui les représentent ainsi, grands et couverts d'écailles.

— A-t-il de la fièvre ?

— Il est un peu plus chaud qu'un humain, mais là encore c'est peut-être normal dans son espèce.

— Je suis *malade* ! s'exclama de nouveau la créature, plus énergiquement. J'ai perdu du poids, je ne peux plus respirer à fond, et, oui, je brûle de fièvre. Pourquoi poser ces questions ? Allez-vous, oui ou non, me laisser avertir ceux qui pourront payer ma rançon ? Demandez ce que vous voulez : je gage que vous l'obtiendrez.

— Je ne mange pas la chair d'animaux malades », dit le duc d'un ton froid. Il regarda Ellik dans les yeux. « Et je n'aime pas qu'on en amène un devant moi au risque qu'il dégage des vapeurs contagieuses. Tu avais peut-être de bonnes intentions, chancelier, mais tu n'as pas rempli ta part de notre accord.

— Votre Excellence, acquiesça Ellik avec une raideur imperceptible. Je vous demande pardon de vous infliger sa présence ; je vais le retirer sur-le-champ de votre vue.

— Non. » Le duc réfléchit soigneusement. Le minuscule échantillon de chair qu'Ellik lui avait fourni plusieurs semaines plus tôt l'avait revigoré ; pendant les deux jours suivants, il avait bien digéré ses repas et avait même pu se lever pour faire quelques pas sans aide. Puis l'impression de bien-être avait passé et la faiblesse était revenue ; la chair d'un homme-dragon ne l'avait donc pas guéri mais elle lui avait rendu des forces pendant quelque temps. Il plissa les yeux, songeur. La créature avait de la valeur, et décevoir excessivement Ellik à ce moment précis serait une erreur ; non, il devait accepter le présent afin de donner le sentiment au chancelier qu'il restait dans ses faveurs, car c'était l'autorité d'Ellik qui soutenait son trône. Toutefois, pas question non plus de lui remettre trop de pouvoir : il ne devait pas encore lui accorder sa fille en mariage, car, une fois qu'Ellik aurait engrossé la fille, quel besoin aurait-il du père ?

Le duc pesa les options en prenant son temps sans se soucier de ses gardes qui s'agitaient, gênés par la chaleur, ni d'Ellik dont l'expression s'assombrissait d'humiliation ou peut-être de colère. Il étudia l'Ancien. On pouvait tomber malade en mangeant la viande d'un animal infecté, mais on pouvait guérir un animal et lui rendre son utilité. L'Ancien paraissait jouir d'une bonne vitalité, même s'il était mal portant ; peut-être pouvait-on le remettre sur pied.

Devait-il le confier à Chassim ? Parmi ses femmes, ses talents de guérisseuse étaient renommés, et cette décision déstabiliserait Ellik. Pour le présent, sa fille était en sécurité, isolée ; elle lui envoyait des messages tous les jours où elle exigeait de savoir ce qu'elle avait fait pour être traitée ainsi. Il n'y répondait pas ; moins elle en savait, moins elle avait d'armes contre lui. Il faudrait mettre l'Ancien au secret lui aussi pour le garder à l'abri et le réserver au seul usage du souverain, et surtout ne pas le faire soigner par ses lourdauds de guérisseurs ; s'ils n'avaient pas été fichus de guérir leur duc, pourquoi leur fournir l'occasion de rendre la créature encore plus malade ? Par pure jalousie envers le chancelier qui avait procuré à leur maître ce qu'ils avaient échoué à lui donner, ils risquaient de vouloir empoisonner l'homme-dragon.

Il hocha la tête en rassemblant toutes les pièces : son plan lui plaisait. Il confierait l'Ancien à Chassim en lui disant que, si elle le guérissait, elle y gagnerait peut-être sa liberté ; et, s'il mourait… eh bien, qu'elle imagine les conséquences d'un tel échec ! Pour l'instant, il n'ingérerait pas une goutte du sang de la créature tant qu'il n'aurait pas la certitude qu'elle était bien portante. Et, si personne n'arrivait à lui rendre une santé suffisante pour la consommer, il pourrait toujours l'échanger contre ce qui lui ferait envie ; l'homme-dragon avait laissé entendre qu'il avait de la valeur pour les siens. Le duc s'adossa dans son trône, constata que la position n'était pas plus agréable pour ses os saillants et se replia en avant à nouveau. La créature à terre continuait à le regarder d'un air défiant pendant qu'Ellik bouillait.

Assez ; il était temps de prendre une décision, ou du moins d'en avoir l'air. « Qu'on fasse venir mon geôlier », dit-il, mais, alors que ses gardes se raidissaient, il désigna du doigt son chancelier pour exécuter son ordre. « Quand il sera là, je lui annoncerai que cet Ancien doit être enfermé avec mon autre prisonnier et traité avec la même délicatesse. Je pense qu'avec le temps il se rétablira, et nous en aurons l'usage. Mon bon chancelier, je t'autorise à l'accompagner afin de veiller à ce qu'il soit installé au chaud et confortablement, et qu'on le nourrisse convenablement. » Il se tut un moment pour laisser à Ellik le temps de craindre que son duc ne se débarrassât de son cadeau exotique et ne lui en fît nulle récompense. Quand il vit la colère s'allumer dans le regard du chancelier, il reprit la parole.

« Et j'avertirai mon geôlier que tu disposes du privilège de rendre visite à mes deux prisonniers à toute heure et comme tu l'entends. Il est normal que je te récompense en te donnant accès à ce qui finira par t'appartenir, pour ainsi dire… Cela te paraît-il juste, chancelier ? »

Ellik regarda le souverain dans les yeux et la lumière se fit lentement dans son esprit. « C'est plus que juste, Votre Excellence ; je vais le chercher sur-le-champ. » Il tira sur la chaîne de l'Ancien, mais le duc secoua la tête. « Laisse l'homme-dragon ici ; j'ai mes gardes, et je pense n'avoir pas grand-chose à redouter d'un pareil sac d'os. »

Une fugitive expression d'inquiétude passa sur les traits du chancelier, mais il s'inclina profondément puis quitta la pièce à reculons. Quand il fut sorti, le duc étudia son cadeau. L'Ancien n'avait pas l'air d'avoir été exagérément maltraité ; mal nourri, peut-être, et les restes d'ecchymoses indiquaient qu'on l'avait battu, mais il n'y avait pas trace de blessures infectées. Peut-être suffisait-il de lui donner à manger pour le remplumer ? « De quoi te nourris-tu, créature ? » demanda-t-il.

L'Ancien croisa son regard. « Je suis un homme malgré mon aspect, et je mange ce que vous mangez : pain, viande, fruits, légumes, tisane chaude, bon vin. Je me satisferais de n'importe quels aliments sains. »

Le duc perçut du soulagement dans la voix de la créature : elle avait compris qu'elle serait bien traitée et qu'on lui accorderait le temps de recouvrer la santé. Inutile de lui laisser penser autrement.

« Si vous me fournissez de l'encre et du papier, poursuivit-elle, je composerai une lettre pour ma famille, et elle paiera ma rançon.

— Et ta dragonne ? N'as-tu pas dit que tu chantais pour une dragonne ? Que donnerait-elle pour te retrouver sain et sauf ? »

L'Ancien sourit mais d'un air de regret. « Je ne sais pas ; rien, peut-être. Tintaglia n'obéit pas aux règles de réaction des hommes. À tout instant, elle peut changer d'avis sur mon utilité. Mais je pense que vous vous attireriez sa bienveillance en me ramenant là où elle pourrait me retrouver.

— Tu ignores donc où elle est ? » L'idée de se servir de ce Selden comme otage pour attirer la dragonne là où on pourrait l'abattre et la dépecer parut s'éloigner – du moins si la créature disait la vérité. De notoriété publique, les dragons étaient des menteurs.

« J'ai été fait prisonnier et emmené loin de là où j'aurais pu la voir. Elle croit peut-être que je l'ai abandonnée. Quoi qu'il en soit, il y a des années que je ne l'ai pas revue. »

Voilà une annonce qui n'était pas des plus encourageantes. « Mais tu viens du désert des Pluies ? Et, là-bas, il y a quantité de dragons, n'est-ce pas ? »

La créature s'apprêta à répondre, parut hésiter puis déclara : « Lorsque les dragons ont éclos, la rumeur s'en est répandue très loin. Il y a longtemps que je ne suis pas rentré chez moi, et j'ignore comment ils se portent. »

Sentait-elle qu'il y avait là un marché à discuter ? Eh bien, qu'elle y réfléchisse, mais mieux valait lui laisser ignorer que la vie du duc en dépendait. Le souverain entendit les pas du geôlier et d'Ellik qui entraient, et il hocha gravement la tête à l'intention du prisonnier.

« Au revoir, Ancien. Mange bien, repose-toi et reprends tes forces. Nous reparlerons plus tard peut-être. » Il se détourna. « Gardes, transportez-moi au jardin abrité, et que du vin chaud m'y attende. »

En fin de matinée, Tintaglia perçut une odeur de fumée dans le vent. La brise l'avait portée sur une longue distance, mais elle réchauffa le cœur de la reine ; Trehaug n'était plus loin, et la journée n'était pas finie. À l'idée de revoir bientôt ses Anciens, la joie l'envahit, et elle battit des ailes plus vigoureusement en résistant à la douleur, désormais plus supportable maintenant qu'une solution était en vue. La dragonne convoquerait Malta et Reyn et ils soigneraient sa blessure. Ce ne serait pas agréable, mais, de leurs petites mains adroites, ils pourraient sonder la plaie et en extraire la pointe de flèche, après quoi ils y appliqueraient un baume apaisant puis feraient peut-être un peu de toilette à la reine. Un léger grondement de plaisir anticipé roula dans sa gorge. C'était Selden qui s'était toujours le mieux occupé d'elle ; son petit chanteur lui était totalement dévoué. Était-il encore vivant ? Quel âge avait-il aujourd'hui ? Elle avait du mal à comprendre la vitesse avec laquelle les humains vieillissaient : quelques saisons passaient et tout à coup ils étaient vieux ; quelques saisons encore et ils étaient morts. Malta et Reyn auraient-ils beaucoup changé ?

Vaines questions : elle les verrait bientôt. S'ils avaient trop vieilli pour l'aider, elle se servirait de son charme de dragon pour en prendre d'autres à son service.

Comme le soleil de l'après-midi commençait à baisser sur le fleuve, les odeurs de l'humanité se renforçaient : le vent portait la fumée et autres effluves d'habitations. Les sons des hommes parvenaient aussi à ses oreilles sensibles : leurs échanges stridulants rivalisaient avec les bruits de leur remodelage incessant du monde ; les haches débitaient le bois et les marteaux en refixaient les morceaux ensemble. Les hommes étaient incapables d'accepter le monde tel qu'il était : ils perdaient leur temps à le mettre en pièces pour vivre au milieu de ses débris.

Sur le fleuve, des bateaux luttaient contre le courant. Quand l'ombre de la dragonne passa sur eux, les matelots levèrent les yeux en poussant des cris, le doigt tendu ; elle ne leur prêta nulle attention. Les quais flottants de la cité des arbres apparaissaient devant elle ; elle les survola, contrariée de leur exiguïté. Elle s'était déjà posée sur eux alors qu'elle était récemment éclose ; des planches avaient cédé sous son poids, des embarcations avaient subi quelques dégâts et certaines étaient parties à la dérive encore fixées à des bouts de ponton, mais ce n'était pas sa faute : les hommes n'avaient qu'à construire plus solide s'ils voulaient recevoir des dragons.

Avec un grognement de douleur, elle s'inclina sur l'aile pour virer. L'atterrissage ferait mal, qu'il se passât sur l'eau ou sur les quais. Autant choisir les quais dans ce cas. Elle déploya ses ailes et tendit ses pattes griffues vers l'appontement ; sur la longue structure en bois, des humains couraient en tous sens en hurlant.

« ÉCARTEZ-VOUS ! lança-t-elle à la fois mentalement dans leurs petits cerveaux et vocalement. *Malta ! Reyn ! À moi !* » Puis ses pattes avant touchèrent les planches. L'appontement flottant s'enfonça, les bateaux à l'amarre tanguèrent follement, et des morceaux de bois s'envolèrent. L'eau grise du fleuve jaillit pour l'engloutir, et, alors que Tintaglia poussait un cri indigné à son contact froid et acide, le quai se rétablit soudain ; il remonta, porté par l'eau qui ne couvrit plus que les pattes de la reine. Elle agita la queue, agacée, et suivit le quai qui dansait sous son poids jusqu'à la rive boueuse d'avoir été piétinée. Quand elle quitta l'appontement, la structure retrouva en grande partie sa hauteur normale de flottaison, et un seul bateau se détacha pour partir à la dérive.

Une fois sur la terre ferme, quoique boueuse, elle fit halte et reprit son souffle un moment. Des vagues de chaleur la parcouraient et coloraient sa peau des teintes de la colère et de la douleur ; elle courba le cou, au supplice, et resta parfaitement immobile en s'efforçant de chasser la souffrance. Quand elle passa enfin et que son esprit s'éclaircit, elle releva la tête pour parcourir les environs du regard.

Les humains qui s'étaient enfuis à son approche commençaient à se regrouper à distance prudente ; ils l'entouraient comme des charognards et jacassaient comme un vol de corneilles qu'on a dérangées. Leurs voix stridentes étaient aussi gênantes que sa propre incapacité à distinguer leurs pensées individuelles. *Panique, panique, panique !* Voilà tout ce qu'ils échangeaient.

« Silence ! » rugit-elle, et, à son grand étonnement, ils se turent. Sa blessure la faisait à nouveau souffrir, et elle n'avait pas de temps à perdre avec ces macaques piaillants. « Reyn Khuprus ! Malta ! Selden ! » Elle cria ce dernier nom avec espoir.

Un des humains, solide gaillard à la tunique tachée, trouva le courage de s'adresser à elle. « Ils ne sont pas là ! Selden a disparu depuis longtemps, Reyn et Malta sont partis pour Cassaric, et personne ne les a revus, tout comme Tillamon, la sœur de Reyn. Ils ont tous disparu !

— Quoi ? » Indignée, elle battit violemment de la queue puis poussa un beuglement de douleur. « Tous disparus ? Pas un seul Khuprus pour s'occuper de moi ? Quelle insulte est-ce là ?

— Tous les Khuprus n'ont pas disparu ! » C'était une vieille femme qui avait crié ; les écailles qui couvraient son visage la disaient du désert des Pluies. Ses cheveux relevés en chignon grisonnaient mais elle descendait d'un pas rapide le chemin qui menait de la cité vers la dragonne. Les autres humains s'écartèrent pour la laisser passer. Elle marchait sans peur mais elle fit signe d'une main à sa fille qui trottait derrière elle, l'air hésitant, de rester en arrière.

Tintaglia leva la tête pour la regarder de tout son haut. Elle ne pouvait pas refermer complètement son aile à cause de sa blessure, aussi laissait-elle pendre les deux comme si elle le faisait exprès. Elle attendit que la femme s'approchât suffisamment puis déclara :

« Je me souviens de toi. Tu es Jani Khuprus, mère de Reyn Khuprus.

— C'est exact.

— Où est-il ? Je souhaite que Malta et lui s'occupent de moi sans attendre. » Elle ne voulait pas avouer à son interlocutrice qu'elle était blessée. Derrière le brouillard de peur qui occultait l'esprit des humains, elle percevait une colère frémissante, et elle entendait encore des cris et des jurons qui montaient du fragile appontement sur lequel elle avait atterri. Elle espérait qu'on le réparerait de telle façon qu'elle pût en décoller sans crainte.

« Reyn et Malta sont partis, et il y a des jours que je n'ai aucune nouvelle d'eux. »

Tintaglia étudia la femme. Il y avait quelque chose… « Tu me mens. »

La dragonne la sentit acquiescer mais les paroles qui franchirent les lèvres de son interlocutrice démentirent cette impression. « Je ne les ai pas vus ; j'ignore où ils sont. »

Mais tu t'en doutes. Les yeux argentés de Tintaglia se mirent à tournoyer lentement pendant qu'elle imposait cette pensée à la vieille femme au maintien droit ; rassemblant ses forces, elle projeta son charme sur Jani. Celle-ci inclina la tête avec un demi-sourire, puis elle se redressa et fixa un regard sévère sur la reine ; sans prononcer un mot, elle lui fit comprendre que sa tentative de l'ensorceler avait suscité sa méfiance au lieu de la rendre plus coopérative.

Tintaglia se lassa soudain de ce jeu. « Je n'ai pas de temps à perdre. J'ai besoin de mes Anciens ; où sont-ils partis, vieille femme ? Tu le sais, je m'en rends compte. »

Jani Khuprus la regarda sans répondre ; visiblement, elle n'appréciait pas qu'on la traitât de menteuse. Les humains derrière elle s'agitèrent en échangeant des murmures.

« Elle a bousillé la moitié de mon bateau ! » s'exclama un homme.

La dragonne tourna lentement la tête ; elle savait qu'un mouvement brusque pouvait réveiller la douleur. L'individu qui se dirigeait vers elle à grands pas était de forte carrure et il portait une longue gaffe ; c'était un outil de batelier mais il le tenait comme une arme. « Dragonne ! cria-t-il. Comment est-ce que tu comptes me dédommager ? »

Il brandissait l'objet d'une façon clairement menaçante, et d'ordinaire Tintaglia ne s'en fût pas inquiétée : la pointe ne pourrait sans doute pas pénétrer ses écailles les plus épaisses et ne ferait de dégât que si elle trouvait un point faible – comme sa blessure, par exemple. Elle pivota vers l'homme en espérant qu'il ne se rendrait pas compte que la lenteur de ses mouvements était due à sa faiblesse et non au dédain qu'il lui inspirait.

« Te dédommager ? fit-elle, narquoise. Si tu avais fabriqué ce bateau convenablement, il ne se serait pas brisé aussi facilement. Je ne peux rien faire pour te dédommager, mais je peux aggraver ta situation. » Elle ouvrit grand la gueule pour lui montrer ses sacs à venin, mais il crut manifestement qu'elle menaçait de le dévorer, et il recula en trébuchant, sa gaffe oubliée ;

quand il se jugea en sécurité, il lança : « C'est votre faute, Jani Khuprus ! C'est vous et votre race, les "Anciens", qui avez fait venir les dragons chez nous ! Beau résultat ! »

Tintaglia vit la fureur envahir la vieille femme qui s'avança vers l'homme sans se préoccuper de se trouver ainsi à portée de la dragonne. « Beau résultat ? Oui, si cela tient les Chalcédiens à l'écart de notre fleuve ! Je regrette que votre bateau ait été endommagé, Yulden, mais ne m'en rendez pas responsable et ne vous moquez pas de mes enfants.

— C'est la faute de la dragonne, pas de Jani ! cria une femme dans la foule. Chassons la dragonne ! Qu'elle aille rejoindre les autres !

— Oui !

— Tu n'auras rien à manger ici, dragonne ! Va-t'en !

— On en a assez de vous autres ! Du vent ! »

Tintaglia les regarda sans en croire ses oreilles. Avaient-ils oublié ce qu'ils savaient des dragons ? Ignoraient-ils qu'elle pouvait faire fondre la chair de leurs os d'une bouffée d'acide ?

Puis le bâton jaillit de l'arrière de la foule ; c'était le tronc d'un baliveau ou une branche dépouillée de ses rameaux, mais elle avait été projetée comme une lance ; elle frappa la reine et rebondit sur ses écailles. En temps normal, elle n'eût rien senti, mais, avec sa blessure, tout mouvement brusque lui faisait mal. Elle tourna vivement la tête vers son agresseur, et la douleur se fit plus intense encore. Un instant, elle s'apprêta à se cabrer en déployant les ailes pour terrifier la vermine avant de cracher une brume de venin qui engloutirait la foule, mais elle se contint à temps : elle ne devait pas découvrir la chair fine sous ses ailes, ni surtout laisser voir sa plaie à ses assaillants. Alors elle ramena sa tête en arrière et sentit les glandes à venin enfler au fond de sa gorge.

« TINTAGLIA ! »

À ce cri, elle se figea. Une fois de plus, elle maudit le jour où Reyn Khuprus avait si cavalièrement fait cadeau de son nom aux humains réunis à Terrilville ; depuis, tous paraissaient le connaître et profiter de toutes les occasions pour la plier à leur volonté.

C'était naturellement la vieille femme, Jani Khuprus, qui accourait d'un pas mal assuré pour s'interposer entre la dragonne et la foule furieuse. Derrière elle, sa fille hurlait, retenue par les autres. Jani s'arrêta devant la reine et leva en l'air ses bras maigres comme si elle se croyait capable d'offrir une quelconque protection aux humains.

« Tintaglia, par ton nom, je te rappelle les promesses qui nous lient ! Tu as juré de nous aider, de nous défendre contre les envahisseurs chalcédiens, et nous de prendre soin des serpents devenus dragons ! Tu ne peux pas nous faire du mal !

— Vous m'avez attaquée ! » La reine était outrée que Jani Khuprus eût le culot de lui adresser des remontrances.

« Tu as détruit mon bateau ! s'exclama l'homme à la gaffe.

— Tu as mis en pièces la moitié du quai ! »

Tintaglia tourna lentement la tête, sidérée de sa propre imprudence : il y avait des humains derrière elle, des humains qui s'étaient extraits des embarcations endommagées et de l'appontement fracassé ; beaucoup portaient des outils qui pouvaient servir d'armes. Elle pouvait évidemment les tuer tous avant qu'ils lui fissent vraiment mal, mais ils pouvaient quand même la blesser sur un terrain aussi exigu. Les arbres en surplomb l'empêcheraient de s'envoler aisément même sans la plaie qui l'invalidait. Elle prit soudain conscience qu'elle se trouvait dans une situation très inquiétante. D'autres humains la regardaient du haut des plates-formes et des allées sur les branches, et certains descendaient les escaliers qui tournaient en spirale le long des énormes troncs.

« Dragonne ! »

Elle reporta son attention sur la vieille femme. « Il vaut mieux que tu t'en ailles », fit Jani Khuprus à voix basse. Tintaglia y perçut de la peur mais aussi une supplique ; craignait-elle ce qui risquait d'arriver si la reine devait se défendre ?

« Suis ceux de ton espèce et leurs gardiens qui deviennent des Anciens. Va à Kelsingra, dragonne ! C'est là qu'est ta place, non ici !

— Des Anciens à Kelsingra ? Je m'y suis déjà rendue : la cité est déserte.

— Peut-être à l'époque, mais plus maintenant. Les autres dragons y sont parvenus, et on dit que les gardiens qui les accompagnent se transforment en Anciens, comme ceux que tu cherches. »

Il y avait quelque chose dans sa voix… Non, dans ses pensées. Tintaglia se concentra sur elles. *Kelsingra* ?

Va-t'en là-bas ! Comme Malta et Reyn. Va avant que le sang coule ! Pour le bien de tous !

La vieille femme avait vite compris et elle regardait la dragonne en silence mais en projetant sa mise en garde de tout son cœur.

« Je m'en vais », annonça la reine, et elle se tourna lentement, sans hâte, vers le quai. Les hommes qui se trouvaient devant elle s'écartèrent à contrecœur, en maugréant.

« Laissez-la passer. » La voix de Jani s'était élevée à nouveau, et, de façon inattendue, d'autres l'imitèrent.

« Laissez-la partir ! Bon débarras !

— S'il vous plaît, écartez-vous, qu'il n'y ait pas de morts !

— Qu'elle s'en aille et qu'on n'entende plus parler des dragons ! »

Les hommes se déplaçaient pour lui permettre d'accéder à l'appontement endommagé ; ils la maudisaient à mi-voix et crachaient sur son passage, mais ils n'entravaient pas sa marche. Elle bouillait de haine et de mépris pour eux, et elle mourait d'envie de les tuer tous. Comment osaient-ils étaler leur colère ridicule devant elle et cracher sur la terre qu'elle foulait, ces petits singes souffreteux ? Elle tournait la tête de droite et de gauche tout en avançant pour en conserver le plus possible en vue. Comme elle le craignait, ils refermaient leurs rangs derrière elle et la suivaient à pas lents ; si elle ne se montrait pas prudente, ils risquaient de l'acculer sur le quai abîmé, voire de l'obliger à se laisser tomber dans le courant froid et vif.

Elle entrouvrit les ailes et banda sa volonté. Elle allait souffrir, et elle n'aurait pas l'occasion de recommencer. Elle étudia le long appontement qui s'étendait devant elle ; des planches déclouées pointaient selon des angles anormaux, et, en effet, deux bateaux coulés tiraient sur leurs amarres. Elle banda les muscles de ses pattes arrière.

Sans crier gare, elle fit un bond puissant. Derrière elle, les humains poussèrent des hurlements de peur et de stupéfaction. Elle atterrit sur le quai qui s'enfonça sous son poids ; puis, comme elle l'espérait, il se releva – de peu, mais il faudrait que cela suffît. Elle déploya les ailes, émit un cri aigu de rage et de douleur puis sauta en l'air.

Il n'en fallut pas plus. Elle prit le vent qui soufflait sur le fleuve et, battant péniblement des ailes, s'éleva dans le ciel. Un instant, elle songea faire demi-tour pour fondre sur la foule et l'obliger à s'égailler, voire à se jeter à l'eau ; mais elle avait trop mal, et sa faim croissante la poignait. Non, pas maintenant ; pour le moment, elle allait chasser, tuer, manger et dormir. Demain, elle se rendrait à Kelsingra ; un jour, peut-être, elle reviendrait faire regretter aux humains leur accueil, mais d'abord elle devait trouver des Anciens pour la soigner. Elle s'inclina et poursuivit son douloureux périple le long du fleuve.

« Il n'y en a plus pour longtemps », dit Leftrin, et il éprouva un grand soulagement à pouvoir prononcer ces mots. Debout sur le rouf, alors que le jour d'hiver s'apprêtait à se clore précocement, il avait aperçu les premiers édifices de Kelsingra. Ils étaient presque chez eux ; il pouffa à cette idée. Chez eux ? À Kelsingra ? Non, il était chez lui là où se trouvait Alise, c'était clair pour lui à présent.

Le trajet avait été long mais pas autant, et de loin, que celui qui les avait conduits pour la première fois à Kelsingra ; il n'avait pas été ralenti par la nécessité de respecter le pas lourd des dragons ni de s'arrêter tôt chaque soir pour laisser le temps aux chasseurs de rapporter de la viande aux grandes créatures et aux gardiens de se reposer ; ils n'avaient pas non plus perdu des journées entières dans un marais à chercher en vain leur cap. Néanmoins, les pleurs du nourrisson malade avaient donné l'impression que chaque jour durait une semaine, et Leftrin avait la conviction de n'avoir pas été le seul à ne pas pouvoir dormir à cause des cris de Phron. Devant le visage émacié et les yeux injectés de sang de Reyn, il savait que le père du petit avait partagé ses veilles involontaires.

« C'est Kelsingra, ça ? Ces quelques bâtiments ? » Reyn avait eu l'air abasourdi.

« Non, ce n'en sont que les abords. C'est une grande cité qui s'étend le long du fleuve et peut-être jusque dans les piémonts, là-bas. Maintenant que les arbres ont perdu leurs feuilles, je vois qu'elle est encore plus vaste que je ne l'imaginais.

— Et elle est… déserte ? Abandonnée ? Qu'est-il arrivé aux habitants ? Où sont-ils ? Ont-ils péri ? »

Leftrin secoua la tête et prit une longue gorgée de tisane ; la vapeur et l'arôme du breuvage brûlant se mêlèrent à la brume qui flottait sur le fleuve. « Si on avait les réponses à ces questions, Alise serait au sommet du bonheur, mais on n'en sait rien. On trouvera peut-être en explorant la cité. Certains bâtiments sont vides comme si les occupants avaient emporté toutes leurs affaires, et dans d'autres, on a l'impression que les gens se sont levés de table, sont sortis et ne sont jamais revenus.

— Je vais réveiller Malta ; il faut qu'elle voie ça.

— Non ; laissez-les dormir, le petit et elle. La cité sera toujours là quand elle se lèvera, et je pense qu'elle doit se reposer autant qu'elle le peut. » Leftrin aurait eu honte d'avouer qu'il pensait moins au bien-être de Malta qu'à sa propre tranquillité : en la réveillant, Reyn dérangerait sans doute l'enfant et déclencherait une nouvelle et interminable avalanche de cris. L'enfant ne se taisait que lorsqu'il dormait ou tétait sa mère, ce qui n'arrivait pas souvent ces derniers temps.

« C'est un dragon, là-bas ? » demanda soudain Reyn.

Leftrin tourna le regard vers le ciel et perçut un frémissement d'intérêt chez son bateau. Il eut beau plisser les yeux, il ne distingua qu'une tache argentée. « À notre départ, il n'y avait que Gringalette qui savait voler ; les autres y travaillaient mais ils ne se débrouillaient pas bien. C'est une des raisons pour lesquelles j'ai été si surpris de voir Sintara il y a quelques jours. N'empêche, je ne crois pas que…

— C'est Crache ! cria Hennesie depuis le gaillard d'arrière. Regardez-moi ce salopiot, comme il vole ! Vous le voyez, Tillamon ? Il est argenté, alors il est un peu difficile à repérer contre le gris du ciel… Là ! Vous le voyez ? Il vient de sortir des nuages. C'est un des dragons les plus petits et surtout les plus bêtes. Il a l'air d'avoir appris à voler, mais, même s'il est assez futé pour décoller, ça reste un sacré faiseur d'embrouilles. Quand on arrivera au village, vous ferez bien de l'éviter ; Mercor, par contre, lui, il devrait vous plaire. »

Tillamon, son châle serré sur les épaules, s'abritait les yeux d'une main et acquiesçait à chaque phrase. Le vent froid et l'enthousiasme – et peut-être autre chose ? – lui rosissaient les joues. Hennesie se montrait plus loquace et sociable depuis quelque temps. Leftrin coula un regard circonspect vers Reyn en se demandant si l'Ancien avait remarqué le comportement un peu trop familier du second avec sa sœur ; mais, si Reyn l'avait observé, son objection se perdit dans les pleurs soudains et stridents de son fils.

« Quelle poisse ! » murmura-t-il, et il s'éloigna.

Les cris du nourrisson eurent un effet presque palpable sur l'équipage, et Leftrin s'interrogea : était-ce parce qu'ils paraissaient aussi inquiéter la vivenef ? Un frisson d'anxiété, sans doute imperceptible pour certains hommes mais effrayant pour lui, avait parcouru le bateau. Comme en réaction, Crache s'inclina pour tournoyer au-dessus de la gabare en perdant de l'altitude à chaque révolution. De tous les dragons qui pouvaient s'intéresser à leur arrivée, Crache était celui que Leftrin appréciait le moins ; il était comme Hennesie l'avait décrit, stupide quand l'expédition avait pris les dragons en charge et hargneux depuis qu'il pensait par lui-même ; d'humeur instable, il apparaissait à Leftrin comme le plus impulsif du lot. Ses congénères, même les plus grands, s'écartaient de lui quand il était de mauvais poil.

Soudain, Crache interrompit sa spirale et partit en flèche vers l'aval du fleuve ; Leftrin espérait qu'il avait repéré une proie et qu'il allait chasser, tuer, manger et laisser le bateau tranquille. Mais, quelques instants plus tard, il entendit des cris lointains et comprit que Crache tournait désormais au-dessus du navire venu de Terrilville qui les filait avec obstination depuis leur départ. Le capitaine eut un sourire sans humour : ce n'était pas à une proie de ce genre qu'il pensait, mais leurs poursuivants devaient être curieux de ce qu'étaient devenus les dragons qui avaient quitté Cassaric en été : eh bien, qu'ils en profitent pour en voir un de près !

Crache descendit encore et réduisit son cercle si bien que nul ne pouvait se méprendre sur l'objet de son intérêt. Sous le regard amusé quoique légèrement inquiet de Leftrin, le pont du bateau se couvrit de silhouettes qui couraient en tous sens, mais il n'entendit pas ce qu'elles criaient. Depuis le début, les poursuivants avaient gardé leurs distances sans jamais héler la gabare ni s'en approcher pour s'amarrer près d'elle le soir ; c'étaient eux qui avaient mis en place cette quarantaine, non Leftrin, et il n'avait rien fait pour s'y opposer.

Mais, à présent que Crache s'approchait d'eux de plus en plus, il regrettait sa décision : quelles que fussent leurs intentions, c'étaient des hommes et des compatriotes, et il eût aimé savoir qui commandait le bateau et quel était l'état d'esprit de l'équipage. Il aurait dû les prévenir de ne pas provoquer les dragons, qui n'avaient plus rien de commun avec les mendiants cloués au sol qu'ils étaient à Cassaric.

« Je n'aurais jamais cru qu'ils nous suivraient aussi loin ; je pensais qu'on les sèmerait en chemin. »

Hennesie les avait rejoints sur le rouf. Quand le nourrisson avait commencé à pleurer, Tillamon s'était hâtée d'aller voir si elle pouvait aider Malta et elle avait laissé le second se rappeler ses devoirs envers le bateau. Leftrin lui jeta un regard : il connaissait Hennesie depuis l'époque où il n'était qu'un bouchon de dalot à bord du bateau, alors que Leftrin y avait embarqué pour la première fois et se trouvait comme lui au bas de l'échelle. Y avait-il dans ses yeux une lueur qu'il n'y avait jamais vue ? Difficile à dire ; pour l'instant, il observait avec le plus vif intérêt le drame qui se jouait sur le fleuve.

« Personne n'aurait pu prévoir ça. » Leftrin se demanda s'il essayait d'échapper à sa responsabilité, car un homme était apparu sur le pont de l'autre bateau, et il prenait la pose caractéristique d'un archer. Impossible de l'avertir : le *Mataf* était trop loin pour que la voix portât jusqu'à lui. Ils ne pouvaient que rester spectateurs du désastre.

« Oh, non, pas ça…, fit Hennesie dans un gémissement.

— Trop tard. » Leftrin distingua à peine la flèche qui s'envola, mais il suivit sa trajectoire par la réaction de Crache ; le dragon l'évita sans mal puis s'éleva brutalement dans le ciel en battant vigoureusement des ailes.

Sur le bateau de Terrilville, inconscients, les passagers éclatèrent en acclamations, persuadés d'avoir repoussé l'attaque du dragon. Mais, parvenu au sommet de la courbe qui l'emportait dans le ciel, Crache lança un violent coup de trompe. Un étrange frémissement parcourut la vivenef, et Hennesie le sentit comme Leftrin ; mais, avant qu'ils eussent le temps de s'interroger, des cris lointains répondirent de toutes parts à l'appel du dragon, et, en une fraction de seconde, cinq ou six grandes créatures, y compris Mercor, scintillant, et Sintara à la robe miroitante, arrivèrent en vue. Certaines venaient de la cité tandis que d'autres semblèrent surgir des nuages. Kalo, noir comme une nuée d'orage et aussi menaçant, fonça vers Crache qui continuait à tourner en rond en criant.

« On dirait des corbeaux qui s'ameutent pour harceler un aigle », dit Hennesie, et la suite lui donna aussitôt raison : au lieu d'un seul dragon qui tournoyait au-dessus du bateau, c'était une trombe de créatures vengeresses qui se formait, et Leftrin resta le souffle coupé devant le spectacle. Que les dragons avaient grandi depuis son départ, et que le vol les transformait ! Il éprouva une terreur rétrospective à l'idée d'avoir marché au milieu de bêtes aussi redoutables sans peur, d'avoir soigné leurs blessures et de leur avoir parlé ; les voir brillant et scintillant dans l'éclat terne des nuages transformait les créatures chétives et atrophiées qu'il avait connues en terribles prédateurs à la puissance extraordinaire.

Sur le bateau qu'ils survolaient, les hommes criaient des ordres et des avertissements ; l'archer avait encoché une nouvelle flèche et, muscles bandés, se tenait prêt à tirer sur le premier dragon qui descendrait à sa portée. Leftrin entendait les immenses créatures échanger des appels à coups de trompe assourdissants, de grondements de tonnerre et de hululements stridents.

« On dirait qu'ils ne sont pas d'accord, dit Hennesie.

— Ces dragons… peut-on les appeler ? Quelqu'un peut-il en persuader un de venir à nous ? » Malta s'était jointe au capitaine et à son second. Leftrin se tourna vers elle, choqué que, devant le spectacle d'un vol de dragons menaçant un bateau, elle ne pensât encore qu'à son enfant ; puis il la regarda vraiment et son cœur s'emplit de compassion.

L'Ancienne avait une mine épouvantable ; son visage avait perdu toute couleur, et les écailles bleutées qui le couvraient en partie laissaient paraître le reste gris, comme un buste de marbre orné de pierres précieuses ; des rides se creusaient aux coins de sa bouche et sous ses yeux. Elle avait coiffé ses cheveux, les avait tressés et remontés en chignon ; ils étaient bien tenus mais n'avaient aucun éclat. La vie s'échappait d'elle.

« Non, malheureusement, je ne peux pas ; mais nous sommes tout près de Kelsingra, Malta. Dès notre arrivée, les gardiens pourront leur parler. De toute manière, même si on pouvait en appeler un, il n'aurait nulle part où se poser. Quand on aura quitté le fleuve…

— Ils se battent ! » s'exclama Hennesie, et des cris de stupeur montèrent du pont de Mataf. Leftrin se retourna alors que Crache fondait sur l'autre bateau. Étincelant comme une pièce d'argent qui tourne en l'air, il paraissait lumineux, et le capitaine comprit que ses glandes à venin étaient pleines et prêtes à servir. Mercor le suivait de près, et, alors que Crache arrivait au-dessus du bateau, il passa en dessous de lui et le heurta pour le dévier de sa trajectoire, puis il se mit à battre énergiquement des ailes en emportant le petit dragon argenté avant de s'incliner et de s'éloigner de lui, laissant Crache en chute libre et agitant éperdument les ailes pour se rétablir, un nuage d'acide étincelant autour de lui. Au ras du fleuve, le dragon d'argent se reprit, mais maladroitement, et, soulevant des gerbes d'eau du bout des ailes, il parvint à atteindre la rive et à se poser. Le venin se déposa aussi mais se dispersa à la brise qui soufflait sur le courant et ne fit aucun mal au bateau. Sur la berge, Crache se mit à pousser des coups de trompe furieux.

L'équipage du vaisseau attaqué souquait vigoureusement, et il filait vers l'aval aussi vite que le courant le lui permettait. Dans le ciel, les dragons tournoyants feignaient à tour de rôle de fondre sur les fuyards, et leurs appels exprimaient l'amusement et la moquerie aux oreilles de Leftrin. Au bout d'un moment, il comprit qu'ils ne prenaient même plus le bateau pour cible : apparemment, ils étaient en compétition pour savoir lequel plongeait le plus vite du haut des airs et frôlait l'embarcation au plus près avant de remonter. Crache réussit à s'envoler à nouveau mais ne se joignit pas à ses congénères : laborieusement, peut-être contusionné par sa collision, il retourna vers le cœur de Kelsingra. Leftrin suivit des yeux le bateau de Terrilville que les dragons harcelaient, jusqu'à ce qu'il disparût à sa vue ; il attendit un moment, mais les grandes créatures ne revinrent pas.

« Ils ont changé, les dragons, murmura Hennesie.

— Ça, tu peux le dire, répondit le capitaine.

— Maintenant, c'est des vrais », reprit le second. Plus bas, il ajouta : « Ils me font peur. »

Vingt-septième jour de la Lune du Poisson

Septième année de l'Alliance Indépendante des Marchands

De Keffria Vestrit des Marchands de Terrilville à Jani Khuprus des Marchands du désert des Pluies, Trehaug

Jani, vous le savez comme moi, les messages transmis par pigeons n'ont plus rien de privé. Si vous tenez au sceau de la confidentialité, utilisez les services des vivenefs qui sillonnent le fleuve du désert des Pluies : j'ai beaucoup plus confiance en elles qu'en cette soi-disant Guilde des Oiseleurs. J'en ferai autant hormis pour les nouvelles qui doivent vous parvenir rapidement et qui feront donc hélas l'objet d'indiscrétions et de commérages.

Voici un résumé de ce que vous devez savoir. Les messages que j'envoie à Malta ne reçoivent aucune réponse, et cela m'inquiète beaucoup car, à son départ, elle était très proche de son accouchement. Si vous pouvez me donner des nouvelles rassurantes, je vous en serai grandement reconnaissante.

Autre information trop grave pour un transport lent : j'ai enfin reçu une lettre de Hiémain des îles Pirates ; vous vous rappelez peut-être que je lui avais écrit il y a plusieurs mois pour lui demander s'il savait quoi que ce soit sur Selden, or, comme c'est souvent le cas des messages qui transitent dans cette région, ma missive et sa réponse ont été grandement retardées. Il n'a pas entendu parler d'Anciens mais s'est inquiété d'une rumeur concernant un « homme-dragon » exhibé par une foire aux monstres itinérante qui passait sur son territoire ; il a tenté d'en apprendre davantage mais en vain, et il craint que les personnes qu'il a interrogées ne lui aient caché des renseignements par peur d'encourir la colère du conjoint de la reine pirate. Je vous supplie de vous servir de vos contacts pour demander si quelqu'un a entendu parler de cette foire itinérante et où elle a été vue pour la dernière fois.

Avec une profonde angoisse,

Keffria

7

Citadins

L'installation dans la cité avait été plus difficile pour les gardiens que pour les dragons, selon Thymara. Kelsingra avait été bâtie pour les dragons : les spacieuses avenues, les immenses fontaines, les proportions des édifices publics, tout proclamait que les grandes créatures y avaient vécu ; les porches étaient larges et hauts, les marches adaptées à leur foulée, et les dimensions des salles réduisaient les hommes à l'insignifiance. Pour les gardiens qui avaient passé leur vie dans les minuscules maisons dans les arbres de Trehaug et de Cassaric, le dépaysement était choquant. « Je n'ai pas l'impression d'être en intérieur », avait remarqué Harrikine quand il était entré dans les étuves des dragons. Tous les gardiens, serrés les uns contre les autres, avaient contemplé avec étonnement les fresques monumentales qui ornaient le plafond très loin au-dessus de leur tête. Sylve, Thymara, Alum et Boxteur s'étaient donné la main pour essayer d'entourer un pilier et en mesurer la circonférence. La première nuit qu'ils avaient passée tous ensemble dans la cité, ils avaient dormi agglutinés dans un angle d'une salle démesurée, comme si le bâtiment était une nouvelle jungle dans laquelle ils devaient rester groupés face à des dangers inconnus.

Pour les dragons, la situation était différente : ils prospéraient depuis qu'ils avaient accès à toute la chaleur qu'ils désiraient. Après s'être délassés dans les étuves, les souvenirs leur revenant, ils étaient allés visiter d'autres sites de la cité qui avaient été créés pour le plaisir de leurs semblables. Au sommet d'une des collines se dressait un bâtiment où des sections de murs en pierre alternaient avec des panneaux de verre sous un toit en dôme, étrange mélange lui aussi de verre et de pierre, tandis que le sol qui irradiait de la chaleur était percé de fosses contenant du sable de divers degrés de finesse.

Quelques années plus tôt, le but de cet édifice eût été incompréhensible pour Thymara ; aujourd'hui elle savait tout de suite qu'il s'agissait d'un lieu où les dragons s'étendaient sur du sable chaud tout en contemplant la vie de la cité en contrebas ou la lente révolution des étoiles la nuit. Elle s'y était rendue pour la première fois quand, à sa grande surprise, Sintara l'y avait convoquée quelques jours plus tôt et lui avait ordonné de fouiller les placards et les étagères pour voir si les instruments destinés au nettoyage des dragons étaient encore à leur place. Pendant qu'elle cherchait, Sintara s'était vautrée et roulée dans le sable au point de s'y enterrer à demi, et elle en avait émergé brillante comme une pièce d'acier bleu sortie d'un haut-fourneau.

Avec le temps, la plupart des instruments de nettoyage s'étaient réduits en poussière de bois et de rouille, mais quelques-uns étaient demeurés intacts : il y avait de petits outils avec des poils d'une matière métallique que la rouille n'avait pas attaquée et des brosses semblables à des étrilles, mais avec une poignée en pierre et les poils réunis par petits groupes. Il y avait aussi des râpes en métal dont le manche avait disparu, des flacons de verre avec un résidu épais et huileux au fond, et un coffre noir et luisant qui contenait un jeu d'aiguilles en métal noir et d'autres objets dont elle ignorait l'usage, sans doute des instruments spécialisés pour la toilette des dragons ; retrouverait-on un jour toutes les finesses de cet art perdu ?

À l'aide des petites brosses, Thymara avait délicatement nettoyé le pourtour des yeux, des naseaux et des oreilles de Sintara pour les débarrasser des reliefs de ses repas voraces. Elles n'avaient guère parlé mais Thymara avait observé de nombreux détails chez sa dragonne : ses griffes, naguère émoussées à force de marcher et éraillées par trop de contact avec l'eau et la boue, étaient à présent plus longues, plus dures et plus aiguisées. Elle arborait aussi des couleurs plus vives, elle avait les yeux plus brillants, elle avait pris du poids, et sa queue avait gagné en longueur. Elle changeait de proportions, car ses muscles s'adaptaient aux nécessités du vol et oubliaient les années qu'elle avait passées à patauger dans la fange. Ce n'était plus un gros lézard dont Thymara s'occupait mais un prédateur volant, aussi ravissant qu'un oiseau-mouche et aussi dangereux qu'une lame d'acier. À part soi, Thymara s'émerveillait d'oser toucher une telle créature, et c'est seulement en remarquant les yeux de Sintara qui tournoyaient de plaisir qu'elle comprit que la dragonne écoutait ses pensées et savourait son émerveillement.

La reine en prit acte. « Tu m'admires. Tu ne sais peut-être pas chanter mes louanges, mais, par mon reflet en toi, je sais que je suis la plus belle des dragonnes que tu aies jamais vues.

— Ton reflet en moi ? »

Les dragons ne sourient pas mais Thymara perçut l'amusement de Sintara. « Chercherais-tu à te faire complimenter ?

— Je ne comprends pas », répondit la jeune fille, vexée. La question de la dragonne sous-entendait chez elle une fierté indue – mais à quel sujet ? Parce qu'elle avait la plus belle des reines dragons ? Et que cette reine passait son temps à lui tourner le dos quand elle ne se moquait pas d'elle ou ne l'insultait pas ?

Sintara corrigea sa pensée : « La plus belle de TOUS les dragons – et la plus intelligente et la plus créative, comme le manifeste clairement le fait que j'ai créé la plus éblouissante des Anciennes. »

Thymara la regarda fixement, incapable de parler, sa brosse à la main, inutile.

Sintara poussa un petit grognement amusé. « Dès le début j'ai vu que c'était toi qui avais le plus grand potentiel de développement ; c'est pourquoi je t'ai choisie. »

Thymara dit d'une voix hésitante : « Je croyais que c'était moi qui t'avais choisie. » Son cœur battait la chamade : sa dragonne la trouvait belle ! Cette exaltation qu'elle ressentait était-elle due seulement au charme de la reine ? Elle cherchait à se raisonner, mais elle avait la certitude que ce n'était pas le résultat de l'ensorcellement de la dragonne : c'était vraiment ce que Sintara pensait d'elle. Extraordinaire !

« Bien sûr que tu m'as choisie, reprit Sintara avec un détachement plein de morgue, mais je t'ai attirée à moi ; et, comme tu le vois, c'est avec un œil impeccable et un talent sûr que j'ai fait de toi la plus jolie et la plus inattendue des Anciennes d'aujourd'hui, tout comme je suis le plus magnifique des dragons. »

Thymara se tut, regrettant de ne pouvoir rabattre le caquet de la reine, mais sachant qu'il faudrait être stupide pour prétendre avoir menti en pensée. « Mercor brille comme de l'or liquide…, dit-elle, mais Sintara la coupa d'un grognement méprisant.

— Les mâles ! Ils ont des couleurs et des muscles mais, en matière de beauté, ils n'ont aucune patience pour le détail. Examine les écailles de Sylve et compare-les avec les tiennes : elles n'ont pas plus d'intérêt que de l'herbe. Même en ce qui concerne la teinte de leurs propres écailles, les autres dragons sont loin derrière moi. » Elle s'ébroua puis se leva soudain, jaillissant du sable brûlant et déployant ses ailes dans le même mouvement. « Regarde ! ordonna-t-elle fièrement en les faisant battre si bien qu'elle projeta des grains de sable à la figure de Thymara. As-tu déjà vu pareille complexité de dessin, pareille brillance, pareils motifs ? »

Thymara la contempla bouche bée, puis, sans un mot, elle ôta sa tunique pour ouvrir ses propres ailes. Un coup d'œil par-dessus son épaule la convainquit qu'elle n'avait pas rêvé. Il n'y avait qu'une différence dans la taille des écailles ; hormis cela, elle était le reflet de la beauté de Sintara. Les dragons ne rient pas comme les hommes, mais le bruit que fit la reine exprimait manifestement l'amusement.

Elle se recoucha sur le sable en laissant ses ailes déployées reposer sur le sol brûlant. « Là. La prochaine fois que tu pleurnicheras sous prétexte que ta dragonne n'a pas de temps à te consacrer, regarde par-dessus ton épaule et rappelle-toi que tu portes déjà ses couleurs. Que peut-on souhaiter de plus ? »

Thymara considérait sa dragonne, en proie à des émotions conflictuelles. Pouvait-elle se fier aux marques de bienveillance de Sintara ? « Tu as changé », fit-elle d'une voix hésitante, en se demandant ce qu'elle percevrait le plus clairement dans son esprit, ses doutes ou ses espoirs. Elle se raidit dans l'attente d'une réponse moqueuse qui ne vint pas.

« J'ai changé, en effet. Je ne souffre plus de la faim ni du froid, je ne suis plus une créature infirme et pitoyable. Je suis une dragonne. Je n'ai pas besoin de toi, Thymara. » Sintara s'ébroua de nouveau, et le sable qui s'était glissé sous ses écailles ruissela le long de ses flancs. De son propre chef, Thymara alla prendre une brosse avec un long manche fait d'un métal étrangement léger, tout comme ses poils ; elle examina ces derniers un bon moment : ils avaient le brillant du métal mais ployaient sous ses doigts. Sans doute encore le produit de la magie des Anciens. Elle entreprit de s'en servir pour brosser Sintara depuis l'arrière de la tête jusqu'à la base du cou et déloger les grains de sable qui s'étaient coincés sous ses écailles. La reine ferma les yeux, l'air extatique. Arrivée au bout de la queue, Thymara avait trouvé comment formuler sa question. « C'est parce que tu avais besoin de moi que tu ne m'aimais pas ?

— Les dragons ont horreur d'être dépendants ; même les Anciens ont fini par le comprendre.

— Les dragons étaient dépendants des Anciens ? » Elle sentait qu'elle s'avançait en territoire dangereux, mais elle posa quand même la question. « Pour quoi ? »

La reine la regarda un long moment en silence, et Thymara regretta son audace : manifestement, Sintara lui en voulait de sa curiosité. « Pour l'Argent. » Elle observa la jeune fille, les yeux tournoyants comme si elle guettait un démenti. Thymara attendit la suite. « À une époque, l'Argent coulait dans le fleuve et se trouvait sans difficulté ; puis il y a eu un tremblement de terre, et tout a changé. L'Argent ne coulait plus qu'en filet. Certains dragons parvenaient à le trouver en plongeant dans des hauts-fonds et en creusant. Parfois il ressurgissait brusquement et apparaissait sous la forme d'un ruban argenté dans le fleuve. Mais la plupart du temps il demeurait caché, et nous ne pouvions l'obtenir que des Anciens.

— Je ne comprends pas. » Thymara s'efforçait de s'exprimer d'un ton aussi neutre et posé que possible. « L'Argent ? C'est un trésor ?

— Moi non plus je ne comprends pas ! » Furieuse, la dragonne émergea complètement de la fosse à sable. « Ce n'est pas un trésor tel que l'entendent les humains, ce n'est pas du métal sous forme de petits disques à échanger contre de la nourriture ni pour orner les corps. C'est l'Argent, précieux pour les dragons. Il était ici, d'abord dans le fleuve qui passe au ras de la cité, puis, au temps des Anciens, quelque part dans la cité même. Tout le reste, nous l'avons retrouvé ; tous les plaisirs que nous nous rappelions de Kelsingra sont ici, les bains d'eau brûlante, les abris pour l'hiver, les bâtiments de toilette et de sablage, tout est là. L'Argent devrait y être aussi, quelque part, mais aucun d'entre nous ne l'a découvert. Il y avait certains points de la cité où les Anciens nous aidaient à nous en procurer, mais nul d'entre nous ne s'en souvient clairement. C'est très étrange, comme si on nous avait volontairement tenus à l'écart d'un souvenir. » Sintara battit de la queue, agacée. « Nous pensons qu'un de ces sites a disparu avec l'avenue qui s'est effondrée dans le fleuve, un autre là où la terre s'est fracturée et où l'eau s'est déversée. Celui-là est définitivement perdu : Baliper a tenté d'y plonger, mais la fosse est profonde et, plus on descend, plus l'eau devient froide. Nous n'y trouverons pas d'Argent. Il y avait d'autres sites, pensons-nous, mais le souvenir de leur emplacement nous est inaccessible depuis l'éclosion, ainsi que toutes sortes d'informations dont nous ignorons tout. Nous ne deviendrons de vrais dragons, et vous de vrais Anciens, que si nous retrouvons les puits d'Argent, mais vous refusez de vous souvenir ! Aucun Ancien ne rêve des puits, et, j'ai beau faire, je n'arrive même pas à te faire rêver d'un puits d'Argent ! »

Sur ces mots, elle avait donné un dernier battement de queue, et Thymara s'était reculée d'un bond ; la dragonne avait quitté la fosse à sable avant de franchir à grands pas les portes qui, après s'être ouvertes devant elle, s'étaient refermées à sa suite. La jeune fille était restée bouche bée.

Les jours suivants, elle avait réfléchi aux propos de la dragonne. Sintara disait vrai : elle croisait souvent des dragons dans les rues, occupés à renifler, manifestement en quête de quelque chose, et leur recherche avait piqué sa curiosité. Elle avait demandé à Alise si elle avait connaissance de puits d'Argent à Kelsingra, mais la jeune femme avait eu l'air perplexe. « Il existe une fontaine du nom de fontaine du dragon d'or ; j'en ai entendu parler il y a longtemps dans un très vieux manuscrit. Mais, si elle est intacte, je ne l'ai pas encore trouvée. » Elle avait souri puis ajouté d'un ton vaguement amusé : « Mais j'ai rêvé il y a quelques nuits que je cherchais un puits d'argent. Curieux, comme rêve. » Courbant légèrement la tête, elle avait plissé le front avec un regard distant, comme quelqu'un qui s'efforce de relier les pièces d'une énigme. Un étrange frisson avait parcouru Thymara : Alise avait souvent cette expression pendant l'expédition, lorsqu'elle s'efforçait de comprendre tel ou tel détail sur les Anciens ou les dragons, mais elle ne la lui avait plus vue depuis un certain temps.

La jeune femme avait réfléchi tout haut : « Dans certains vieux manuscrits, on tombe sur des références insolites que je n'ai jamais réussi à comprendre, des sous-entendus qui laissent à penser qu'il existait une raison particulière à la création de Kelsingra, qu'elle devait servir à garder un secret… » Une expression étonnée était apparue lentement sur ses traits, et c'est à elle-même plus qu'à Thymara qu'elle s'adressait quand elle avait dit entre haut et bas : « Peut-être pas complètement inutile, finalement, si je parviens à découvrir de quoi ils parlent. »

Devant son air lointain, Thymara avait compris qu'elle n'obtiendrait plus que des réponses distraites de la Terrilvillienne ; aussi l'avait-elle remerciée, jugeant qu'elle avait confié le mystère à des mains plus aptes que les siennes, et elle avait chassé les puits d'argent de son esprit.

Mais elle n'avait pas oublié la réflexion de Sintara sur la dépendance. Elle avait vu les dragons grandir et changer, certains devenant plus affables, d'autres plus arrogants à mesure qu'ils se détachaient de leurs gardiens. C'était étrange d'observer la façon dont leurs liens se distendaient ; les gardiens s'adaptaient, chacun à sa manière, au désintérêt croissant de leurs dragons ; certains se réjouissaient d'avoir du temps libre et une cité magnifique à explorer. Pouvant enfin faire passer leur bien-être en premier, ils s'occupaient d'abord de se procurer un logement confortable. La cité offrait un choix immense de domiciles vides, mais, au grand amusement de Thymara, elle et ses camarades avaient choisi de s'installer dans trois bâtiments qui donnaient sur ce qu'ils appelaient la place des Dragons, à cause de l'énorme sculpture qui en ornait le centre. Ils auraient pu s'établir dans ce qu'Alise nommait des villas ou des résidences, constructions plus étendues que la Salle des Marchands de Trehaug, mais la plupart avaient préféré les habitations plus petites et plus simples qui surplombaient les étuves des dragons, manifestement conçus pour ceux qui s'occupaient des grandes créatures. Thymara était déjà éblouie de disposer d'une chambre deux fois plus spacieuse que la maison de ses parents ; quel luxe de posséder un lit moelleux, un large miroir, des tiroirs et des étagères rien qu'à elle ! Elle pouvait prendre un bain quand elle le désirait puis se retirer dans une chambre si agréablement chaude qu'elle n'avait besoin ni de couvertures ni de vêtements. Elle avait du temps pour se regarder dans la glace, pour se tresser les cheveux et les remonter en chignon, pour se demander ce qu'elle était en train de devenir.

Mais, malgré toutes ces commodités, vie quotidienne ne rimait pas avec oisiveté. Il n'y avait pas de gibier dans la cité, peu de végétation et pas de bois sec pour faire du feu ; il fallait pour s'en procurer se rendre tous les jours à l'extérieur de l'immense ville. Carson avait proposé de construire un appontement pour Mataf ; la vivenef aurait besoin d'un mouillage sûr à son retour, et les gardiens d'un endroit où décharger les approvisionnements qu'elle apportait. « Il nous faut aussi des quais pour nos propres bateaux ; Mataf et le capitaine Leftrin ne transporteront pas toujours nos vivres gratuitement. »

Les gardiens réunis l'avaient regardé d'un air surpris, et Carson avait souri. « Quoi ? Vous croyiez qu'on s'appropriait cette cité pour cinq ou dix ans seulement ? Parlez à Alise, mes amis ; vous vivrez encore cent ans ou plus, alors, ce qu'on construit maintenant, on a intérêt à le construire solidement. » Là-dessus, il avait entrepris de leur décrire les tâches qui les attendaient : chasser et cueillir des fruits pour leurs besoins quotidiens, créer un quai pour la cité, et, à la grande surprise de Thymara, se plonger dans les souvenirs contenus dans la pierre pour tenter de comprendre le fonctionnement de Kelsingra.

Thymara s'était portée volontaire pour rapporter à manger, et elle chassait presque tous les jours. Alors que le printemps commençait à étendre son emprise sur la terre, les collines boisées derrière la cité donnaient quelques légumes et des racines, mais le régime général restait principalement carné, et la jeune fille en avait par-dessus la tête. Elle n'aimait pas le long trajet qu'il lui fallait parcourir pour sortir de la ville, ni le retour, courbée sous le poids de fagots de bois ou de viande dégouttante de sang. Mais ces journées passées dans les collines avec son arc ou son panier étaient désormais les seuls moments simples qui restaient dans sa vie.

Lorsqu'elle demeurait dans la cité, elle devait supporter Tatou et Kanaï ; leur rivalité avait éclipsé l'amitié qui les unissait naguère ; ils n'en étaient jamais venus aux mains mais, quand ils ne pouvaient pas s'éviter, la gêne entre eux anéantissait toute possibilité de conversation normale. À plusieurs reprises elle s'était retrouvée coincée entre eux, assiégée d'un côté par le bavardage incessant de Kanaï tandis que, de l'autre, Tatou cherchait à la détourner par de petits objets qu'il fabriquait pour elle ou par des anecdotes sur ses découvertes dans la cité. L'intensité de l'attention qu'ils lui portaient lui interdisait de parler à personne d'autre, et elle imaginait avec horreur comment les autres devaient voir la situation, comme si elle provoquait volontairement la compétition entre les deux garçons. Si Tatou avait remarqué quelque chose dans la cité et se demandait de quoi il s'agissait, Kanaï prétendait automatiquement savoir ce que c'était et se lançait dans d'interminables explications pendant que Tatou faisait la tête. Comme les gardiens continuaient à se réunir pour la plupart des repas, un fossé avait commencé à s'ouvrir dans le groupe : Sylve avait pris parti pour Thymara et s'asseyait près d'elle, quel que fût celui de ses prétendants qui occupait la place de l'autre côté de son amie. Harrikine ne cherchait pas à dissimuler son soutien à Tatou tandis que Kase et Boxteur étaient clairement dans le camp de Kanaï. Quelques autres ne manifestaient nulle préférence, et certains, comme Nortel et Jerd, ne prêtaient aucune attention à l'affaire quand ils n'y faisaient pas allusion par des commentaires désobligeants.

Si l'un des deux garçons avait une corvée à accomplir, l'autre profitait de son absence pour faire la cour à Thymara ; quand Tatou travaillait au quai, Kanaï insistait pour aller chasser avec elle, même si c'était

Harrikine qui était désigné pour l'accompagner. Le pire, c'étaient les jours où Thymara et Kanaï avaient quartier libre ; il l'attendait à la porte de sa chambre, et, dès qu'elle mettait le nez dehors, il la suppliait de le suivre jusqu'à la villa aux colonnes de mémoire pour en apprendre plus long sur les Anciens qui les avaient précédés.

Avec une vague honte, elle repensait au nombre de fois où elle avait cédé ; c'était une fuite dans une époque d'une magnifique élégance. Dans ce monde de rêve elle dansait gracieusement, participait à d'extravagantes fêtes, allait au théâtre, bref, elle vivait une vie qu'elle n'avait jamais connue. Mais les observations détachées d'Amarinda sur l'existence permettaient à Thymara de comprendre comment fonctionnait la cité. Des serres fournissaient des fruits et des légumes toute l'année tandis que les humains des villes alentour et de l'autre côté du fleuve vendaient leurs productions, végétales ou animales, aux Anciens en échange de leurs objets magiques. Avec Alise et Carson, elle avait visité plusieurs des serres immenses, conçues pour permettre à un dragon de s'y promener, avec des planches de légumes à hauteur de poitrine et d'énormes pots pour les arbres. Hélas, ce qui y poussait avait péri depuis longtemps en ne laissant sur le sol que des ombres de feuilles semblables à des dentelles et des troncs creux dans les parterres. Dans les pots, la terre paraissait utilisable, et de l'eau fuyait du système de tuyaux qui irriguait et arrosait les plantes jadis.

« Mais, sans semences ni pépinière, nous ne pouvons rien commencer, avait observé Alise d'un air attristé.

— Au printemps, peut-être, avait répondu Carson ; on pourra prélever des plantes sauvages et les élever ici. »

Alise avait acquiescé lentement de la tête. « Si nous trouvons des graines ou récoltons des boutures de plantes que nous connaissons, les nouveaux Anciens pourront entreprendre de les cultiver pour eux-mêmes – ou bien si Leftrin peut nous rapporter des semences et des plantules. »

Dans d'autres voyages de mémoire, Thymara voyait des Anciens au travail, munis de gants ; ils sculptaient la pierre en la caressant, donnaient le mouvement au bois et persuadaient le métal de luire, de chanter, et de chauffer ou de refroidir l'eau. Leurs boutiques bordaient certaines ruelles de la cité, et ils saluaient Amarinda lorsqu'elle passait. Thymara se sentait une étrange parenté avec eux, comme si elle se rappelait ce qu'ils faisaient mais non comment ils s'y prenaient ; Amarinda, elle, accordait à peine un regard aux objets extraordinaires qu'ils proposaient et les acceptait comme faisant partie intégrante de son quotidien. Mais, ailleurs et en d'autres moments, elle concentrait son attention avec une intensité inlassable et noyait Thymara dans ses sensations et ses émotions. L'Ancienne continuait d'aimer Tellator, son amour devenait plus profond et se muait en une passion destinée à durer toujours. En l'espace d'un après-midi, Thymara vivait plusieurs mois de son existence, et elle en ressortait le regard flou et les sens étouffés, la main crispée sur celle de Kanaï étendu sur les marches à côté d'elle ; elle tournait la tête et lui voyait le sourire de Tellator ;

le pouce qui lui caressait sensuellement la paume n'était pas celui de Kanaï. Puis, lentement, son expression redevenait celle du jeune gardien, et Thymara se demandait qui il voyait quand il la regardait, quelles parties de leur voyage il se rappelait quand ils se relevaient, glacés et ankylosés. Il voulait toujours parler ensuite des souvenirs qu'ils avaient partagés, et elle refusait toujours ; après tout, ce n'étaient que des souvenirs ; des rêves.

Ce qu'elle vivait dans ces voyages de mémoire avait-il de l'importance ? Si ce qu'elle mangeait alors ne la rassasiait pas, l'amour qu'elle faisait comptait-il dans le monde réel ? Elle se sentait ambivalente ; certes, ces expériences avaient changé son attitude envers ce que les gens peuvent faire dans un lit douillet un soir d'hiver ou dans un pré sous le ciel d'été. Pouvait-elle prétendre n'être pas intime avec Kanaï quand elle savait qu'il portait la peau de Tellator ? Oui, répondait-elle. Parfois. Car il ne pouvait rien modifier de ce que Tellator faisait ou éprouvait, tout comme elle n'avait aucun empire sur Amarinda ; elle ne pouvait empêcher leurs querelles d'amoureux ni saboter leurs réunions sensuelles. Tout se passait comme si elle et Kanaï regardaient la même pièce ou entendaient la même histoire. Rien de plus.

Elle parvenait parfois à s'en convaincre. En tout cas, cette fausse intimité ne paraissait pas satisfaire complètement Kanaï ; souvent, alors qu'ils revenaient à leurs domiciles respectifs, il laissait tomber des sous-entendus ou la suppliait franchement de le suivre dans un coin à l'écart pour recréer les scènes qu'ils venaient de vivre. Elle refusait toujours en lui répétant qu'elle ne voulait pas courir le risque de tomber enceinte ; pourtant, elle ne pouvait nier que le fait d'être la femme qui dominait la situation – ou d'être une femme aimée par un homme – l'émoustillait.

Et aujourd'hui, alors qu'elle longeait le fleuve en compagnie de Tatou pour voir où en était le chantier du quai, les mêmes pensées agitaient son esprit. Comment serait-ce de faire l'amour avec Tatou ? Elle avait fait l'expérience de Tellator un certain nombre de fois, et elle avait partagé une longue nuit avec Kanaï ; Tatou serait-il aussi différent d'eux que Kanaï de Tellator ? Ces interrogations la troublaient, et elle s'efforça de les chasser ; elle coula un regard vers le jeune homme. Il avait le visage grave et songeur. Une question jaillit des lèvres de Thymara avant qu'elle eût le temps d'en peser la sagesse.

« Tu as déjà effectué des déplacements dans une des pierres de mémoire ? »

Il se tourna vers elle, les yeux plissés, comme s'il la prenait pour une folle. « Évidemment ; on le fait tous. Boxteur et Kase vont dans un bordel pour s'amuser avec les filles qu'on leur propose à titre d'essai ; certains des autres les rejoignent de temps en temps. Ne me regarde pas comme ça ! Tu t'attendais à quoi ? Ni Kase ni Boxteur ne peuvent espérer trouver une compagne tant que d'autres femmes ne viendront pas s'installer à Kelsingra, et ça n'arrivera pas avant un bon moment. Arbuc, Harrikine et Sylve ont découvert un coin où certains Anciens ménestrels de renom ont immortalisé leurs prestations. Et tu étais avec nous quand on a regardé le spectacle de marionnettes, le jongleur et les acrobates, la nuit où la Longue Avenue s'est souvenue d'une fête. Donc, oui, on s'est tous promenés dans les pierres ; c'est difficile à éviter quand on habite ici. »

Ce n'était pas ce qu'elle voulait savoir, mais elle fut soulagée qu'il eût pris sa question dans ce sens.

« Je sais ; impossible de marcher dans une avenue la nuit sans en percevoir les souvenirs. » Elle eut un grognement méprisant. « D'après Sylve, lorsque Jerd trouve un souvenir d'une nuit de fête, elle suit les femmes les plus richement vêtues jusque chez elles puis elle fouille leur logement pour y récupérer les bijoux ou les vêtements qui ont survécu. Elle s'est constitué une sacrée garde-robe. » Elle secoua la tête sans savoir si elle jugeait Jerd cupide ou si elle enviait sa capacité de pillage. Puis, à mi-voix, elle avoua : « Ce n'était pas le genre de déplacement auquel je pensais. »

Tatou la regarda longuement dans les yeux. « Je te pose des questions comme ça ? »

Elle se détourna. Comme elle ne répondait pas, il reprit au bout d'un moment : « Il y a tout un tas de raisons pour se déplacer dans les souvenirs qui n'ont rien à voir avec l'amour, la bouffe ou la musique. Carson tâche de découvrir comment fonctionne la cité, et il m'a demandé de voir ce que je pouvais glaner comme renseignements sur les quais de l'époque ; il n'est pas question de les rebâtir, puisqu'on ne dispose pas de la magie des Anciens d'alors, mais d'observer de quels éléments ils avaient tenu compte étant donné leur longue connaissance de cette partie du fleuve. » Il soupira puis secoua la tête à son tour. « Je me suis rendu dans des parties de la cité où je pensais trouver des archives, comme le grand bâtiment avec la tour de la carte, et l'autre avec des visages sculptés au-dessus des portes ; on se disait que c'étaient peut-être des édifices importants, mais rien – ou plutôt, beaucoup trop. J'ai appris des trucs que je ne comprends toujours pas. Tu sais pourquoi une si considérable partie de la cité est encore debout ? Pourquoi l'herbe ne pousse pas dans les rues ou les fontaines ne se lézardent pas ? C'est parce que la pierre en garde le souvenir ; elle se rappelle qu'elle compose une façade, ou une rue, ou le bassin d'une fontaine ; elle se rappelle, et elle peut se réparer elle-même à un certain niveau. Elle ne se reconstruira pas si un séisme provoque une gigantesque fracture, mais il n'y a jamais de fentes ni de cassures. La pierre se contient elle-même ; elle se souvient. » Émerveillé, il hocha la tête puis ajouta : « Et elle est capable de mieux encore, apparemment. Tu savais que certains gardiens jurent avoir vu une statue bouger ? Les Anciens savaient accomplir ce genre d'exploit ; ils insufflaient la vie à la pierre, qui accueillait alors une part d'eux et pouvait se mouvoir. Ça arrive parfois, quand… quelque chose l'éveille, quelque chose que je ne suis pas arrivé à comprendre alors qu'un vieil homme s'en souvenait clairement. Je me suis alors rendu compte qu'Alise avait raison, qu'elle a raison : il faut qu'on apprenne ce qu'elle sait de l'histoire de la cité, puis qu'on s'en serve. Tu sais ce qu'elle m'a dit il y a quelque temps ? Que, quand

Kanaï s'est pris le bec avec elle l'autre jour et qu'il lui a lancé qu'elle n'était pas une Ancienne et qu'elle n'avait rien à faire dans la cité, elle a été tellement découragée qu'elle a failli brûler tout son travail ! Tu imagines ? J'étais en colère contre lui ce jour-là, mais je n'avais aucune idée du mal qu'il avait fait à Alise. »

Il s'interrompit, et elle sentit qu'il espérait la voir partager son indignation ; il attendait une réaction, et elle savait que, si elle répondait, sa réponse ne s'arrêterait pas à déclarer que Kanaï s'était montré cruel. Tatou l'observait mais elle ne trouvait pas le moyen d'échapper au mutisme. Kanaï n'avait pas voulu blesser Alise, mais asseoir son droit sur la cité. Une pensée ridicule se mit à danser dans sa tête : *Alise est adulte. Est-on vraiment si sensible quand on est adulte ? Au point d'envisager de détruire tout son travail ou de se suicider ?* Mais, le temps qu'elle mesurât la puérilité de sa réaction, Tatou avait secoué la tête devant son silence et reprit : « Il faut dresser le plan de la cité et y noter non seulement les rues mais l'emplacement des bâtiments qui abritent les sources et les circuits des égouts ; il faut aussi qu'il indique quelles informations sont rangées à tel et tel endroit. Pour le moment, on est devant une espèce de maison au trésor rempli de milliers de boîtes pleines de richesses, et on dispose de milliers de clés différentes ; la fortune est là, sous nos pieds, mais on ne sait pas y accéder ; c'est comme le puits d'Argent dont Sylve parlait l'autre jour. »

Thymara le regarda, surprise, mais Tatou crut qu'elle n'avait pas compris.

« Tu devais avoir la tête ailleurs. Elle dit qu'elle rêve sans arrêt d'un puits d'argent ; elle a parcouru la cité de long en large mais elle n'a encore rien vu qui ressemble à son rêve. Elle pense qu'elle se rappelle quelque chose et que Mercor sait ce que c'est ; d'après elle, il a parlé des puits d'argent de Kelsingra il y a longtemps, au début de l'expédition, et elle aimerait bien en discuter avec lui, mais elle a le même problème que tout le monde : depuis qu'il sait voler, son dragon n'a plus beaucoup de temps à lui consacrer. Et elle a dit autre chose de curieux : elle a l'impression qu'il évite le sujet, comme s'il le mettait mal à l'aise.

— Sintara a évoqué devant moi un puits en argent ; elle avait l'air d'y attacher une grande importance. Mais elle dit qu'elle n'en a que des souvenirs fragmentaires. » Thymara s'était exprimée d'un ton détaché.

« Le puits n'est pas en argent », répondit Tatou d'une voix lente. Il lui jeta un regard en biais comme s'il s'attendait à ce qu'elle se moquât de lui. « J'en ai rêvé cette nuit. Il est entouré d'une construction très ancienne et très ornementée, qui comprend autant de bois que de pierre, comme si elle avait été bâtie dans les tout premiers temps de la cité. À l'intérieur, il y avait un mécanisme… Je n'ai pas bien pu le voir, mais quand on remontait le seau des profondeurs, il était plein d'une espèce de liquide argenté plus épais que de l'eau. Les dragons peuvent le boire et ils adorent ça, mais j'ai eu le sentiment que c'était dangereux pour les humains.

— Pour les humains ou pour les Anciens ?

Il la regarda un long moment en silence avant de répondre : « Je ne sais pas. Dans le rêve, j'étais au courant que je devais m'en méfier ; mais est-ce que je rêvais en tant qu'homme ou en tant qu'Ancien ? »

Thymara soupira. « Il y a des jours où je n'aime pas l'effet qu'a cette cité sur moi. Même sans toucher les pierres de mémoire, je fais des rêves qui ne sont pas tout à fait les miens ; je tourne le coin d'une rue et, l'espace d'un instant, j'ai l'impression d'être quelqu'un d'autre, avec toute une existence de souvenirs, d'amitiés et d'espoirs pour la journée ; je passe devant une maison et j'ai soudain envie d'aller voir un ami que je n'ai jamais eu. »

Tatou acquiesçait. « Les pierres dressées, les grandes dans le cercle au milieu de la place, elles me font penser à d'autres cités quand je passe devant elles – tu sais, les autres cités des Anciens… »

Elle secoua la tête. « Non. Mais je me promène dans le souvenir d'un marché, et d'un coup j'ai envie d'un gâteau au poisson assaisonné d'huile rouge piquante ; et puis, tout aussi brusquement, je suis de nouveau moi-même et je sais que j'en ai par-dessus la tête du poisson, avec ou sans huile rouge.

— Les souvenirs me tirent aussi par la manche, et je n'aime pas ça… » Tatou se tut soudain, prit Thymara par le bras et la força à s'arrêter.

Près du fleuve, le chantier avançait sous la supervision de Carson ; un ponton grossier en troncs d'arbres avait été amarré à une des anciennes colonnes de soutènement. Le courant tentait de l'aspirer et un bourrelet d'eau grise se formait à son extrémité à demi submergée. Harrikine, torse nu, vêtu seulement d'un pantalon usé, et solidement assuré par une corde, était dans l'eau où il s'efforçait de placer un tronc en parallèle avec les autres. Carson lui criait ses instructions tout en maintenant tendue une ligne fixée à l'autre bout de la pièce de bois. Lecter, les muscles gonflés par l'effort, était accroupi sur un autre tronc sur la berge et tournait lentement une chignole pour y pratiquer un trou. Non loin, Alum écorçait des sections droites de baliveau pour en faire des goujons ; son outil émettait un bruit grêle dans le vent froid. Nortel, les côtes pansées à cause d'un accident plus tôt dans la semaine alors qu'il ajustait des troncs, se tenait accroupi sur le ponton avec un maillet et des chevilles, prêt à bloquer les fixations. C'était un travail dangereux dans le froid et l'humidité, et Tatou y était assigné pour l'après-midi. Thymara le regarda. « J'ai entendu ce que raconte Kanaï, dit-il, qu'il faut nous plonger dans les souvenirs de la cité si on veut apprendre à y vivre comme les Anciens ; mais je n'oublie pas non plus toutes les mises en garde qu'on nous servait à Trehaug, et ce que nous a expliqué Leftrin avant de partir, qu'on peut se noyer à rester trop longtemps près de la pierre de mémoire, qu'on risque de perdre sa vie à se rappeler celle de quelqu'un d'autre. »

Thymara se tut un moment. Tatou avait mis le doigt sur la crainte qui la taraudait et qu'elle n'aimait pas avouer. « Mais nous sommes des Anciens ; c'est différent pour nous.

— Tu crois ? Je sais que c'est ce que Kanaï soutient, mais est-ce qu'il a raison ? Les Anciens tenaient-ils à leur propre existence ou bien vivaient-ils dans un milieu tellement saturé de l'expérience des autres qu'ils ne savaient plus ce qui était à eux et ce qu'ils avaient absorbé ? Je préfère rester moi-même, Thymara ; je veux être Tatou, même si je dois vivre très longtemps en m'occupant de mon dragon – et je veux partager ces années avec Thymara. Je n'ai pas besoin de m'immerger dans la vie d'un autre quand je suis avec toi. » Il se tut pour lui laisser sentir cette petite pique puis reprit : « À moi de poser une question. Est-ce que tu vis ta vie, Thymara, ou bien est-ce que tu l'évites en vivant celle des autres ? »

Il savait. Elle ne lui avait pas parlé des colonnes de mémoire ni des visites qu'elle leur rendait en compagnie de Kanaï, mais il savait. Elle se sentit rougir, et, comme elle ne répondait pas, elle vit la peine grandir dans son regard. Elle s'efforça de se convaincre qu'elle n'avait rien fait de mal, qu'elle n'était pas responsable de son chagrin.

Pendant qu'elle cherchait ses mots, il reprit : « Tu te voiles la face, Thymara. » Il parlait d'une voix basse mais sans douceur. « Tu ne te plonges pas dans la vie d'autrefois à Kelsingra, tu te caches du présent et tu vis dans le passé, un passé qui ne reviendra pas. D'ailleurs, ce n'est même pas vraiment vivre : tu ne prends aucune décision dans ce monde-là, et, si la situation devient trop difficile, tu peux t'enfuir. Tu adoptes une forme de pensée, et, quand tu reviens, elle t'influence ; mais le pire, pendant que tu nages dans les souvenirs, c'est ce que tu ne fais *pas* ici. Quelles expériences est-ce que tu manques, quelles occasions te passent sous le nez ? D'ici un an, que diras-tu de ces saisons, que t'en rappelleras-tu ? »

Chez la jeune fille, la gêne laissait la place à la colère. Il n'avait aucun droit de lui faire des reproches ; il pensait peut-être qu'elle se conduisait sottement, mais elle n'avait fait de mal à personne – enfin, si : à lui, mais rien qu'à lui, et elle n'avait touché que ses sentiments. Et n'était-ce pas un peu sa faute aussi, à force d'y attacher trop d'importance ?

Il savait qu'elle s'énervait ; elle vit ses épaules se raidir et entendit sa voix descendre dans les graves. « Quand on sera ensemble, Thymara… si jamais tu décides de vivre avec moi… je ne penserai à personne d'autre que toi ; je ne t'appellerai pas par le nom d'une autre, je ne te ferai pas quelque chose parce que quelqu'un d'autre aimait ça il y a une éternité. Quand tu jugeras le moment venu de me laisser te toucher, c'est toi et personne d'autre que je toucherai. Kanaï peut-il en dire autant ? »

L'esprit de Thymara était pris dans un tourbillon de pensées et d'émotions en conflit. À cet instant, Carson cria de la berge : « Les dragons se battent ! Gardiens, venez vite ! »

La jeune fille tourna le dos à Tatou et s'élança, s'éloignant d'un danger pour courir vers un autre.

« Pourquoi ne m'aimez-vous pas ? »

Elle donna deux ultimes coups de ciseaux tout en parlant puis passa ses doigts fins dans ses cheveux pour les démêler, en quête de nœuds ; ce geste fit courir un frisson dans le dos du jeune homme, et il s'ébroua. Une autre eût souri à sa réaction, mais le regard de Chassim resta froid et distant, et elle répondit par une autre question : « Pourquoi supposes-tu que je ne t'aime pas, homme-dragon ? T'ai-je jamais manifesté moins que du respect ? Moins que de l'attention et de la soumission ?

— Votre haine danse autour de vous comme la chaleur autour du feu », expliqua-t-il avec sincérité.

Elle s'écarta de lui pour jeter des poignées de cheveux humides par une fenêtre munie de barreaux. Cela fait, elle ferma la croisée puis le complexe volet articulé en bois ; malgré les images qui l'ornaient, oiseaux et fleurs sur fond blanc, il plongea la chambre dans l'obscurité. Selden soupira, malheureux de voir l'éclat du jour disparaître : le soleil faisait défaut à son organisme après des mois de privation.

La femme s'immobilisa, la main sur le volet. « Je t'ai contrarié, et tu vas le dire à mon père. » Ce n'était pas une question.

Il fut surpris. « Non ; le jour me manque, c'est tout. Je suis resté enfermé des mois dans une tente aux parois épaisses, et je suis venu ici à fond de cale. J'ai la nostalgie de l'air frais et du soleil. »

Elle s'éloigna de la fenêtre sans ouvrir le volet. « Pourquoi désirer ce que tu ne peux avoir ? »

Il se demanda si c'était la raison pour laquelle elle s'était enveloppée d'un suaire blanc et sans forme qui la couvrait de la tête aux pieds. Seul son visage était visible dans un carré ; il n'avait jamais vu de femme ainsi vêtue et la soupçonnait d'avoir inventé seule ce style. Tous les habitants du désert des Pluies allaient voilés quand ils se rendaient à l'étranger ; même quand ils visitaient Terrilville, dont la population savait pourtant à quoi s'en tenir, leurs écailles et leurs pampilles attiraient des regards curieux et suscitaient la peur ou la moquerie. Mais une femme du désert des Pluies eût masqué son visage et porté des gants et des robes richement ornées de broderies et de perles ; sa vêture eût manifesté sa richesse et son influence. Chassim, elle, était habillée comme la dépouille d'un pauvre destinée au cimetière des indigents. Son visage dénudé, bien que beau, était une fenêtre sur la colère et la rancœur qui l'habitaient, et Selden eût préféré qu'elle ne lui montrât pas ce regard.

Pourtant, la violence de ses émotions n'affectait pas la douceur de son toucher. Il leva les mains et les passa dans ses cheveux ; elle les lui avait laissés jusqu'aux épaules ; ils étaient légers et doux, et pour la première fois depuis des mois ses doigts n'accrochaient dans aucun nœud. Quel bonheur d'être parfaitement propre et au chaud ! Chassim lui avait coupé les ongles des mains et des pieds et lui avait frotté le dos, les jambes et les bras avec une brosse douce jusqu'à ce qu'il eût la peau rose vif et les écailles brillantes. Elle avait nettoyé ses blessures avant d'y passer un baume et de les panser avec des linges propres. Selden avait été gêné d'être bichonné comme un animal de concours, mais il n'avait ni la force ni l'envie de résister à la jeune femme, et encore maintenant, emmitouflé dans des couvertures moelleuses et confortablement assis devant un feu, il sentait qu'il devait employer toute son énergie rien que pour tenir la tête droite. Il finit par renoncer et la laissa retomber en arrière sur les coussins. Ses paupières devenaient pesantes, mais il s'efforçait de rester éveillé : il avait besoin de réfléchir, d'assembler les informations qu'il avait glanées.

Le chancelier l'avait fait venir, apparemment à grands frais, pour l'offrir au duc, lequel lui avait parlé d'un ton affable et l'avait placé ici avec cette femme qui s'occupait de lui à la fois avec douceur et dédain. Qu'attendait-on de lui ? Pourquoi sa remise au duc avait-elle un aspect si solennel et inquiétant ? Les questions ne manquaient pas, mais les réponses étaient rares. Son existence était comme suspendue ; elle dépendait de la volonté des autres. Il fallait résoudre ce mystère ; grâce aux soins de la jeune femme, il avait la possibilité de retrouver la santé ; pourrait-il en tirer la possibilité de retrouver la liberté ?

Reste éveillé, pose des questions. Il se plaqua un sourire sur les lèvres et demanda, l'air de ne pas y toucher : « Ainsi, le chancelier Ellik est votre père ? »

Elle se tourna vers lui, surprise ; elle avait la lèvre supérieure retroussée comme un chat qui hume une odeur désagréable. Il ignorait si elle était jolie et même quel âge elle avait exactement ; il voyait ses yeux bleu clair, ses cils blonds, un visage parsemé de taches de rousseur peu accentuées, une petite bouche et un menton pointu. Tout le reste était caché. « Mon père ? Non, mon prétendant. Il souhaite m'épouser pour accroître son influence de façon que, quand mon père s'affaiblira, il puisse s'emparer du pouvoir.

— Votre père va mal ?

— Mon père se meurt, et ce depuis longtemps. J'aimerais qu'il l'accepte et qu'on en finisse. Mon père est le duc de Chalcède, Antonicus Kent. »

L'étonnement de Selden fut double. « Votre père est le duc de Chalcède ? Et c'est son nom ? Je ne l'avais jamais entendu. »

Elle se détourna à nouveau du regard franc du jeune homme. « Nul ne le prononce plus jamais. Quand il s'est proclamé duc, des années avant ma naissance, il a déclaré qu'il n'aurait d'autre nom que ce titre pour le restant de ses jours. Même enfant, je ne m'adressais jamais à lui en l'appelant "père" ni "papa". Non ; c'était toujours "le duc". »

Selden soupira, ses espoirs d'alliance anéantis. « Donc votre père, le duc, est mon ravisseur. »

La femme lui jeta un regard curieux. « Ravisseur… Un mot bienveillant pour désigner quelqu'un qui a l'intention de te dévorer en comptant prolonger sa vie. »

Il la dévisagea un moment sans comprendre. Elle resta face à lui. Elle avait peut-être voulu le piquer par ses mots, mais son expression se mit à changer, et elle demanda enfin : « Tu n'es pas au courant, n'est-ce pas ? »

Selden avait la bouche sèche. Si elle ne l'aimait pas, comment pouvait-elle éprouver tant d'horreur et de pitié à l'idée du sort qui l'attendait ? Il prit une inspiration hachée. « Allez-vous me le dire ? »

Elle se mordilla la lèvre quelques instants, puis haussa les épaules. « Mon père est malade depuis longtemps – du moins il le prétend. D'autres que lui, je pense, y verraient le résultat de la vieillesse et l'accepteraient, mais il fait tout pour repousser l'échéance de la mort. Il a fait venir de nombreux guérisseurs très savants et il a consommé de nombreux remèdes rares. Mais, depuis quelques années, tous ses efforts sont vains ; la mort l'appelle mais il refuse de lui répondre. Il préfère menacer ses guérisseurs, lesquels, craignant autant la mort que lui, lui disent qu'ils ne peuvent rien pour lui s'il ne se procure pas les ingrédients les plus rares pour fabriquer leurs médicaments : du foie de dragon en poudre pour purifier le sang, du sang de dragon mélangé à des dents de dragon broyées pour faire cesser les douleurs des os, l'humeur de l'œil d'un dragon pour clarifier la vue, le sang d'un dragon pour lui donner un sang vif et chaud de jeune homme. »

Selden secoua la tête. « Je ne sais même pas où est ma dragonne à l'heure actuelle. Au cours des trois dernières années, j'ai senti son esprit effleurer le mien à deux reprises seulement et je n'ai jamais réussi à la contacter. Elle ne répond pas à mes appels, et, même dans le cas contraire, elle ne donnerait pas son sang pour me sauver ; je pense qu'elle serait prête à faire un carnage à l'idée qu'un humain veuille boire son sang ou fabriquer un médicament à partir de son foie. » Il secoua la tête plus vigoureusement. « Je ne sers à rien au duc ! Il doit demander une rançon contre ma libération et ordonner à ses guérisseurs de lui chercher d'autres formes de traitement. »

Elle le regarda de côté, et il n'y avait pas à se méprendre sur l'expression de compassion qui brillait dans ses yeux. « Tu ne m'as pas laissée finir. Il n'a pas pu obtenir son sang de dragon, mais ce que mon prétendant lui a procuré a piqué sa curiosité : un petit carré de chair écailleuse, prélevé sur ton épaule, si je ne m'abuse ; il l'a mangé, et il s'est senti mieux qu'il ne l'était depuis des mois. Mais ça n'a pas duré. »

Selden se redressa sur son siège ; la pièce s'était mise à tourner lentement autour de lui, et la nausée montait en lui. Il ferma les yeux, mais l'effet empira. Il les rouvrit et avala sa salive pour lutter contre son impression de vertige. « Êtes-vous sûre ? demanda-t-il d'une voix rauque. Il vous a dit ça ? Qu'il avait mangé ma chair ?

— Mon père, non ; mais mon prétendant… le chancelier Ellik s'en est vanté. Quand il… est venu… m'apprendre qu'on allait te confier à moi. » Toute douceur avait disparu de son discours ; les mots se heurtaient, et Selden sentit une histoire terrible derrière eux.

Le regard de Chassim était devenu lointain et sombre ; Selden lui toucha le bras, et elle s'écarta d'un bond en poussant un cri puis posa sur lui des yeux éperdus. « Qu'y a-t-il ? fit-il d'un ton insistant. Dites-moi ce que vous savez. »

Elle se rendit jusqu'à la fenêtre ; il craignit soudain qu'elle n'ouvrît le volet et ne se jetât dans le vide, mais elle retourna vers lui avec l'expression d'un animal aux abois et se mit à parler comme si les mots qu'elle prononçait étaient des pierres qu'elle jetait à des chiens de chasse à ses trousses. « Il ne peut pas se procurer le sang d'un dragon, alors il va prendre le tien ! Il va te dévorer comme il dévore tous ceux qui l'approchent. Il les dévore et les détruit pour ses noirs desseins ! »

À l'entendre s'exprimer ainsi, Selden sentit qu'il devait affronter l'impensable, et un froid étrange l'envahit lentement, sourdant de ses os. Quand il répondit, ce fut d'une voix plus aiguë que d'habitude, comme si l'air ne parvenait pas jusqu'au fond de ses poumons. « Ça ne fonctionnera pas, dit-il avec l'énergie du désespoir. Je suis aussi humain que vous ; ma dragonne m'a changé mais je ne suis pas un dragon. Qu'il boive mon sang, qu'il mange ma chair, il mourra aussi sûrement que moi. »

Il voyait clairement désormais le sort que lui réservait le duc. Il n'avait d'abord pas compris pourquoi on avait pris un échantillon de sa chair et de sa peau au moment de sa vente ; il avait pensé qu'il s'agissait de prouver qu'il était couvert d'écailles. La blessure que ce « prélèvement » avait laissée sur son épaule coulait encore à travers le pansement que la femme y avait appliqué ; il la croyait en cours de guérison et n'y avait pas touché, mais Chassim avait soulevé l'épaisse croûte pour révéler l'infection qu'elle dissimulait. Selden plissa le nez au souvenir de l'odeur infecte qui s'en dégageait.

Même le sens caché derrière les propos du duc quand on l'avait amené devant lui lui avait échappé ; mais cette femme à qui on l'avait confié paraissait décidée à l'obliger à regarder la réalité en face. Elle le scruta de l'autre bout de la pièce puis, aussi brusquement qu'elle s'était excitée, elle se calma ; elle vint s'asseoir près du canapé de Selden et dit d'une voix basse : « Le duc sait que ta chair et ton sang n'auront pas autant d'effet sur lui que ceux d'un dragon ; il le sait et il s'en moque. Il se servira de toi sans pitié comme d'un bouche-trou afin de rester en vie en attendant de se procurer le vrai médicament. »

Elle rajusta la couverture du jeune homme, les lèvres pincées, puis reprit d'un ton dépourvu d'espoir : « C'est pourquoi je dois te débarrasser de ton infection, te laver et te donner à manger et à boire comme à une vache engraissée pour l'abattoir. Toi et moi, nous sommes son bétail dont il peut faire ce qu'il veut. »

Il se tourna vers elle en s'attendant à voir de la colère ou au moins des larmes dans ses yeux ; mais elle demeurait impassible, le regard fixé vers un avenir sans espoir. « C'est monstrueux ! Comment pouvez-vous accepter ce qu'il me fait ? Ce qu'il vous fait ? »

Avec un rire amer, elle se laissa tomber sur le tabouret de bois et désigna la pièce d'un geste de la main ; elle était petite et confortable, mais les barreaux à la fenêtre et la solide porte en bois proclamaient ce qu'elle était en réalité : une cage dorée. « Je suis aussi prisonnière que toi et aussi humaine que tu prétends l'être, mais ça ne change rien pour lui. Il nous dévorera tous les deux. Je représente le pot-de-vin qu'il offre à Ellik pour que le chancelier fasse tout son possible pour préserver la misérable vie de mon père, et je ne tire que peu de consolation de t'entendre dire que, s'il consomme ta chair, ta mort n'ajoutera pas une seconde à son existence. » Baissant les yeux, elle reprit sur le ton de la confidence : « À une époque, je pensais lui survivre et me proclamer son héritière légitime. Tous mes frères sont morts, soit du fait de mon père, soit de celui de la peste sanguine, et je suis l'aînée de mes sœurs, et la seule qu'il n'ait pas mariée. Le trône devrait me revenir à sa disparition. »

Selden la regarda d'un air incrédule. « Son aristocratie vous soutiendrait-elle dans une telle prétention ? »

Elle secoua la tête. « C'était un rêve absurde. Les nobles que j'ai tenté de rallier à ma cause se sont révélés aussi dépourvus de pouvoir que moi ; j'avais concocté une utopie pour donner du sens et de l'espoir à ma vie, et elle n'existe plus désormais. Je n'ai plus aucun moyen d'entrer en contact avec ceux qui partageaient mes ambitions. Je n'ai plus qu'à me consoler en sachant qu'il ne me survivra guère, s'il me survit. »

Selden plissa le front. « Mais vous êtes jeune ; vous vivrez bien des années après la mort de votre père.

— La fille de mon père jouit peut-être d'une longue espérance de vie, mais pas l'épouse d'Ellik, je pense. Sa dernière femme lui a donné des fils qui hériteront de sa fortune et de son nom ; il n'avait besoin d'elle que pour cela, et, quand il en a eu fini avec elle, elle a vu son existence s'achever. Il ne lui faut qu'un seul fils de moi pour établir une régence que les autres nobles ne contesteront pas ; je suis sûr que cela explique la mort soudaine de la mère de ses enfants : il devait faire de la place pour moi. » Elle regarda le jeune homme. « Je ne la connaissais pas mais je la pleure ; sa dernière épouse commence à peine à pourrir dans sa tombe qu'Ellik est prêt à s'attaquer à moi. Non, je serai dévorée tout comme toi – mais pas avant, m'a-t-on dit, que je ne t'aie remis sur pied. Alors, pour hâter notre fin, il faut que tu manges. » Elle avait pris un ton faussement enjoué qui tournait en dérision son regard tragique.

Elle se leva pour apporter au chevet de Selden une petite table avec un plateau sur lequel reposaient un grand plat couvert à côté de deux autres de moindres dimensions. Elle souleva le couvercle, et Selden resta saisi devant le tas de viande crue coupée en cubes. Un bruit de dégoût lui monta involontairement aux lèvres. Chassim le regarda, étonnée. « Tu n'as pas faim ?

— J'aurais faim si la viande était cuite », répondit-il d'une voix défaillante. La perspective d'un repas lui avait mis l'eau à la bouche, mais les morceaux rouges et sanglants lui faisaient penser au sort qui l'attendait. Il se détourna en avalant sa salive ; sa faim naissante lui donnait la nausée.

« Je peux arranger ça, dit-elle, et pour la première fois l'amertume ne teintait pas sa voix. Je peux la faire griller dans la cheminée, et j'accepterai volontiers ce que tu laisseras ; mon père considère malséant qu'une femme consomme de la viande. Voici ma provende. » Elle découvrit les deux petits plats ; l'un contenait du gruau avec un généreux morceau de beurre qui fondait au milieu, l'autre un tas de légumes bouillis, orange, jaunes et verts. À cette vue, l'estomac de Selden se mit à gronder ; l'odeur familière des navets, des carottes et du chou cuits à l'étuvée lui fit monter les larmes aux yeux.

Chassim resta un instant silencieuse. « Si nous partageons, nous avons de quoi bien dîner tous les deux. » Elle s'exprimait d'un ton hésitant, les yeux baissés.

« Faites, répondit-il, et ce simple mot fit naître le premier sourire qu'il eût vu sur son visage.

— Faites, répéta-t-elle tout bas, comme si cette expression lui était étrangère. Oui ; et merci. »

Vingt-huitième jour de la Lune du Poisson

Septième année de l'Alliance Indépendante des Marchands

De Sealia Finbok, épouse du Marchand Finbok, à Hest Finbok, fils bien-aimé

Message à lui remettre à la Salle des Marchands de Trehaug.

Mon cher enfant, tu as quitté Terrilville quasiment sans un mot ! Je ne sais même pas où tu loges à Trehaug. Je dois cependant te prévenir que ton père a été furieux d'apprendre que le fils du Marchand Reddine t'accompagne. Selon lui, il t'avait expressément interdit d'emmener un compagnon, ce que je considère comme parfaitement ridicule. Comment supporter un long voyage jusqu'à une région aussi reculée que le désert des Pluies sans un ami spirituel et cultivé pour passer le temps ? Pour apaiser sa colère, j'ai inventé une petite histoire selon laquelle c'est moi qui aurais insisté pour que tu emmènes Reddine, car je craignais pour ta sécurité dans un pays aussi peu civilisé. À ton retour, tu devras donc t'en tenir à cette version quand ton père t'en parlera.

Très important : Lissi Sébastipan a rompu ses fiançailles avec Ismus, le fils du Marchand Porty ! Elle a découvert qu'il avait eu une petite bâtarde avec une fille d'une famille des Trois-Navires. Toute la ville ne parle plus que de cela, car leur mariage devait être l'événement de l'année. Je compatis à la douleur de la mère de Lissi, mais j'avoue qu'en même temps j'y vois une merveilleuse aubaine pour toi ! Je suis sûr que tu suis ma pensée !

Je t'en prie, ne perds pas trop de temps sur une mission que je regarde comme inutile ; rentre à la maison, annule ton contrat de mariage pour abandon du domicile conjugal, oublie cette femme excentrique et ingrate et laisse-moi te trouver une épouse convenable et fidèle.

Si tu as le temps de négocier des affaires, j'ai entendu dire qu'on avait récemment exhumé des pierres de flamme violet sombre absolument stupéfiantes. Creuse donc cette rumeur et ne te gêne pas pour te servir du crédit familial si ces pierres se révèlent valables.

Avec toute mon affection, en souhaitant que ton voyage te permette de ragaillardir ta pauvre âme brisée et te rende le goût de la vie,

Ta mère qui t'aime

8

La cité des Anciens

« Alise ! Alise, tu es là ? » La jeune femme se redressa lentement. Elle était penchée sur une table dont le plateau était incrusté d'illustrations extrêmement détaillées de l'anatomie des dragons. Elle se rendit compte alors qu'elle entendait depuis un moment des cris au loin, mais qu'elle leur avait barré l'accès à sa conscience en supposant qu'il s'agissait seulement des souvenirs de la cité qui s'efforçaient de l'envahir. La plupart du temps, ils l'empêchaient de se concentrer, mais aujourd'hui, alors qu'elle nettoyait les diagrammes avant de les étudier, les murmures de la pierre lui avaient fourni des informations. Elle espérait avec ferveur n'avoir jamais besoin de savoir comment extraire une dent cassée de la mâchoire d'un dragon, mais elle accordait tout de même une grande valeur à cette connaissance.

« Oui, je suis là », répondit-elle en se demandant qui avait besoin d'elle et pour quoi. Apparemment, on la dérangeait toujours au moment le plus intéressant de ses examens, et dans quel but ? Pour qu'elle identifiât un morceau de fourneau ou n'importe quel objet récemment découvert. Plus tôt dans la semaine, c'était Kanaï qui s'était présenté avec une brassée de grosses boucles incrustées de pierres brillantes. « Je sais que ces trucs sont importants, avait-il dit sans préambule, et je sais que je sais ce que c'est, mais, quand j'essaie de m'en souvenir, ça m'échappe. Je ne m'en occupais pas personnellement, mais quelqu'un le faisait pour moi, et c'était important pour moi et pour mon dragon. » Il avait repris son souffle et ajouta d'un air chagrin : « Je les ai trouvés dans un tas de décombres derrière chez moi ; il s'est passé quelque chose de grave là, Alise, j'en suis sûr. »

Elle l'avait regardé froidement. Il ne ferait jamais partie de ses préférés, mais il ne paraissait nullement mesurer l'effet dévastateur qu'il avait eu sur elle quand il lui avait dit qu'elle n'était pas et ne serait jamais une Ancienne, qu'elle n'avait pas voix au chapitre en ce qui concernait l'usage qu'ils faisaient de la cité, que la cité appartenait aux nouveaux Anciens et non à elle. Ces affirmations, toutes vraies qu'elles fussent, l'avaient anéantie et avaient bouleversé sa vie ; elle avait dû réviser de fond en comble l'image qu'elle se faisait d'elle-même. Tout bien pesé, le choc avait été salutaire, elle le savait, mais elle n'appréciait pas pour autant qu'on le lui remît en mémoire.

« Tu n'as jamais touché ces objets avant aujourd'hui, avait-elle répondu, mais tu as peut-être essayé les souvenirs de quelqu'un qui les utilisait. » « Essayer » était un euphémisme : tous connaissaient l'obsession croissante de Kanaï pour les souvenirs de son « autre » moi. Elle prit une des boucles et la fit tourner entre ses doigts. « Ça vient du harnais d'un dragon, non de combat mais de parade, peut-être pour un défilé de victoire ou une autre célébration… »

Il l'avait interrompue. « Harnais de combat ? OUI ! Oui, c'est ça, c'est ce que ça me rappelle. Mais… mais… » Il resta la bouche entrouverte, et son regard devint lointain tandis que son visage s'assombrissait. « Je ne me souviens pas de tout ; je devrais mais je ne sais pas…

— Va à la salle des Archives, le bâtiment avec la tour de la carte, et monte au… je crois que c'est au second étage. Tu y trouveras quantité d'illustrations aux murs qui te permettront de voir comment les harnais étaient fabriqués et ajustés.

— Oui. Oui, ça me revient. On y honorait les héros, les hommes et les dragons valeureux qui avaient accompli de grands exploits au combat… » L'air absent, il avait repris la boucle des mains d'Alise. Sa trouvaille serrée sur sa poitrine, il était parti sans un merci pour tâcher de retrouver une partie d'une personnalité qu'il n'avait jamais eue. La jeune femme soupira ; Leftrin les avait tous mis en garde, mais rien de ce qu'elle pouvait dire à présent ne les dissuaderait. Se plonger trop longtemps dans la pierre de mémoire était dangereux.

Et enthousiasmant.

Elle n'était peut-être pas une Ancienne mais elle se jugeait toujours la mieux équipée pour extraire les secrets de la cité ; le savoir qu'elle avait accumulé au cours de ses études l'y avait préparée et lui donnait l'ancrage nécessaire : Kelsingra ne lui était pas excessivement étrangère, mais Alise était capable de s'accrocher à son humanité sans se laisser aspirer. Néanmoins, le danger de laisser les pierres de la cité emporter sa vie et ses pensées l'effrayait. Elle avait appris une nouvelle discipline à Kelsingra : quand elle se risquait à s'aventurer dans des souvenirs, elle se fixait un but précis et restait parfaitement concentrée sur ce qu'elle désirait savoir sans se laisser distraire par quoi que ce fût ; c'était comme plonger dans une eau glacée pour récupérer une pierre brillante.

« Alise ! »

Elle reconnut la voix de Sylve. Avant qu'elle pût répondre, la gardienne reprit : « Alise ? Tu es là ? Mataf arrive. Ils sont revenus !

— Je suis derrière, Sylve ! » Puis le sens de ce qu'avait dit la jeune fille pénétra dans son esprit distrait. On avait repéré Mataf. Leftrin ! Leftrin était de retour ! Et elle était du mauvais côté du fleuve. Il s'attendrait à trouver tout le monde au village, non dans la cité. Elle se dressa d'un bond, l'anatomie dentaire des dragons oubliée. Leftrin arrivait et elle avait une tête épouvantable ! Elle courut à la porte et jeta un coup d'œil dans le couloir haut et large. « Où est Relpda ? » demanda-t-elle à Sylve qui fonçait vers elle ; derrière elle, les grandes doubles portes ouvertes laissaient entrer la brise agitée du printemps. Alise espérait que la petite dragonne et son gardien accepteraient de porter un message au bateau.

« Elle et Kanaï sont en train de guider Mataf ! Carson dit que le quai devrait tenir mais qu'il n'est pas encore prêt pour le déchargement. Ça l'inquiète, mais je pense que c'est une bonne façon de mettre à l'épreuve ce qu'on a bâti.

— Mataf vient directement ici ? » Elle avait encore moins de temps que prévu pour s'apprêter.

« Oui ! On les a vus arriver peu après la dispute des dragons. »

Alise la coupa, effrayée. « La dispute des dragons ? Il y a eu des blessés ? » Elle avait dû vraiment être absorbée par son travail pour n'avoir rien entendu !

« Non, pas chez les gardiens. Ça s'est passé dans les airs, plus bas le long du fleuve ; on ne distinguait pas grand-chose, mais on a vu Mercor envoyer Crache cul par-dessus tête ; Crache a réussi à s'envoler à nouveau, donc ça ne devait pas être bien grave, et puis tout le vol de dragons s'est déplacé vers l'aval, et du coup on ne sait toujours pas pourquoi ils se battaient. Mais peu après on a repéré Mataf ! »

Alise porta les mains à ses cheveux puis elle rit de ce geste instinctif de Terrilvillienne. S'inquiéter de son apparence ? Ridicule ! Leftrin savait dans quelles conditions elle vivait ! Enfin, au moins, il la retrouverait dans de meilleures conditions qu'à son départ ; depuis que les gardiens s'étaient installés à Kelsingra, ils étaient plus propres et mieux tenus. Néanmoins, elle se surprit à retirer les rares épingles à cheveux qui lui restaient et à laisser tomber sa chevelure sur ses épaules, puis elle la secoua en courant derrière Sylve. Des mains, elle lissa ses boucles rousses et rétives et les forma en tresses qu'elle fixa de nouveau en chignon. Elle se demanda à quoi ressemblait sa coiffure puis se rendit compte qu'elle s'en moquait en réalité ; et, si Leftrin y attachait de l'importance, ma foi, c'est qu'il n'était pas celui qu'elle croyait. Elle sourit avec confiance : il n'en aurait cure.

« J'aimerais savoir ce qui a énervé les dragons ; était-ce le début d'un combat nuptial ?

— Je n'ai pas l'impression. Tu ne les as pas entendus ? Crache lançait des coups de trompe, et les autres sont venus voir ce qu'il voulait. C'est ce qui a attiré l'attention de Carson, tous les dragons qui fonçaient dans la même direction ; au moins six d'entre eux se sont dirigés vers Crache et se sont mis à tournoyer ensemble, et puis j'ai vu Mercor lui rentrer dedans ! On ne sait pas pourquoi, et ils ne s'occupent plus beaucoup de nous depuis. Mais Mercor est arrivé alors que Crache plongeait et il l'a bousculé ; on l'a vu tomber, et, comme les arbres l'empêchaient de se poser sur la berge, on a tous eu peur qu'il chute dans le fleuve. Enfin, tous à part quelques-uns qui espéraient que cette sale bête prendrait un bon bain glacé. Mais alors il a repris son vol, et je ne sais toujours pas de quoi il retournait. » Elle baissa la voix sur ces derniers mots, et Alise perçut l'émotion de Sylve, peinée que Mercor ne lui eût pas parlé depuis l'échauffourée. Depuis que les dragons étaient capables de se nourrir par eux-mêmes, ils perdaient leur intérêt pour leurs gardiens ; certes, quelques-uns appelaient leurs humains pour leur prodiguer un nettoyage spécial, mais rares étaient ceux qui les contactaient quotidiennement. Certains de ceux-ci paraissaient s'en offusquer comme des amants éconduits ; d'autres, comme Sylve, s'en attristaient mais se résignaient à leur solitude. Elle et Boxteur semblaient le plus touchés par cet abandon. Certains des autres, en particulier Jerd et Davvie, avaient l'air soulagés d'être libérés de leurs dragons et de leurs exigences. La veille, alors que les gardiens partageaient un dîner frugal dans l'arrière-salle des étuves, Sylve avait courageusement exprimé tout haut la vérité à laquelle les autres préféraient tourner le dos.

« Rien n'a vraiment changé ; les dragons nous voient comme ils nous ont toujours vus. Ils ont été francs avec nous depuis le début : ils voulaient quitter Cassaric et devenir de vrais dragons, et ils nous toléraient parce qu'ils avaient besoin de nous. »

Ses camarades s'étaient figés autour de la table, le repas oublié.

« Et maintenant on ne leur sert pratiquement plus à rien ; alors ils nous supportent encore, mais ils privilégient leur propre espèce, ou leur solitude. »

Elle avait raison, mais son discours n'avait pas levé la morosité qui régnait dans le groupe depuis que les dragons avaient appris à voler. Alise compatissait à leur abattement ; elle se rappelait le bonheur capiteux d'être l'objet de l'attention de Sintara ; et quand la dragonne avait pris la peine de l'ensorceler de son charme. Elle sourit, vaguement étourdie à ce souvenir. Plus rien n'existait à ce moment-là ; le ravissement et la joie qu'elle éprouvait alors n'étaient surpassés que par le vertige de son amour pour Leftrin et le tourbillon d'allégresse de savoir qu'il lui rendait son admiration. Cela, aucun dragon ne pouvait le procurer !

Quand elle avait fait la connaissance de la reine bleue, elle se sentait défaillir chaque fois que la dragonne daignait lui adresser la parole ; elle était prête à tout, prête à se plier à la tâche la plus insignifiante pour préserver cette considération, et elle s'était sentie perdue quand Sintara avait désigné Thymara comme meilleure pourvoyeuse et l'avait choisie comme gardienne. Si Leftrin n'avait pas été là pour amortir le coup, elle eût sans doute été anéantie. Elle sourit en songeant à l'efficacité avec laquelle il avait réussi à la détourner de ce choc.

Depuis que les dragons avaient cessé de prêter attention à leurs gardiens, ceux-ci semblaient chercher à se distraire dans des domaines similaires. Alise avait observé avec une certaine inquiétude les allées et venues de Thymara entre Kanaï et Tatou, et elle avait pitié des trois ; pourtant, elle songeait qu'en même temps chacun des jeunes hommes connaissait son rival. Thymara ne les trompait pas comme Alise avait été trompée ; elle respectait ses prétendants et s'efforçait de bien les traiter.

Encore une fois, Jerd s'était précipitée à corps perdu dans une affaire torride ; Alise ignorait sur quel gardien elle avait jeté son dévolu et se demandait si c'était vraiment important.

Qu'il était curieux de voir Davvie et Lecter si absorbés l'un par l'autre ! À Terrilville, la relation aussi ouvertement passionnée de deux jeunes hommes eût fait scandale ; ici, les autres gardiens l'acceptaient comme ils acceptaient celle de Sédric et de Carson. Peut-être, une fois qu'on avait mesuré l'intensité du lien qu'on pouvait partager avec une créature aussi éloignée de l'homme qu'un dragon, toutes les formes de l'amour entre humains devenaient-elles acceptables. On voyait souvent les deux jeunes gens se promener ensemble dans la cité ; leurs éclats de rire à la plus petite plaisanterie faisaient sourire les autres, tandis que leurs disputes orageuses – du moins Alise en avait-elle l'impression – éclataient seulement parce qu'ils aimaient le déchirement de la séparation et le bonheur des retrouvailles.

D'autres gardiens, comme Harrikine, s'immergeaient dans la chasse ; Tatou, lui, paraissait aussi passionné par la conception technique de Kelsingra que Carson ; quelques-uns, tels Nortel et Jerd, étaient devenus d'avides chercheurs de trésors, alors que Kanaï passait son temps libre dans une sorte d'exploration de la cité quand il n'était pas pendu aux basques de Thymara. Depuis qu'il avait interrogé Alise sur les boucles qu'il avait trouvées, il parlait souvent d'armes, de méthodes de combat, et de la défense que la cité avait jadis opposée aux dragons d'une autre cité. Elle s'effrayait d'apprendre qu'il avait existé de telles rivalités entre les cités des Anciens et les dragons qui les habitaient, mais quand elle lui demandait sur quoi se fondaient leurs querelles, il se taisait, l'air incertain, et elle s'en inquiétait.

Elle et Sylve sortirent dans la rue ; l'air frais du printemps les fouetta et dégrafa des mèches rousses du chignon d'Alise. Elle éclata de rire et porta les mains à sa tête pour sauver ses dernières épingles à cheveux avant que le vent ne les emportât. Sa chevelure tomba librement sur ses épaules. Tant pis.

« Presse-toi ! » lança Sylve par-dessus son épaule en se mettant à courir.

Alise accéléra jusqu'à un trot soutenu, mais l'Ancienne la distança sans effort ; elle avait grandi et dépassait désormais son aînée, et son visage commençait à perdre ses traits enfantins, mais elle devait encore mûrir, et pas seulement physiquement. Alise se réjouissait que Harrikine eût apparemment la patience de l'attendre ; la jeune fille appréciait visiblement sa compagnie et tous parlaient d'eux comme d'un couple, mais la Terrilvillienne n'avait vu aucun signe qu'il eût cherché à obtenir d'elle plus qu'une promesse. Ils se promenaient parfois main dans la main, et Alise avait observé quelques baisers volés, mais Harrikine n'essayait pas de presser Sylve. Pour le moment, il était son ami, et Alise ne doutait pas qu'avec le temps il gagnerait tout ce qu'il espérait.

Comme Leftrin.

Réchauffée par cette pensée, elle abandonna son trot, allongea sa foulée et rattrapa Sylve, à son propre étonnement et à celui de la jeune fille. Elles échangèrent un regard, les cheveux dans les yeux, puis éclatèrent de rire. Elles abordèrent la dernière descente qui menait au quai et la dévalèrent ensemble.

Leftrin risqua un regard en arrière. Le vol tournoyant des dragons s'était dispersé, à moins que les grandes créatures ne fussent descendues en dessous de la ligne des arbres pour harceler encore le bateau de Terrilville incapable de se défendre. Il avait pitié de l'équipage mais savait qu'il ne pouvait rien pour lui. Les dragons se contenteraient sans doute de chasser le bateau ; bon débarras ; ils n'avaient sûrement pas changé au point de tuer des humains. Sûrement pas.

Il écarta cette pensée de son esprit ; mieux valait se concentrer sur les problèmes auxquels il pouvait apporter des solutions. Or, il avait des soucis très immédiats ; Mataf avait du mal à approcher du quai de Kelsingra car le courant le repoussait inlassablement. Près de la cité, le fleuve était profond et rapide, et il rongeait la rive et les constructions qu'elle portait depuis de nombreux hivers. Par endroits, l'eau explosait en écume sur les os de pierre de la maçonnerie délogée. Leftrin serra les dents et refusa d'imaginer Mataf drossé contre eux par un caprice brutal du courant.

Comme la gabare s'avançait peu à peu vers le front de fleuve de la cité, Leftrin constatait que les gardiens avaient tenté de remettre le quai en état. Ils avaient lié ou chevillé des troncs dégrossis aux piliers de pierre, vestiges des anciens quais ; la structure ne paraissait pas très solide, et il se demanda s'il avait bien fait d'écouter Kanaï. Juste après l'attaque des dragons sur le bateau qui les suivait, Gringalette les avait survolés, et Kanaï, sur son dos, leur avait crié de se diriger vers Kelsingra, non vers le village ; du geste, Souarge leur avait signalé qu'il avait compris le message, et ils s'en étaient allés à tire-d'aile.

Mataf et l'équipage avaient dû combiner leurs efforts pour traverser le fleuve puis remonter le courant le long de la berge où l'eau était profonde et violente. Du côté du village, elle coulait plus lentement et avec moins de fond, et la rive large et sablonneuse permettait au navire de s'y échouer. Ici, il n'y avait que le nouveau ponton bricolé par les gardiens, et un courant puissant qui les y entraînait. Leftrin sentait sa vivenef qui pédalait avec obstination et battait de la queue pour contrecarrer cette poussée tandis que son équipage souquait vaillamment pour la diriger vers le quai.

Les gardiens s'étaient portés à leur rencontre, et la plupart restaient sagement sur la berge. Carson, posté sur le ponton, se tenait prêt à attraper l'amarre qu'on lui jetterait ; Harrikine était avec lui, et, à la grande stupeur de Leftrin, Sédric aussi, l'air plus musclé et en meilleure forme qu'à leur dernière rencontre. Harrikine et Sédric étaient vêtus de tissus de couleurs vives, comme les autres gardiens : manifestement, la cité leur avait cédé quelques trésors. Le front plissé, il se demanda ce qu'Alise en pensait.

Les troncs du quai liés les uns aux autres bougeaient avec le courant, montant et descendant régulièrement. Les jeunes gens étaient massés dans la rue défoncée derrière le ponton. Malgré l'envie qui le taraudait de chercher Alise dans cette foule, Leftrin savait que son bateau requérait toute son attention, et il resta sur le rouf à crier des corrections de cap pendant que Mataf luttait contre le courant violent et dépassait peu à peu le ponton.

« Jetez l'ancre ! » lança Hennesie, et Grand Eider déploya un grappin d'abord à bâbord puis un autre à tribord ; les chaînes puis les bouts défilèrent rapidement pendant que l'équipage maintenait l'embarcation stable ; enfin les ancres se fixèrent, et la vivenef s'inclina sur l'eau tandis que les amarres résistaient à la tension. Un instant plus tard, elle fit une embardée quand l'ancre bâbord dérapa avant de s'accrocher fermement au fond.

« Compense ! » cria Leftrin à Hennesie, mais le second assistait déjà Grand Eider à la tâche ; comme le bateau s'alignait, ils entamèrent le travail délicat qui consistait à laisser filer de l'amarre pour se positionner parallèlement au quai grâce au courant.

Leftrin forma le vœu qu'il n'y eût pas d'anciens piliers dissimulés sous la surface. L'espace entre *Mataf* et le ponton s'amenuisait, et les pattes et la queue invisibles du bateau s'activaient toujours pour l'empêcher de dériver ; à l'évidence, Mataf n'avait pas une confiance absolue dans les ancres. La tâche de l'amener à quai s'en trouvait compliquée, mais Leftrin préférait laisser la vivenef suivre son instinct. Enfin, ils furent assez proches de la terre pour lancer les amarres ; Sédric attrapa la première et l'enroula rapidement autour d'un des rares étais en pierre qui subsistaient de l'ancien quai ; Carson saisit la suivante et la fixa autour d'un montant en bois qui gémit et s'inclina légèrement mais tint bon. D'autres bouts furent envoyés et attachés à leur tour. Une fois *Mataf* plus ou moins stabilisé, on fila d'autres cordages par-delà de ponton jusque sur la terre ferme où, avec un souverain mépris pour le grand âge de la cité, l'un fut fixé à une statue d'Ancien tandis qu'un autre était passé par la fenêtre d'une petite construction pour en ressortir par la porte avant d'être noué sur lui-même. C'était de l'amarrage à la va-vite, comme si une araignée géante avait pris la vivenef dans sa toile. Leftrin suspendit son souffle, mais les cordages tinrent bon, et il soupira.

« Ça ira pour le moment, dit-il à Hennesie, mais ce système ne me plaît pas, et à Mataf non plus. L'un de nous deux doit toujours se trouver à bord, et je ne veux pas que l'équipage s'éloigne trop. Il faut au moins trois hommes à bord à tout moment. Quand on aura déchargé, on retraversera le fleuve pour échouer Mataf de l'autre côté. Ce ne sera pas une partie de plaisir de faire des allers et retours entre le village et Kelsingra dans les canots, mais au moins, la gabare sera en sécurité. »

Hennesie hocha la tête d'un air sombre.

« Déchargeons tout de suite, alors, reprit Leftrin, dès que les passagers seront descendus ; occupe-t'en, je dois parler au bateau. »

Le second acquiesça et s'éloigna ; quelques instants plus tard, il lançait des ordres pour qu'on portât la cargaison sur le pont. Des cris de bienvenue montèrent de la foule sur la berge, et Leftrin y répondit d'un signe de la main tout en se rendant à l'avant, où il vit Hennesie penché par-dessus la lisse en train de discuter avec Carson. Malgré sa masse, le chasseur savait se déplacer rapidement quand il le fallait, et, comme par magie, les gardiens se mirent en colonne comme des fourmis, prêts à jouer les débardeurs. Grand Eider aidait Malta à descendre du pont sur le quai oscillant ; elle serrait son enfant contre sa poitrine, refusant de le laisser à quiconque, et Reyn la suivait de près, l'air anxieux. Leftrin observa que Hennesie attendait d'aider Tillamon à mettre pied à terre ; il pinça les lèvres puis songea que c'était à Reyn d'intervenir s'il jugeait la situation indécente. D'ailleurs, Reyn n'avait peut-être pas son mot à dire étant donné que Tillamon était majeure.

Parvenu au gaillard d'avant, il se pencha par-dessus le bastingage en bois-sorcier. « Bateau, veux-tu bien me parler ? »

Il perçut la vibration familière de la conscience de la gabare. Mataf était l'aîné des vivenefs, construit bien avant qu'on imaginât que le bois-sorcier était autre chose qu'une essence au grain fin et d'excellente qualité. Conçu comme une gabare, avec les yeux traditionnels peints sur la coque pour surveiller le courant, il n'avait pas de figure de proue comme ses successeurs. Ses « yeux » étaient devenus plus expressifs avec les ans, mais il ne possédait pas de bouche sculptée qui lui permît de s'exprimer. En général, Leftrin partageait les émotions de son bateau à un niveau intuitif, ou bien quand Mataf s'introduisait directement dans ses rêves ; en de rares occasions, le capitaine avait l'impression que le bateau s'adressait à lui à l'aide de mots et de phrases. Il avait toujours respecté les choix de Mataf, qu'il se confiât peu ou beaucoup à son capitaine, et il n'en demandait davantage que s'il jugeait son bateau en danger. Accoudé à la lisse, il attendait en espérant une réponse.

Il sentait l'inquiétude de la gabare, mais il eût fallu être de pierre pour n'en avoir pas conscience ; les gestes de l'équipage, vifs et nerveux, indiquaient que chacun était prêt à réagir si les ancres dérapaient ou que le ponton cédât. « On n'est pas en sécurité ici, hein, Mataf ? Il nous faut un meilleur mouillage de ce côté du fleuve si on doit rester. Mais, une fois qu'on aura déchargé, on t'emmènera en face, sur la plage. Ça fera du bien de se reposer, non ? »

Tout en parlant, Leftrin observait le ciel. À Trehaug, avec des débardeurs expérimentés sur des quais solides, il avait fallu quasiment une journée pour embarquer le fret ; à présent, il fallait descendre les caisses par une passerelle sur un ponton bricolé et instable puis les transporter de là sur la rive. D'un coup d'œil, il estima le nombre des gardiens à une dizaine, tous très occupés à déplacer du matériel. Il vit que Reyn et Malta étaient parvenus à terre et que Tillamon se trouvait avec eux ; et là, dans une robe qu'il connaissait bien, sa chevelure – une cascade rousse – sur ses épaules, se tenait Alise qui les prenait en charge. Avec un petit gémissement, il regretta de ne pouvoir être avec elle pour la prendre dans ses bras, la serrer contre lui et sentir à nouveau son doux parfum.

Pas tout de suite.

Je sais, Mataf ; pas tout de suite. Mon devoir est ici, et je resterai à bord tant que tu ne seras pas en sécurité sur l'autre rive. Il regarda de nouveau le ciel pour estimer l'heure et se rendit compte qu'il devrait peut-être passer la nuit amarré au ponton. Alise le rejoindrait-elle ? Il sourit : elle y serait sans doute toute disposée. L'inquiétude du bateau ramena son attention vers Mataf.

Pas encore. L'enfant n'est pas encore tiré d'affaire.

Alise les aidera ; elle leur trouvera un dragon, peut-être Mercor, ou Gringalette. Il y en aura certainement un qui voudra bien s'occuper du petit.

Peut-être ; s'ils en sont capables. J'ai fait ce que j'ai pu.

S'ils en sont capables ? Leftrin n'aimait pas ce que sous-entendaient ces mots ; il avait cru que conduire l'enfant auprès d'un dragon résoudrait tout et n'avait prévu d'autre difficulté que de persuader une des grandes créatures de le traiter. *Tu penses que les dragons refuseront ?*

Celui qu'il faut doit être là et il doit accepter. Le bateau avait répondu lentement, et Leftrin sentit qu'il s'efforçait d'exprimer quelque chose ; il jugea préférable de ne pas insister. Mercor s'était toujours montré le plus communicatif, et il serait peut-être prêt à fournir quelques explications sur la création des Anciens et sur les besoins du nourrisson. Mais Leftrin redoutait d'apprendre la nouvelle à Malta. Il risqua une autre question. *Vaudrait-il mieux que le petit reste à bord pour le moment ? Pourrais-tu continuer à le soutenir ?*

Mataf répondit à contrecœur : *J'ai fait tout ce que je pouvais faire.*

Et nous t'en remercions, Mataf.

Il ne perçut nulle réaction du bateau ni plus aucun contact mental. Mataf était ainsi, et Leftrin, pour sa part, se réjouissait d'avoir une vivenef plus taciturne que la plupart ; il n'eût sans doute pas apprécié une pie borgne comme l'*Ophélie* ni un caractère sombre et tragique comme celui du *Parangon*. Mais il en allait sans doute des vivenefs comme des enfants : tous les parents jugent que les leurs sont les plus beaux, et chaque capitaine préfère son bateau à tout autre.

Cette réflexion lui valut un petit contact de *Mataf*.

Je suis le meilleur. Le plus vieux, le plus sage, le meilleur.

Évidemment. Je le sais.

Encore une fois, nulle réaction à la réponse de Leftrin. Mais celui-ci s'y attendait.

Malta parcourut les alentours du regard, l'esprit brumeux. Un long couloir se perdait dans une pénombre douce ; des portes y donnaient, la plupart fermées, mais quelques-unes entrebâillées. « N'importe quelle porte ouverte ? demanda-t-elle, fatiguée.

— N'importe quelle porte ouverte, confirma Alise Finbok. Si un gardien s'est déjà approprié une chambre, la porte est fermée. Et la plupart ont été verrouillées par leurs anciens occupants, et nous n'avons pas réussi à les forcer. Je vous conseille de choisir une des trois dernières, au bout du couloir. Ce sont des appartements avec plusieurs chambres et des lits ; nous pensons qu'ils étaient peut-être destinés aux délégations d'autres cités. Naturellement, nous n'avons rien sur quoi fonder cette théorie hormis le fait que c'est la seule qui nous vienne à l'esprit.

— Merci. » Ce mot dépassa presque les forces de Malta. Elle était encore rouge du bain brûlant dont elle sortait, et ses cheveux étaient mouillés. Les deux jeunes femmes étaient les seules occupantes des bains des dragons. Malta se rendait vaguement compte qu'en toute autre circonstance elle fût demeurée pantoise devant l'immensité de la salle, avec ses plafonds lointains et la magie de ses déversoirs d'eau bouillante ; mais la peine et la fatigue chassaient tout sentiment d'émerveillement de son cœur. L'esprit vague, elle s'était nettoyée de plusieurs jours de transpiration salée ; l'eau chaude avait effacé ses douleurs mais aussi ce qui lui restait de force.

Alise avait eu la gentillesse de garder le petit Phron qui pleurait toujours pendant que Malta se baignait et se lavait les cheveux ; l'enfant se tenait tranquille à présent dans ses bras, mais Malta le sentait vidé de toute vigueur, non somnolent ni rassasié. Il s'était épuisé à pleurer dans les bras d'Alise, et sa mère l'avait récupéré aussi mou qu'une poupée de chiffon ; elle l'avait cru endormi quand elle l'avait doucement trempé dans le bain, mais il avait ouvert les yeux au contact de l'eau, et elle l'avait vu avec bonheur s'étirer puis agiter ses petits bras et ses petites jambes. Il avait tapoté la surface de l'eau, d'abord surpris puis ravi des éclaboussures qu'il produisait, et elle avait souri de le voir se conduire comme un enfant ordinaire ; mais, quand les écailles qui couvraient son corps avaient pris une teinte rouge qui s'était ensuite assombrie, l'inquiétude l'avait saisie. « Il lui arrive quelque chose !

— C'est arrivé aux gardiens aussi », avait répondu Alise. Elle se tenait au bord de l'immense baignoire, une serviette ouverte et prête à recevoir le nourrisson. Malta lui avait souri ; la Terrilvillienne n'avait pas changé autant que les autres membres de l'expédition, et il fallait un œil attentif pour remarquer les fines écailles sous ses sourcils et sur le dos de ses mains. Elle avait gardé les intonations professorales d'une érudite. « L'eau chaude a permis aux dragons de se développer considérablement et d'apaiser apparemment leurs douleurs ; ils se sont allongés, leur corps a pris une forme nouvelle, et ils ont grandi, certains de manière étonnante. Tinder, de lavande claire, est devenu violet foncé avec des filigranes dorés ; Crache a toujours eu la queue courte, mais elle est aujourd'hui proportionnée au reste de son physique. Au bout d'un jour ou deux à se baigner au chaud, presque tous les dragons ont appris à s'envoler sur du plat, et maintenant tous savent voler, naturellement. Leurs gardiens ont subi des changements similaires : couleurs plus vives, membres allongés. Thymara a des ailes extraordinaires à présent.

— Des ailes ? »

Alise acquiesça de la tête. « Des ailes ; et Sylve a peut-être une crête qui lui pousse sur le front.

— Et moi, ai-je changé ? demanda aussitôt Malta.

— Ma foi, j'ai l'impression que vous avez gagné en éclat ; mais il vaudrait peut-être mieux poser la question à votre époux : il sait mieux que moi l'aspect que vous avez habituellement. » La courtoisie était la priorité pour Alise, et elle refusait de dire ce que Malta savait : qu'elle s'était tant négligée à cause de sa surveillance constante du petit Ephron qu'Alise ignorait si l'apparence de ses écailles provenait simplement de ce qu'elle s'était baignée ou si ses caractéristiques draconiennes avaient progressé. Malta prit conscience qu'elle s'en moquait et eut un sourire las. *Regarde ce qu'il a fallu pour éroder ma vanité féminine*, songea-t-elle, *la vie de mon fils est en danger et plus rien d'autre n'a d'importance !* Elle baissa les yeux sur le nourrisson ; il se taisait mais ne dormait pas, et son visage ne ressemblait à celui d'aucun autre enfant du même âge ; il avait les lèvres pincées comme s'il souffrait, et sa respiration sifflait par ses narines étroites. Elle s'efforça de le voir de façon impartiale ; était-il laid, condamné à être rejeté par les autres enfants ? Elle n'en savait rien. C'était Ephron, son petit garçon, et ses différences faisaient partie de lui ; elles ne permettaient pas de le comparer aux autres. De l'index, Malta suivit les fines écailles qui soulignaient ses sourcils, et il ferma les yeux. Elle le confia à Alise qui l'enveloppa dans la serviette pendant que sa mère sortait de l'eau, épuisée.

Elle avait rapidement séché dans l'atmosphère chaude de la salle, et Alise lui avait fourni une robe Ancienne d'un rose chatoyant dont les teintes évoquaient à Malta l'intérieur d'un coquillage. En d'autres circonstances, elle eût été dévorée d'impatience de se regarder dans un miroir pour admirer le tomber souple du tissu ; mais, assise au bord du bassin, elle n'avait envie que de reprendre son enfant dans ses bras. À présent, l'esprit engourdi, elle contemplait le couloir dont certaines portes étaient ouvertes, d'autres closes – comme des choix dont certains lui étaient ouverts et d'autres fermés. Comment pouvait-on savoir dans quelle mesure tel petit choix allait modifier à jamais le cours d'une vie ?

« Je vais vous montrer un appartement qui vous plaira, je pense, et je vous y installerai pour la nuit. Demain matin, une fois reposée, vous pourrez en changer si vous ne l'aimez pas. »

Malta se rendit compte qu'elle n'avait pas bougé ni parlé depuis plusieurs minutes. S'était-elle endormie debout ? « Oui, s'il vous plaît », dit-elle d'une voix faible, et elle laissa Alise la prendre par le bras pour la guider. Quel soulagement d'avoir échappé à l'accueil joyeux mais bruyant des gardiens ! En se présentant à elle, plusieurs d'entre eux avaient eu l'air abasourdi. « Le roi et la reine des Anciens ! » avait soufflé l'un d'eux.

Malta avait fait « non » de la tête, mais cela n'avait pas changé leur attitude ; ils avaient continué à les bombarder de questions, elle et Reyn, et son époux, qui savait dans quel état d'épuisement elle était, s'était efforcé d'y répondre. Les filles avaient paru fascinées par son enfant, et même les garçons l'avaient regardé d'un œil stupéfait.

« Il est comme Graffe ! » s'était exclamé l'un d'eux, couvert d'écailles rouges ; un autre, plus grand et presque adulte, lui avait intimé le silence et l'avait entraîné à l'écart. Reyn avait vu le regard angoissé de sa femme et attiré les gardiens loin d'elle tout en proposant qu'Alise lui procurât de quoi se baigner et se reposer. Et à présent elle se retrouvait incapable de comprendre ce qui l'entourait alors que le soir tombait. Elle avait parcouru tout ce chemin dans l'espoir d'être accueillie par des dragons, et nul ne s'était montré. Elle ne voulait plus que Reyn, que sa petite famille près d'elle.

Au bout du couloir, Alise la fit passer par une porte qui s'ouvrit grand à son contact. La salle était obscure, mais à leur entrée elle s'illumina progressivement, d'un éclat sans source visible, jusqu'à ce qu'une chaude lumière éclairât toute la pièce. Malta nota avec consternation qu'il n'y avait pas de cheminée, mais Alise dit comme si elle avait entendu ses pensées : « Les appartements gardent toujours une température agréable, nous ignorons comment ; les chaises et les lits s'amollissent quand on s'assoit, et nous ne savons pas non plus par quel moyen. Nous avons encore beaucoup à apprendre sur Kelsingra. Par ailleurs, il n'y a ni draps ni couvertures ; peut-être les Anciens n'en avaient-ils pas besoin puisque les pièces restaient tièdes. Certaines armoires renfermaient des habits, et quelques placards et buffets contenaient des objets personnels, certains d'un usage évident, comme des brosses, des colliers et d'autres que nous ne comprenons pas. J'ai pressé les gardiens de laisser en place tout ce qui n'est pas essentiel jusqu'à ce que nous en découvrions davantage, mais (un petit soupir) ils ne m'écoutent guère. Jerd est la pire, à chasser les trésors de bâtiment en bâtiment et à amasser plus de bijoux qu'on ne peut en porter dans son existence, sans se préoccuper de savoir d'où ils viennent ni qui les arborait avant elle. Des coupes en or, comme si nous avions un vin digne d'elles, un miroir qui montre ce qu'il aurait dû refléter quelques instants plus tôt, si bien qu'elle peut s'examiner l'arrière de la tête, et des objets utiles aussi : une casserole qui réchauffe ce qu'on y place, des bas munis de semelles solides qui s'adaptent à la pointure de chacun… Oh, pardon ! Je bavarde pendant que vous restez debout. Venez ; dans cette pièce, il n'y a qu'une table et des chaises, comme si elle ne servait qu'à des réunions ; mais voici une chambre à coucher, et ces deux portes donnent aussi sur des chambres. Dès que vous vous asseyez sur un lit, il s'amollit pour s'ajuster à votre forme. »

Malta hocha la tête, l'esprit brumeux. « Reyn ? » fit-elle d'un ton las, et Alise répondit : « Je veillerai à ce qu'il sache où vous êtes. Vous êtes épuisée, ma petite ; allez vous coucher tout de suite, sinon pour vous, du moins pour votre enfant. »

Alise tapota le lit, et Malta y déposa délicatement Phron ; il s'agita, et, le cœur serré, elle comprit qu'il allait se remettre à pleurer. Mais, alors que le lit se creusait autour de lui, il perdit son expression contrariée et ses yeux se fermèrent lentement. Par réflexe, elle se pencha pour approcher son oreille et s'assurer qu'il respirait. Elle avait envie de le suivre dans le sommeil, mais pas tout de suite ; pas tout de suite. Avec un sourire triste, elle se remémora sa propre mère qui subvenait toujours aux besoins de ses enfants avant de s'autoriser à se reposer.

« Ses affaires, dit-elle en se tournant vers Alise. Va-t-on apporter mes coffres ici ? Il y a une valise bleue qui renferme toutes les affaires de Phron, ses serviettes supplémentaires, ses robes et ses couvertures… » Elle se tut en se demandant ce qui n'allait pas chez elle pour avoir eu la bêtise de ne pas penser à prendre ces bagages ; elle avait l'impression que mille idées à demi conçues bourdonnaient dans sa tête.

« Malta ! lança Alise d'un ton presque dur en lui secouant le bras. La cité est pleine de souvenirs d'Anciens ; le bâtiment où nous sommes n'a pas l'air d'en abriter autant que certains autres, mais il n'en est pas moins facile de laisser son esprit dériver et de perdre le fil de ses pensées. Supporterez-vous de dormir ici cette nuit ? Vaudrait-il mieux que vous retourniez au bateau ? »

Dès qu'Alise parla du phénomène, Malta le reconnut : de la pierre de mémoire remplie de vies et de pensées. Elle ferma les yeux, les paupières serrées, puis les rouvrit. « Ça ira maintenant que je suis prévenue. J'en ai déjà eu l'expérience, la première fois où je suis descendue dans la zone ensevelie de Trehaug pour y trouver Tintaglia et la supplier de laisser Reyn tranquille. »

Devant l'expression intriguée d'Alise, elle ne put s'empêcher de sourire. « C'est une longue histoire, cependant, si vous le désirez, je vous la raconterai ; mais pas maintenant. Je suis épuisée.

— Naturellement. J'ai entendu les hommes du *Mataf* dire que tout serait déchargé ce soir pour qu'ils puissent déplacer le bateau jusqu'à un mouillage plus sûr, de l'autre côté du fleuve. Je vais aller m'assurer qu'on vous apporte vos affaires ici. Et maintenant, avant que je parte, avez-vous besoin d'autre chose ?

— Non, à part Reyn », répondit Malta avec franchise.

Alise éclata de ce rire qu'échangent les femmes entre elles. « Naturellement. Quelle bonne idée il a eue d'occuper les gardiens ! Tous meurent de curiosité de savoir ce que vous faites ici et ce que vous pouvez leur apprendre sur les Anciens. Le roi et la reine des Anciens ! Pensiez-vous qu'un jour ces titres auraient tant de poids ? Car ici ils en ont ; j'ai surpris les conversations des jeunes. »

Malta la regarda sans répondre, et Alise sourit avant d'ajouter d'une voix plus basse : « Selon eux, vous êtes là pour prendre leur tête, pour vous servir de votre influence et de votre stature afin d'asseoir l'existence de Kelsingra. J'ai entendu Kanaï dire : "On nous appellera les Marchands Dragons, et on sera sur un pied d'égalité avec Terrilville, les îles Pirates et même Jamaillia. On nous respectera maintenant que notre roi et notre reine sont ici." » Alise parla encore plus bas : « Je sais que ce n'est pas pour ça que vous êtes venus, mais il faut que vous le sachiez : chacune de vos paroles est sacrée pour ces jeunes Anciens ; en ce moment même, ils doivent être réunis autour de Reyn, suspendus à ses lèvres. Je vais le libérer d'eux et vous l'envoyer, et je leur dirai que leur reine désire qu'on lui apporte ses coffres de voyage dès ce soir. Vous les aurez.

— Alise, je ne suis pas de taille, répondit Malta d'une voix faible. Je n'avais jamais imaginé... » Les mots, ces mots inutiles, lui manquèrent. Elle était trop fatiguée, bêtement fatiguée. Elle avait oublié Tillamon. « La sœur de Reyn… voulez-vous lui indiquer où nous sommes logés ? Elle doit être aussi épuisée que moi, et je l'ai plantée sur le quai. C'est grossier, mais je suis trop lasse… »

Alise eut l'air surpris. « Mais je croyais avoir entendu Tillamon dire qu'elle comptait rester à bord du *Mataf* cette nuit pour aider à le mener au village, de l'autre côté du fleuve, demain. Cependant, je demanderai à la voir si vous le souhaitez.

— Dormir à bord du *Mataf* ? Ma foi, c'est comme elle le désire. Je pensais qu'elle voudrait se joindre à nous ici, où tout est si confortable, mais le bruit des pierres de mémoire la gênerait peut-être. » La fatigue empêcha Malta de pousser plus loin sa réflexion. « Je vous en prie, priez simplement Reyn de venir ; et bonne nuit à vous, et merci, merci beaucoup pour votre accueil.

— Bonne nuit ; et, demain, je devrais parvenir à convaincre un des dragons de vous parler. Je demanderai à chaque gardien d'appeler son dragon afin qu'il s'entretienne avec le roi et la reine des Anciens ; il y en aura bien un pour aider votre enfant. »

Le roi et la reine… Une terrible tristesse envahit Malta. Les rêves de l'adolescente risquaient de se réaliser alors que ceux de la mère de Phron étaient anéantis ; elle n'avait plus de mots. « Alise, vous êtes trop bonne pour moi ; je me suis montrée égoïste…

— Vous êtes fatiguée, c'est tout, répondit Alise d'un ton ferme mais avec un sourire. Reposez-vous ;

je vais arracher Reyn des griffes des gardiens et vous l'envoyer. »

Elle sortit discrètement et referma sans bruit la porte derrière elle. Quel soulagement de laisser s'effacer le sourire qu'elle se plaquait sur les lèvres ! C'était une tragédie. Elle n'avait jamais vu un nourrisson aussi maigre ; et, quoi qu'en disent les gardiens, Malta l'Ancienne avait disparu, remplacée par une mère éplorée aux traits tirés. Le bain chaud avait avivé les couleurs de ses écailles, mais ses cheveux naguère blonds évoquaient à présent la paille morte d'après la moisson, et ses mains ressemblaient à des griffes. La beauté avait fui devant la dureté de la vie. Reviendrait-elle un jour ?

D'un pas pressé, elle suivit le couloir puis descendit l'escalier. Les étuves des dragons, avec leurs bassins d'eau brûlante et leurs installations confortables, étaient un lieu de réunion populaire parmi les gardiens. Au fond du vestibule d'entrée, derrière les marches, une porte donnait sur une salle d'assemblée, meublée d'une longue table et de chaises et de bancs qui devenaient moelleux quand on s'y asseyait. Au-delà se trouvait une cuisine ; elle s'illuminait quand on y entrait, et les buffets et les tables de travail rappelaient à Alise les cuisines de nombreuses résidences terrilvilliennes ; mais il n'y avait pas de foyer, seulement des fourneaux de pierre, et plusieurs établis dont l'usage restait mystérieux. Il y avait aussi une large vasque avec un système d'évacuation et un mécanisme qui fournissait peut-être de l'eau mais dont nul n'avait compris comment le faire fonctionner.

Les repas se préparaient donc dans une ruelle derrière le bâtiment, et Alise avait vu avec regret les gardiens bâtir un grand foyer avec des débris de maçonnerie pour y cuire de la viande sur des broches, au-dessus d'un feu de bois flotté rapporté du fleuve. Elle savait que c'était nécessaire, mais l'aspect miséreux que cela donnait à la cité jadis intacte lui faisait honte. En cela, Kanaï avait raison : il y avait une manière d'utiliser Kelsingra, et, plus vite ils la découvriraient, mieux cela vaudrait pour elle et les gardiens. Pour le moment, Alise avait l'impression de faire partie d'une force d'invasion barbare plutôt que d'un groupe de colons s'appropriant une cité merveilleuse.

En ouvrant la porte, elle entendit les bruits des conversations, sentit l'odeur de plats en préparation, et faillit s'évanouir en percevant un parfum de tisane. Il y avait des mois qu'elle en était privée ! Et du pain ! Des tranches de pain dur trônaient dans des paniers. C'était quasiment un miracle. Elle se dirigea vers la table au milieu de caisses et de tonneaux empilés et d'autres provisions débarquées du Mataf. Avec soulagement, elle aperçut plusieurs gros coffres et valises qui appartenaient sans doute à Malta.

Elle s'approcha de Reyn qui présidait la table ; six gardiens s'agglutinaient autour de lui, et Lecter lui racontait l'anecdote du jour où ils avaient dû traiter les dragons contre les serpents-pointeaux lors de leur périple jusqu'à Kelsingra. Reyn était penché en avant, captivé par le récit, ou peut-être tellement épuisé qu'il risquait à tout instant de s'écrouler. Alise lança sèchement : « Assez ! Il est temps de laisser cet homme rejoindre sa femme et son fils pour un repos bien mérité après un tel voyage. Il y aura tout le temps demain d'échanger des nouvelles et des histoires.

— Après que vous aurez appelé les dragons », fit Reyn.

Autour de la table, les sourires s'éteignirent un peu. « J'essaierai », dit vivement Sylve. Les autres échangèrent des regards ; Alise comprit ce qu'ils pensaient : le roi et la reine souhaitaient parler à leurs dragons, mais nul ne pouvait leur promettre que les grandes créatures répondraient à l'appel.

« Laissez-le se reposer, le malheureux ! » s'exclama Alise, et Reyn profita de l'occasion pour se lever.

Les gardiens maugréèrent, et il leur adressa un sourire las. « Je serais très reconnaissant qu'on m'aide à transporter nos bagages », dit-il d'une voix douce, et la réaction fut immédiate.

Alise en profita pour s'esquiver, le cœur battant à la perspective de sa propre réunion, avec Leftrin ; elle ne s'arrêta que le temps de prendre son manteau puis reprit son chemin en hâte.

Il pleuvait, mais elle n'avait pas froid. Elle tira sur sa tête le capuchon de son manteau Ancien bleu nuit, parsemé d'étoiles dorées à l'ourlet. Un pantalon et des chaussures, de facture Ancienne également, lui tenaient chaud aux jambes et aux pieds. C'était Sylve qui lui avait apporté ces vêtements en lui disant que les gardiens trouvaient ridicule qu'elle se contentât de bottes qui prenaient l'eau et d'un manteau dépenaillé alors qu'eux-mêmes allaient vêtus chaudement et avec raffinement. « Mais… je ne suis pas une vraie Ancienne comme vous tous », avait-elle protesté ; c'était quasiment l'aveu qu'elle était devenue une étrangère au groupe.

Sylve avait plissé le front, d'abord perplexe puis agacée. « Kanaï ! avait-elle soupiré. Quand on pense à tous les trucs bizarres qu'il dit, pourquoi est-ce qu'il faudrait en retenir certains pour les prendre au sérieux ? Pas une vraie Ancienne… Ah ! Oui, techniquement, il a sans doute raison – mais seulement parce que tu n'as pas un dragon sur le dos qui risque de t'imposer des exigences ridicules à tout instant. Bon, c'est vrai, Sintara n'hésiterait pas, mais, voyons, Alise, tu as participé à l'expédition comme nous, tu as fait énormément pour nous ; sans toi, tu crois qu'on serait ici ? Qu'on aurait osé imaginer que cette cité existait ? Tiens, j'ai choisi ces vêtements pour toi ; les couleurs t'iront bien. Je t'ai vu porter la robe Ancienne que Leftrin t'a donnée, alors pourquoi ne pas t'habiller comme nous ? »

Alise n'avait su que répondre. Sans savoir si elle se sentait humiliée ou honorée, elle avait accepté les habits que lui offrait Sylve, et elle les avait enfilés dès le lendemain.

Elle resserra le manteau Ancien en empruntant les rues venteuses, et elle eut l'impression de sentir l'amitié de Sylve l'envelopper. L'hiver avait relâché sa rude emprise sur le pays, et les derniers jours avaient paru presque printaniers, mais chaque soir le froid revenait et le vent balayait la cité.

Les rues de Kelsingra ne ressemblaient à celles d'aucune autre ville. Alise marchait à pas pressés, seule présence vivante dans une avenue assez large pour deux dragons de front. Les bâtiments jaillissaient vers le ciel de part et d'autre, avec des escaliers, des portiques et des entrées aux dimensions des créatures géantes. Désertes et obscures, les larges artères grouillaient pourtant du souvenir d'Anciens et de quelques dragons, tous baignés d'une lumière imaginaire, à laquelle s'ajoutait celle qui tombait des fenêtres de la cité revenue à la vie, blanche puis dorée puis d'un bleu éteint. Certains des édifices parmi les plus imposants brillaient doucement dans la nuit comme des fanaux dans la cité. Alise se tourna vers le fleuve.

Elle avait aperçu Leftrin depuis la berge, lui avait lancé un salut, et avait lu sur son visage tout ce qu'il avait envie de lui dire. Il avait jeté des regards de tous côtés, déchiré entre son devoir et son désir, et elle n'avait pas voulu être l'objet d'un tel conflit ; il devait songer à manœuvrer son bateau, non à prendre des dispositions pour la faire monter à bord au risque de se disperser.

Elle se rappela la voix de Malta qui interrompait ses affres. « Alise ? Alise Finbok ? C'est bien vous ? » Elle avait été surprise et honorée à la fois que les Anciens eussent choisi de se rendre à Kelsingra jusqu'au moment où elle avait vu l'expression hagarde de la femme et son enfant décharné, et alors une émotion bien différente l'avait envahie. Elle s'était retournée un instant vers Leftrin et avait éprouvé un sentiment de fierté de le voir soulagé qu'elle prît l'Ancienne et l'enfant en charge ; à contrecœur, elle lui avait envoyé un salut de la main, et il avait imité son geste, puis elle avait quitté le quai avec Malta, Reyn et leur petit pour les installer aussi confortablement que possible.

Il n'y avait pas eu besoin de mots entre elle et Leftrin. Voilà qui était nouveau pour elle : un homme qui partait du principe qu'elle savait ce qu'elle faisait et qui était prêt à l'attendre. Un sourire illumina son visage ; elle, pour sa part, n'avait plus envie d'attendre.

Elle parvint au sommet d'une des collines de Kelsingra et découvrit le tableau qui se jouait sur la berge du fleuve comme s'il s'agissait d'une pièce de théâtre de marionnettes à Jamaillia. Les gardiens avaient emprunté des globes lumineux qui ornaient certains jardins parmi les plus élaborés ; au bout de leurs liens, les sphères dispensaient une lumière rouge doré qui se répandait sur la surface du fleuve. Alise resta saisie ; jamais elle n'avait contemplé pareil spectacle. L'éclat des globes se reflétait sur le pont de Mataf et formait sur le fond de la nuit un halo autour du bateau. Des silhouettes obscures se déplaçaient encore sur la gabare ; les hommes s'interpellaient en travaillant, et leurs voix portaient étrangement sur l'eau. Elle repéra Souarge, petit et râblé, qui traversait le pont, gracieux pour un homme de sa corpulence ; il fallut un moment à la jeune femme pour prendre conscience qu'elle s'était habituée aux formes élancées et minces des gardiens ; les gens ordinaires lui paraissaient maintenant insolites.

Un palan bricolé à la hâte soulevait les caisses et les amenait au ponton, où les hommes, grognant et jurant, les guidaient pour les déposer. Alise reconnut la silhouette de Carson, celle de Lecter, puis elle identifia Sédric parmi ceux qui tiraient la cargaison depuis le quai jusqu'à la terre ferme. Cela la fit sourire. Alum était là, aux côtés de Tatou, et elle pensa savoir pourquoi il s'était porté volontaire pour terminer le déchargement. Une fois les caisses évacuées du ponton, elles furent chargées sur des brouettes et emmenées jusqu'à un entrepôt provisoire. Le travail avançait de façon régulière et ordonnée, les équipes du pont et de la berge œuvrant de manière concertée, comme dans un pas de danse méticuleux.

Elle aperçut Thymara qui travaillait avec les hommes, et aussi Nortel ; là, c'était Tatou qui criait à Davvie de venir l'aider à transporter une caisse qu'il avait du mal à déplacer. Alise se demanda alors soudain à quand remontait la dernière fois où un bateau avait déchargé des provisions pour la cité. À quoi ressemblait ce port à l'époque des Anciens ? Elle avait été trop négligente : elle connut un instant étourdissant de double vision et vit un vaste agencement de quais avec une vingtaine de navires amarrés ; au sommet de grands mâts, des lampes projetaient des rayons d'or sur les larges vaisseaux aux couleurs vives, et toutes sortes de gens allaient et venaient sur les appontements ; elle reconnut des Anciens à leur vêture et à leur silhouette élancée, mais d'autres paraissaient étrangers à ces rives. Ils portaient de hauts chapeaux et de longs manteaux en fourrure. Alise battit des yeux puis plissa les paupières en faisant un effort pour revenir au présent ; les Anciens s'estompèrent, les navires s'embrumèrent, et seul resta le Mataf qui tirait sur ses ancres, aspiré par le courant.

« Et voilà les derniers, garçons ! cria Hennesie alors que quatre barriques dans un filet se posaient avec un choc sourd sur le ponton. Il faut encore les transporter à l'abri, alors n'allez pas vous imaginer que le boulot est fini ! » rappela le second.

Alise ne put qu'acquiescer. La cargaison paraissait énorme, avec ses caisses et ses tonneaux en rangs que les gardiens déplaçaient à grand ahan ; mais, quand elle songea aux longs mois qui les attendaient et à tout le travail à accomplir avant que les colons fussent capables de produire leur propre nourriture, son cœur se serra. Il faudrait rationner avec minutie ces vivres venus de Trehaug, et le gibier et les légumes sauvages resteraient le gros de leur alimentation.

Il y avait tant à faire et tant de temps à passer avant que Kelsingra fonctionnât comme une vraie cité ! Il fallait des semences pour les récoltes, des charrues pour émietter la terre des prairies et des chevaux pour les tirer. Mais le plus difficile, ce serait pour les gardiens d'apprendre à subvenir à leurs propres besoins ; fils et filles de chasseurs et de cueilleurs, de marchands et de négociants, anciens habitants d'une cité qui n'avait jamais été en mesure d'assurer seule sa subsistance, sauraient-ils s'adapter au labourage et à l'élevage ?

Et, s'ils y parvenaient, seraient-ils assez nombreux pour entretenir le système ? Le nombre de femmes par rapport au nombre d'hommes était inquiétant, et ce depuis le début.

Elle chassa résolument ces réflexions de son esprit. Pas ce soir ; cette nuit était à elle, enfin ! Parvenue au bas de la colline, elle se fraya un chemin parmi les caisses et les boîtes jusqu'au ponton. « Soyez prudente ! lui lança Carson avec un grand sourire. Les troncs ont souffert ce soir, et certains commencent à se fendre ; c'est le problème de travailler avec du bois vert.

— Je ferai attention », promit-elle.

Vide, le Mataf était remonté au-dessus de sa ligne de flottaison, et la tension des amarres fredonnait un chant à peine audible. Alise examina la passerelle bricolée, raide et fatiguée. Non, pas question qu'elle demandât de l'aide. Elle mit le pied sur les planches, et, à son grand étonnement, ses chaussures Anciennes adhérèrent parfaitement au bois mouillé, mais elle n'eut le temps que de faire trois pas avant que Leftrin ne descendît en bondissant et, sans s'inquiéter de glisser sur la surface traîtresse, ne la soulevât dans ses bras. À son oreille, sa joue hérissée de poils piquant la sienne, il dit : « Tu m'as manqué comme l'air manque à mes poumons. Je ne veux plus jamais te quitter ; je ne peux pas, ma dame.

— Tu ne me quitteras plus, promit-elle, puis, suffoquée, elle s'exclama : Repose-moi avant que nous ne passions par-dessus bord !

— Aucun risque ! » Sans plus d'effort que si elle eût été une enfant, il l'emporta et la déposa sur le pont du *Mataf* – mais il continua de la serrer contre lui, et son étreinte réchauffa la jeune femme plus que tous les vêtements du monde. Peut-être son séjour à

Kelsingra l'avait-il sensibilisée, mais elle sentit Mataf l'accueillir, et cela lui fit comme une chaleur qui montait du pont pour l'envelopper tout entière.

« C'est extraordinaire », murmura-t-elle, la bouche sur l'épaule de Leftrin. Elle leva le visage pour lui demander : « Comment lui répondre que c'est réciproque ?

— Oh, il le sait, crois-moi ; il le sait comme je le sais. »

Elle huma son odeur ; ce n'était pas du parfum comme en portait souvent Hest, mais l'odeur d'un homme et du travail qu'il avait abattu. Les mains de Leftrin la tenaient fermement contre lui ; elle céda à l'excitation qui l'envahissait et tourna le visage pour l'embrasser.

« Capitaine ? Capitaine Leftrin ?

— Quoi ? » aboya-t-il. Alise découvrit Skelli qui réprimait un large sourire ; ses cheveux récemment coiffés brillaient, et elle avait abandonné pantalon et tunique pour une jupe à fleurs et un corsage jaune clair ; Alise songea qu'elle avait plus l'air d'une jeune fille que jamais.

« Tout a été rangé, et le second dit qu'il n'a rien d'autre à me donner à faire. Permission de descendre à terre pour la nuit, capitaine ? »

Leftrin se redressa. « Skelli, en tant que commandant, je t'autorise à descendre pour la nuit ; mais tu dois être de retour à l'aube pour aider à faire traverser Mataf. Le plus petit retard et tu ne reverras pas cette cité d'un mois. C'est clair ?

— Oui, capitaine. Je serai là, promis. »

Comme elle tournait les talons, tout excitée, il toussota. Skelli s'arrêta pour le regarder.

« En tant qu'oncle, je te rappelle qu'on n'a pas encore eu l'occasion de parler à tes parents ni à ton fiancé, qui s'attendent toujours à des engagements de ta part. Tu n'es pas libre. Même si je pensais que c'était une décision avisée, je ne pourrais pas te donner cette permission. Tu sais de quoi je parle. Je suis responsable de toi, mais surtout tu es responsable de toi-même. Ne nous fais pas courir de risques. »

Skelli avait les joues écarlates, et son sourire s'était éteint. « Je sais, répondit-elle sèchement avant d'ajouter : Capitaine », comme si elle craignait qu'il ne la retînt à bord.

Leftrin secoua la tête puis haussa les épaules. « Va voir tes amis, promène-toi dans la cité. Sâ sait que je suis aussi curieux que toi de la découvrir, et, si j'étais simple matelot, j'aimerais débarquer pour la visiter à fond ; mais je suis le commandant, je dois rester à bord, et je veux te voir à la table de la coquerie à l'aube, prête à travailler.

— Oui, capitaine. » Elle tourna les talons et, en un clin d'œil, elle descendit sur le quai et enfila la rue en courant. Alum fit au revoir de la main à Tatou et Sédric et se hâta de suivre la jeune fille.

« Tu es sûr d'avoir pris la bonne décision ? demanda Alise en s'étonnant de sa témérité.

— Je suis sûr que c'était la mauvaise, répondit-il. Viens. »

Ils entamèrent ensemble le lent parcours du pont qui les menait toujours au lit et au repos. Au lit… Il n'y aurait pas de repos cette nuit, et un brusque frisson de désir parcourut Alise. Leftrin sourit. « Curieuse réaction d'une dame devant un pauvre matelot qui vérifie ses nœuds.

— Le bateau ne te cache aucun de mes secrets. » Elle éclata de rire et se dirigea vers le taquet suivant pour examiner elle-même les bouts. Comme Leftrin la rejoignait, elle ajouta un ton plus bas : « Je m'inquiète pour ta nièce. Pendant ton absence, j'ai vu la cité changer tous les jeunes gardiens, et Alum n'y fait pas exception. Skelli risque de ne pas retrouver le jeune homme qu'elle avait quitté. »

Leftrin eut un sourire mi-figue mi-raisin. « C'est le lot de tous les marins ! Et, si tu as raison, plus vite elle s'en apercevra, mieux ça vaudra. Elle sera peut-être contente alors de n'avoir pas rompu ses fiançailles avec son promis à Trehaug. » Il secoua la tête et ajouta en réponse à la question muette d'Alise : « Il y a beaucoup de choses que je n'ai pas pu faire là-bas. Malta et Reyn t'ont raconté la réception que m'a réservée le Conseil, et l'agression ignoble contre Malta et son gamin ?

— J'en ai eu les grandes lignes. Je crois que Malta n'avait pas envie de se rappeler cet épisode, et Reyn m'a l'air de quelqu'un qui en dit moins qu'il n'en sait. »

Leftrin fit la moue. « Ce sont des gens réservés. Malgré leur beauté, je crois qu'ils mènent une existence à part, peut-être à cause de leur beauté, justement, ou par prudence ; ils redoutent peut-être d'autres perfidies. Qui aurait imaginé que Malta d'Ancienne se ferait attaquer par des Chalcédiens dans une cité du désert des Pluies ? Pour moi, ça veut dire que le duc est bien décidé à obtenir ce qu'il veut, et qu'il y a des marchands assez corrompus pour l'aider dans cette folie. Alise, je sais que tu crains pour la cité, mais le trésor le plus recherché en ce moment, apparemment, ce ne sont pas des objets Anciens mais de la chair de dragon. Il faut que la récompense soit énorme pour que deux hommes aient été prêts à assassiner une femme et un nourrisson dans l'espoir de vendre leurs cadavres au prix de la viande de dragon. Les dragons ont déjà montré qu'ils pouvaient repousser les navires en approche, mais j'ai peur de ce qui pourrait arriver s'ils se jugent obligés de se défendre ; tôt ou tard, on y perdra des vies humaines, peut-être beaucoup. Et, s'il y a la guerre entre eux et les hommes, quel camp choisiront les Anciens ? »

Alise le suivit en silence pendant qu'il vérifiait les dernières amarres. Elle entendit des voix qui murmuraient et leva les yeux : sur le toit du rouf, Hennesie, debout, un large sourire aux lèvres, racontait une histoire de matelot à une femme qu'Alise ne connaissait pas ; son visage couvert d'écailles reflétait l'éclat des globes lumineux. Ah, c'était sans doute Tillamon, la sœur de Reyn, et elle paraissait captivée par le récit du second. Elle était bien emmitouflée contre le froid humide de la nuit : quelqu'un avait songé à lui fournir une robe Ancienne, sans doute Sylve. Dans la lumière réfléchie des torches mourantes, elle scintillait dans des tons cuivre et bronze. La femme souriait à Hennesie alors qu'il concluait son anecdote, et ils éclatèrent de rire à la chute. Malgré l'envie qu'elle avait de faire la connaissance de la sœur de Reyn, Alise comprit que le moment était mal choisi pour échanger des formules de politesse.

Leftrin s'arrêta près d'elle, les yeux plissés et un pli mécontent aux lèvres. Elle lui prit le bras et l'entraîna vers la porte de la coquerie. « Ils font ce que nous faisons, mon amour : ils profitent du bonheur qu'ils trouvent dans la vie. Et Skelli est partie en faire autant, tu le sais aussi. Des temps difficiles nous attendent, car, dans une guerre entre hommes et dragons, mon amour, ce ne sont pas seulement les Anciens qui doivent décider de leur camp, mais toi et moi également. »

Ils pénétrèrent dans la coquerie exiguë et déserte. Une chope à moitié pleine de café était posée sur la table. La petite pièce sentait le café et la graisse, le goudron et les hommes qui vivent dans la promiscuité. Le cœur d'Alise bondit. « Que c'est bon d'être chez soi ! » dit-elle.

Il la prit dans ses bras, et ses mains plaquèrent la robe Ancienne sur son corps ; leurs lèvres se trouvèrent, et il l'embrassa lentement, doucement, comme s'ils avaient tout le temps du monde. Quand il s'écarta enfin, Alise n'avait plus de souffle. Dans un murmure, elle dit : « Nous n'avons que le moment présent pour nous. »

Il la serra contre lui, le menton sur le sommet de sa tête comme si elle était un instrument dont il s'apprêtait à jouer. « Le moment présent, c'est suffisant, chuchota-t-il. C'est suffisant pour moi. »

Deuxième jour de la Lune du Labour

Septième année de l'Alliance Indépendante des Marchands

De Reyall, Gardien des Oiseaux, Terrilville, à Detozi, Gardienne des Oiseaux, Trehaug, et à Erek

Cylindre à message normal, cachet appliqué.

Vous êtes évidemment au courant du mécontentement de beaucoup de nos clients. Le Conseil des Marchands de Terrilville a présenté une pétition pour demander à la Guilde d'accepter qu'une commission de Marchands enquête sur les accusations portées contre elle de corruption, d'espionnage et de vente de secrets. Des messages et même des oiseaux manquent à l'appel ; à mon avis, leur disparition est sans doute à mettre sur le compte des cylindres et des attachements encombrants qu'on les oblige à porter à présent !

Trois de nos apprentis ont dit avoir été approchés par des familles Marchandes qui souhaitent élever leurs propres pigeons pour créer des messageries privées ; je n'ai pas besoin de vous expliquer le mal que cela ferait à la Guilde. C'est tout un mode de vie et le gagne-pain de beaucoup qui seront perdus si cela se réalise.

Nous avons reçu pour consigne d'observer strictement les règles concernant les messages entre gardiens ; ajouter un mot à la missive officielle d'un client est à présent passible du renvoi de la Guilde. Nous devons compter nos oiseaux trois fois par jour, y compris les œufs et les jeunes, et, si nous trouvons un œuf ou un pigeonneau mort, nous devons en prendre pour témoins trois gardiens du grade de compagnon ou supérieur avant de nous en débarrasser. Les oiseleurs de Terrilville n'ont le droit de toucher que les oiseaux spécifiquement affiliés à leur propre pigeonnier ; l'entraide informelle, autorisée naguère, est aujourd'hui interdite.

Ces mesures ont-elles aussi été imposées à Trehaug, à Cassaric ou dans les autres villes de moindre importance ? Des rumeurs circulent selon lesquelles la Guilde enverrait des « vérificateurs », mais on ignore s'il s'agirait d'hommes chargés de soudoyer les oiseleurs ou de messages conçus pour tenter ceux qui ouvrent les missives à but d'espionnage. Je m'attriste d'accéder au rang de Gardien des Oiseaux dans une telle atmosphère de méfiance.

Sur un ton plus léger, Erek, tes pigeons rapides semblent transmettre leurs qualités à leur descendance. Deux des rejetons ont établi des records la semaine dernière lors d'une course qui les ramenait à Terrilville après avoir été lâchés d'un bateau à quatre jours au large de la terre. J'ai soumis mes notes de reproduction aux Maîtres de la Guilde en soulignant que c'est toi qui as constaté le potentiel de ces oiseaux et qui as lancé la multiplication de cette lignée. J'espère qu'ils reconnaîtront ton professionnalisme.

Avec affection et respect,

Reyall

9

Des bateaux qui passent

Hest était pris au piège de la vie d'un autre. Ce n'était pas cela, l'existence de l'héritier d'un Marchand de Terrilville ! Jamais il n'avait connu de conditions aussi misérables, même en voyage. Il ne savait plus depuis combien de jours il était enfermé dans l'entrepont ; il portait les mêmes vêtements que lorsque le Chalcédien l'avait enlevé, mais ils pendaient à présent lamentablement, leur coupe parfaite victime de son régime extrêmement réduit et du travail dur auquel on le forçait. Il puait, il le savait, mais le seul moyen pour lui de se laver était d'utiliser l'eau glacée du fleuve, et il en connaissait les risques. Les corvées auxquelles l'astreignait le Chalcédien l'obligeaient souvent à monter sur le pont, et il avait les mains et le visage rouges et gercés à force d'être exposés à la pluie, au froid et au soleil ; quant à ses habits, leurs couleurs passaient peu à peu et ils tombaient en lambeaux, et il ne savait plus à quand remontait la dernière fois où il avait eu les pieds au sec. Des crevasses s'ouvraient sous ses orteils, et la peau de son visage et de ses mains rougie par le vent lui piquait constamment.

Il faisait encore des cauchemars où il se voyait se débarrassant du cadavre de Reddine ; traîner le corps d'Arich le long des trottoirs étroits dans la pluie et l'obscurité pour le jeter enfin du haut d'une branche avait été une tâche répugnante et désagréable. Ils avaient entendu le bruit de la dépouille tombant à travers les branches, mais non le choc final. La scène avait soulevé le cœur de Hest, mais ce n'était rien à côté de sa séparation avec Reddine ; le Chalcédien l'avait contraint à porter son cadavre sur une longue distance, en choisissant toujours les voies les moins fréquentées. Pour finir, ils étaient parvenus sur une branche dépourvue de garde-corps ; Hest avait jeté le corps de Reddine sur son épaule, comme un chasseur fait d'un daim. Le parfum familier de la pommade que Reddine se passait dans les cheveux se mêlait à l'odeur du sang qui coulait dans le cou de Hest ; à chaque pas, le fardeau devenait plus lourd et plus horrible, mais il n'avait pas le choix : il devait avancer devant l'homme qui lui pressait un poignard dans les reins. Sans doute, s'il avait chu avec le cadavre, son ravisseur n'eût guère versé de larmes. Le Chalcédien avait finalement choisi un point de leur branche où elle s'entrecroisait avec celles d'autres arbres. Hest y avait déposé Reddine et l'avait laissé à la merci des charognards de la forêt. « Les fourmis et autres l'auront réduit à l'état de squelette dans quelques jours, avait dit le Chalcédien. Si quelqu'un le trouve, ce qui m'étonnerait, on ne pourra pas l'identifier. À présent, retournons à votre chambre et effaçons toute trace de notre présence à Cassaric. »

Il ne parlait pas au figuré. Il avait mis les mains d'enfants à brûler dans le foyer en terre cuite et détruit les coffrets richement décorés qui les contenaient ; le manteau de Reddine lui avait servi de sac pour récupérer les pierres précieuses prélevées sur les petites boîtes. Puis il s'était absenté brièvement en ordonnant à Hest de rester sur place ; ce dernier soupçonnait qu'il était allé éliminer la femme qui lui avait loué la chambre. Si c'était le cas, l'homme s'y était pris très discrètement. En serrant les dents pour les empêcher de claquer, Hest songeait qu'il lui avait peut-être seulement graissé la patte ; mais le Chalcédien était parti longtemps, en laissant son captif seul dans une pièce qui empestait la chair calcinée et le sang. Assis dans l'obscurité, il n'arrivait pas à chasser de son esprit l'image du visage ravagé de Reddine qui le regardait du creux des branches. Le Chalcédien l'avait frappé du fil de son poignard jusqu'à ce que les entailles entrecroisées rendissent ses traits impossibles à reconnaître. Le regard de Reddine perçait entre les lambeaux déchiquetés de son visage naguère avenant.

Hest s'était toujours vu comme un Marchand qui ne faisait pas de sentiment ; tromperie, espionnage, marchés impitoyables qui frisaient le vol pur et simple, il n'avait jamais vu l'intérêt de faire preuve de justice et encore moins de morale. Le négoce était un jeu sans pitié et « un Marchand doit surveiller lui-même ses arrières », comme disait souvent son père.

Il se plaisait à se voir comme un baroudeur, un homme endurci à toutes les situations, mais il n'avait jamais participé à un meurtre. Il n'avait pas aimé Reddine, du moins à la façon dont Sédric usait de ce terme à l'excès, mais c'était un amant doué et un joyeux compagnon ; et sa mort laissait Hest empêtré. « Je ne voulais pas que ça se termine comme ça, avait-il dit aux flammes mourantes. Ce n'est pas ma faute. Si Sédric n'avait pas conclu cette affaire aberrante, je ne serais pas ici aujourd'hui. C'est lui le responsable. »

Il n'avait pas entendu la porte s'ouvrir, mais il avait senti le courant d'air et vu les flammes danser. Le Chalcédien était une ombre noire sur le fond de l'obscurité du dehors. Il avait refermé le battant sans faire de bruit. « Maintenant, vous allez écrire quelques lettres, et nous les délivrerons ensuite. »

Hest n'était plus en état de se demander ce qui lui arrivait. Il avait rédigé les missives comme on le lui ordonnait, à des destinataires qu'il ne connaissait pas et les avait signées de son nom. Il y vantait sa réputation de Marchand astucieux et demandait à ses correspondants de le retrouver avant l'aube sur le quai où était amarré le bateau étanche. Toutes les lettres, identiques, insistaient sur une discrétion absolue, laissaient entendre qu'une grande fortune était à portée de main « à présent que nos plans portent leurs fruits », et citaient les noms de Marchands que Hest n'avait jamais rencontrés.

Chaque missive avait été proprement roulée, fermée par un lien végétal et cachetée d'une goutte de cire.

Le Chalcédien avait alors étouffé le feu dans le foyer, et ils avaient quitté la chambre nue en emportant les lettres.

Ils avaient parcouru Cassaric, et la longue nuit était devenue interminable. Le Chalcédien marchait d'un pas vif, mais il n'était pas absolument certain de sa route, et ils avaient dû rebrousser chemin à plusieurs reprises. Mais, pour finir, les six rouleaux avaient été délivrés, fixés aux poignées de porte ou glissés dans les fentes des encadrements, et c'est presque avec soulagement que Hest avait descendu à la suite de l'assassin les escaliers infinis qui menaient à la route boueuse au pied de la cité : sa cabine luxueuse et un lit propre et chaud l'attendaient à bord du bateau étanche. Une fois là et seul, il pourrait observer les événements de la nuit avec recul et décider de ce qu'il devait faire ensuite ; il redeviendrait Hest, et cette épouvantable aventure ne serait plus qu'un épisode du passé. Mais, quand ils étaient parvenus au vaisseau, le Chalcédien l'avait poussé devant lui à la pointe de son arme, obligé à descendre dans la soute de l'entrepont, et avait laissé retomber le panneau derrière lui.

Cette indignité l'avait sidéré. Il était resté droit, les bras croisés, et il avait attendu en silence que le Chalcédien revînt, ce dont il ne doutait pas. Comme le temps passait, l'inconfort des aîtres l'avait mis en fureur ; à tâtons, il avait fait le tour de la soute mais n'avait trouvé que des parois en bois qui ne lui avaient laissé aucun espoir de sortir. Le panneau était hors de sa portée, et, quand il avait grimpé la petite échelle qui y menait, il l'avait trouvé bloqué ; il l'avait frappé à coups de poing mais sans pouvoir y mettre de force, et ses cris n'avaient attiré personne ; alors il avait tourné comme un lion en cage en poussant force jurons jusqu'à ce que la fatigue le prît, et il avait fini par s'asseoir pour attendre le Chalcédien. Quand il s'était réveillé, il faisait noir, et il ignorait depuis combien de temps il était enfermé.

Les heures s'étaient écoulées. La faim et la soif l'avaient assailli. Quand le panneau s'était enfin soulevé, le maigre éclat du jour s'était engouffré dans la soute et l'avait ébloui ; il s'était aussitôt élancé vers l'échelle.

« Dégage ! » lui avait-on crié, et d'autres hommes avaient été projetés pêle-mêle par l'ouverture. Trois s'étaient bien réceptionnés et avaient tenté en sacrant de remonter alors qu'on enfournait d'autres prisonniers par le panneau. Hest en avait identifié certains comme des passagers du bateau à bord duquel il avait remonté le fleuve, et d'autres comme des membres de l'équipage. Il y avait quelques Jamailliens qui avaient investi dans le bateau, et deux Marchands terrilvilliens. Les hommes qui le regardaient par l'ouverture, à la fois moqueurs et menaçants, étaient indéniablement Chalcédiens, avec les vestes brodées et les poignards incurvés propres à leur pays.

« Que se passe-t-il ? » avait demandé Hest, et un des Marchands avait répondu : « C'est une mutinerie ! » tandis qu'un autre disait : « Il y avait des Chalcédiens cachés sous le pont depuis le début du voyage. Ils se sont emparés du bateau ! » Une dizaine d'hommes au moins se serraient dans la soute ; l'un d'eux se tenait l'épaule, et du sang suintait entre ses doigts ; plusieurs des Marchands, effrayés et l'air égaré, portaient des signes de bagarre.

« Où est le capitaine ? lança Hest au milieu des cris et des lazzis.

— Il est dans le coup ! cria quelqu'un, furieux comme si c'était la faute de Hest. Grassement payé pour laisser ces salauds embarquer et les cacher. Il prétend qu'ils ont mis autant d'argent que nous, et qu'ils lui ont versé un pot-de-vin en plus ! »

Le panneau commença à se refermer. Des hommes s'élancèrent le long de l'échelle avec des cris de colère et de supplications, mais la lumière disparut.

Être enfermé seul dans la soute était terrible, mais y être enfermé avec une vingtaine d'inconnus était pire. Certains perdaient la tête sous l'effet de la colère ou de la peur, d'autres, échauffés, discutaient pour savoir ce qui s'était passé précisément et qui en était responsable ; quelques-uns étaient non des passagers mais des Marchands du désert des Pluies « attirés dans le bateau par un message mensonger ». Hest s'était tu et avait rendu grâce à l'obscurité qui préservait son anonymat.

Les Chalcédiens désormais aux commandes avaient apparemment tué au moins trois hommes d'équipage en s'emparant du navire, et peut-être une quatrième personne, car une femme montée à bord avait été jetée à l'eau, perdant du sang mais encore vivante. Hest mesura tout à coup l'absence totale de compassion de l'assassin et la gravité de sa propre situation ; quand un des prisonniers déclara qu'ils seraient sans doute tous morts avant longtemps, quelqu'un lui hurla de la fermer, mais nul ne le contredit. Deux hommes grimpèrent à l'échelle et s'évertuèrent à forcer le lourd panneau pendant que les autres les encourageaient et leur lançaient des suggestions. Hest s'était retiré dans un coin, dos à la paroi.

Pendant qu'ils tambourinaient, un nouveau mouvement agita le bateau ; il fallut quelques instants à Hest pour comprendre de quoi il s'agissait, et un des hommes d'équipage s'écria : « Vous sentez ça ? Ils poussent au large ; on est en route. Ces salauds nous enlèvent ! »

Des hurlements de colère montèrent alors, accompagnés de la plainte éperdue d'un des prisonniers. Tous se mirent à tambouriner sur les parois en criant, mais le balancement rythmique ne fit que s'accentuer : le navire accélérait en luttant contre le courant.

« Où nous emmènent-ils ? demanda Hest sans s'adresser à personne en particulier.

— Vers l'amont, répondit une voix. On sent que le bateau force contre le courant.

— Pourquoi ? Que veulent-ils de nous ? »

Sa question se perdit dans le concert de cris de ses compagnons comprenant qu'ils s'en allaient loin de toute possibilité de secours.

Exclamations et jurons se poursuivirent longtemps, cédèrent peu à peu la place à des discussions furieuses puis à des marmonnements, avec en fond le bruit de quelqu'un qui sanglotait violemment. Hest avait le cerveau embrumé ; il s'accroupit dans son coin dans des odeurs mêlées de sueur et d'urine. Alors que le temps s'écoulait lentement et que l'eau du fleuve chuintait contre les flancs du bateau, il se demandait où était passée son existence aristocratique et bien organisée. Ce qui lui arrivait n'était pas possible, ce ne pouvait pas être la réalité. Sa mère serait furieuse en apprenant les outrages infligés à son fils !

À condition qu'elle fût au courant. Alors Hest prit conscience qu'il était complètement coupé de sa vie d'avant ; son nom, la fortune de ses parents, sa réputation de Marchand roué, l'amour de sa mère ne signifiaient plus rien. Tous ses boucliers, toutes ses protections s'étaient effondrés. En l'espace d'un battement de cœur, il pouvait devenir un cadavre défiguré à coups de poignard, pitance pour les fourmis ou les poissons. Il suffoqua, la poitrine douloureuse. Il s'assit par terre dans le noir, le visage sur les genoux ; son cœur tonnait à ses oreilles. Le temps passa ou ne passa pas, il n'en savait rien.

Quand le panneau se rouvrit enfin, il laissa tomber le rai jaune d'une lanterne. C'était la nuit. Une voix que Hest reconnut lança : « Reculez ! Si quelqu'un monte à l'échelle, il redescendra avec un poignard dans le cœur. Hest Finbok ! Venez là où je peux vous voir. Oui, c'est vous. Sortez. »

Au fond de la soute, une voix cria : « Hest Finbok ? C'est lui ? Il est ici ? C'est le traître qui m'a attiré ici par un billet laissé à ma porte et signé de son propre nom ! Finbok, vous méritez de mourir ! Vous êtes un traître à Terrilville et au désert des Pluies ! »

Quand Hest parvint en haut de l'échelle, il fuyait la fureur qui se déchaînait derrière lui autant qu'il tendait vers l'air libre. Il monta sur le pont à quatre pattes tandis que menaces et insultes jaillissaient de la soute. Deux matelots refermèrent le panneau, étouffant les cris des prisonniers, et Hest se retrouva aux pieds du Chalcédien. Une lanterne à la main, l'assassin avait l'air très las. « Suivez-moi », aboya-t-il et il s'en alla sans attendre de voir si Hest lui obéissait ; ce dernier le suivit jusqu'à la porte de son ancienne cabine.

Le contenu de sa garde-robe jonchait le plancher, ses vêtements mêlés à ceux de Reddine. Le coffre rempli de vin, de fromages, de saucisses et de friandises que Reddine avait si soigneusement empaquetés était ouvert, et le dessus collant de la table attestait qu'on avait profité de ce qu'il renfermait. Manifestement, le Chalcédien s'était installé et savourait les plaisirs qu'offrait la cabine. Les draps de la couchette de Hest étaient défaits, pour moitié sur le sol. Le lit de Reddine était intact ; le choc et la peine de la mort de son ami refluèrent en lui, et il prit une grande inspiration. Mais, sans lui laisser le temps de parler, le Chalcédien se tourna vers lui ; l'expression de son visage coupa le souffle à Hest, qui recula d'un pas. « Nettoyez ! » cracha-t-il, et il se laissa tomber sur le lit de Reddine sans même ôter ses bottes, les traits tirés. Comme Hest demeurait pétrifié, les yeux fixés sur lui, il dit à mi-voix, entre ses lèvres balafrées : « Je n'ai plus vraiment besoin de vous. Si vous vous rendez utile, je vous garderai peut-être en vie. Sinon… » Il leva la main et un de ses petits poignards y apparut ; il l'agita en direction de Hest avec un sourire.

Depuis ce jour, Hest était l'esclave du Chalcédien. Il servait non seulement l'assassin mais n'importe lequel de ses compatriotes qui lui donnait un ordre. Il recevait les corvées les plus ignobles et les plus dégoûtantes, depuis vider les pots de chambre par-dessus bord jusqu'à desservir la table de la coquerie et laver la vaisselle. En grattant le pont pour le débarrasser du sang des matelots tués, il avait décidé de n'offrir aucune résistance. Il vivait au jour le jour. Des autres prisonniers, il ne voyait nul signe et n'entendait que les cris de colère et de supplication qui s'affaiblissaient peu à peu. Il se nourrissait des reliefs des repas de ses maîtres et dormait sous le pont dans un placard plein de cordages et de fers. Il se réjouissait de ne pas être enfermé avec les autres, car il savait qu'ils le tenaient pour responsable de leur malheur et le mettraient en pièces s'ils en avaient l'occasion. C'était une existence solitaire entre le mépris des Chalcédiens et les injures des Marchands.

Il n'avait guère appris qu'il ne sût déjà. Les bateaux « étanches » étaient construits à Jamaillia, et les fabricants n'étaient pas regardants sur l'identité des commanditaires du moment qu'ils payaient bien. Les Chalcédiens étaient interdits de séjour dans le désert des Pluies, mais l'obsession qui les tenaillait de trouver des dragons à dépecer avait balayé toutes difficultés. Les « investisseurs » chalcédiens s'étaient embusqués à bord du navire même sur lequel Hest avait remonté le fleuve, et à présent un capitaine vendu et un équipage étranger emmenaient le bateau vers des régions inexplorées dans l'espoir de découvrir Kelsingra et des dragons à massacrer.

C'était de la folie ; ce n'était pas parce que l'eau ne rongerait pas la coque du navire qu'ils parviendraient à la cité oubliée ni que les dragons mal formés s'y trouveraient. Et, s'ils arrivaient à Kelsingra et que les créatures y fussent, que feraient-ils ? Avaient-ils déjà affronté un dragon furieux ? Quand Hest avait osé poser la question, le Chalcédien avait fixé sur lui un regard glacial ; la peur avait déroulé ses anneaux dans le ventre de Hest et il avait bandé sa volonté pour ne pas crier en mourant. Mais l'homme avait seulement répondu : « Vous n'avez jamais affronté la fureur du duc quand on le contrarie. Mieux vaut supporter la folie et des missions impossibles que le décevoir. » Il se pencha en avant. « Croyez-vous que je ne puisse imaginer pire qu'un écrin incrusté de pierreries avec la main de mon fils à l'intérieur ? » Il secoua la tête lentement. « Vous ne vous rendez pas compte. » L'assassin s'était tu et avait regardé par le hublot la berge boisée qui défilait, et Hest avait repris ses corvées avec soulagement.

Il n'avait guère de connaissances sur les dragons, et il en savait encore moins sur les théories d'Alise à propos des cités perdues des Anciens. On l'avait interrogé à plusieurs reprises sur ces sujets en l'avertissant que mentir lui attirerait de grandes souffrances ; il n'avait jamais menti, parfaitement convaincu que le Chalcédien était prêt à le punir de toute tentative de duplicité. Si pénible qu'eût été de répéter « Je ne sais pas » aux questions que l'homme lui murmurait ou lui criait, il savait depuis le début que la vérité était sa seule protection ; les mensonges qu'il eût pu inventer pour plaire à son bourreau se fussent à coup sûr retournés contre lui plus tard.

Le Chalcédien revenait à la charge sur une question particulière : « N'était-ce pas la mission que vous avait confiée votre père : retrouver votre épouse ? Et ne m'avez-vous pas dit qu'elle s'était enfuie avec votre esclave ? Alors comment comptiez-vous vous y prendre ? Vous devez avoir une idée sur la façon d'accéder à la cité des dragons ?

— Non. NON ! Je n'en ai aucune idée. Il a dit que je devais me rendre dans le désert des Pluies, et j'y suis allé. Je n'en sais pas plus que vous, et sans doute moins. Les gens auxquels je pensais m'adresser sont à Trehaug, ou peut-être dans la soute du navire où nous sommes ! C'est eux qu'il faut interroger, pas moi ! »

Et ainsi, bien que le Chalcédien l'eût giflé plusieurs fois assez violemment pour le faire saigner de la bouche, et une fois pour le faire tomber de sa chaise, Hest n'avait subi aucune douleur physique extrême ni aucune blessure grave ; ce n'était pas le cas de certains des Marchands captifs – mais à quoi bon y songer ? Il n'y pouvait rien, et c'était leur affaire. Dans son placard, il fermait les oreilles aux bruits de torture, et, quand on lui ordonnait de nettoyer derrière les bourreaux, il obéissait.

Et il se répétait que, malgré les conditions pénibles dans lesquelles il vivait, il n'avait souffert aucune blessure réelle ; il avait quelques bleus et quelques entailles, il avait faim, mais rien de plus. Il ne subissait que l'humiliation absolue de vivre à la botte du Chalcédien, que l'anéantissement de sa réputation auprès des Marchands emprisonnés dans le bateau, que la mort de son amant et sa participation forcée à la dissimulation du meurtre. Il s'efforçait de ne pas songer à l'impact des terribles événements auxquels il était soumis. Parfois ses pensées allaient à son père et à sa mère ; savaient-ils qu'il avait disparu ? Avaient-ils pris des mesures, offert des récompenses, envoyé des oiseaux pour embaucher des gens afin de le rechercher ? Ou bien son père supposait-il, mécontent, que son fils évitait tout contact parce qu'il avait emmené son amant en voyage ? La seconde hypothèse était sans doute la bonne. Hest ne pouvait même pas rêver de s'évader et de retourner à Terrilville : sa réputation le suivrait pour le restant de ses jours s'il ne trouvait pas un moyen de redorer son blason.

Il serra les dents puis essora la chemise qu'il lavait. Il faisait froid et le vent soufflait. Il avait commencé sa lessive à l'eau chaude, mais les rafales l'avaient rapidement refroidie. Il nota, sombre, qu'il avait entre les mains une de ses chemises, que le Chalcédien s'était appropriée, comme la plupart de ses affaires : il arborait le manteau bordé de fourrure de Hest sur le pont même quand il pleuvait à verse tandis que son esclave, bras nus, vaquait à ses tâches en tremblant de froid. Hest n'avait jamais haï personne comme il haïssait le Chalcédien ; il détestait aussi ces moments où il se demandait si Sédric partageait parfois ce sentiment à son endroit quand il se laissait aller à dominer totalement le jeune homme. Alors que le bateau l'emportait vers une possible réunion avec Sédric, il s'apercevait qu'il éprouvait à cette perspective un mélange d'émotions en conflit. Allongé sur les planches de son placard, il se rappelait sans mal l'empressement avec lequel le jeune homme veillait à son confort ; il eût doucement massé ses épaules et son dos douloureux et se fût exclamé d'horreur devant ses mains abîmées. La dévotion de Sédric avait commencé à agacer Hest vers la fin de leur relation, et il se revoyait mettant son affection à l'épreuve, piétinant les gestes tendres de Sédric, transformant ses avances délicates en heurts brutaux et se moquant de ses efforts pour comprendre en quoi il avait déplu à son amant. À l'époque, il s'en amusait, et les suggestions que faisait Reddine sur les façons dont il pourrait éprouver l'ardeur de son amant avaient donné de nombreuses anecdotes dont Hest s'était servi plus tard pour régaler Reddine et stimuler la rivalité qui l'opposait à Sédric. Quelles parties de rire ils avaient partagées lors de leurs premiers voyages ensemble ! Que Reddine, avec sa langue acérée, avait ridiculisé la naïveté et la confiance de Sédric !

Et pourtant, malgré toutes ses protestations de dévotion, Sédric était responsable de ce désastre ; c'était sa faute si Hest en était réduit à laver les vêtements d'un autre, s'il encourait la mort à tout instant et si sa réputation à Terrilville était en lambeaux. Dans la soute obscure, la nuit, aux heures où il avait tout loisir de s'apitoyer sur son sort, il imaginait parfois l'atmosphère tendue de leurs retrouvailles. Devant son ami et bienfaiteur couvert d'ecchymoses et amaigri, épuisé par les privations et un emprisonnement inique, Sédric mesurerait-il tout le tort qu'il avait fait à Hest ? Prendrait-il conscience de tout le mal dont il s'était rendu responsable par sa volonté navrante de devenir Marchand de plein droit ? Risquerait-il sa vie pour sauver celle de Hest ou bien se détournerait-il de lui et l'abandonnerait-il égoïstement à son sort ?

Parfois Hest imaginait les différents dénouements de leur rencontre : Sédric affrontant le danger pour le sauver, et Hest, magnanime, l'accueillant à bras ouverts. D'autres fois, il grinçait des dents, furieux, en se représentant Sédric ravi de ses méfaits. Mais ce dernier était peut-être déjà mort, victime de sa propre sottise ; en tout cas, c'était le sort qu'il espérait pour Alise ! En d'autres occasions, quand l'amertume et la désolation pesaient le plus sur son âme, il souhaitait simplement mourir vite. Il ne se faisait pas d'illusions sur la raison pour laquelle le Chalcédien les gardait en vie, lui et les autres Marchands. « Quelques otages de valeur garantissent toujours un peu de sécurité, lui avait dit l'homme alors que Hest attendait qu'il finît son dîner. Nous ignorons à quoi nous aurons à faire face quand nous serons redescendus en dessous de Trehaug, et des otages pourront nous permettre de passer sans difficulté. Les seuls que nous ayons pris sont ceux qui ont eu le malheur de se trouver à bord de notre bateau et les Marchands qui avaient accepté de nous aider à nous procurer de la chair de dragon pour notre duc. Étant donné qu'ils ont rompu le marché, ils ont mérité de nous accompagner et de nous aider par tous les moyens à obtenir ce qu'ils nous avaient promis. Mais, même s'ils ne nous servent à rien, des otages peuvent être proposés contre rançon une fois que nous serons à Chalcède. L'économie protège du besoin. »

Et puis, alors que Hest songeait que sa mère serait prête à verser une somme princière pour lui, l'homme avait ajouté : « Mais ne t'avise pas de faire plus de problèmes que tu n'en vaux la peine. Pour l'instant, tu es utile ; continue ainsi et je continuerai de t'épargner ; cause-moi le moindre souci et je cesserai. »

Hest essora une dernière fois la chemise, la légère piqûre de l'eau sur les mains. Le tissu avait pris une teinte bleue plus claire qu'au début de la lessive ; le fleuve était seulement un peu acide en ce moment, mais à force d'y tremper le vêtement, il n'en resterait bientôt plus que des haillons. Dommage : c'était une des chemises préférées de Hest. Il se rappelait avec amertume que c'était Sédric qui avait choisi le tissu et le tailleur.

Il la défroissa d'un claquement sec dans la brise piquante. Elle était bien assez propre. Il porta le seau jusqu'au bastingage pour le vider par-dessus bord, et il repéra l'autre bateau en même temps qu'un des matelots chalcédiens. « Un navire se dirige vers nous ! cria la vigie. C'est un bateau étanche comme le nôtre ! »

Hest le regarda approcher, porté par le courant rapide et poussé par le vent dans sa voile carrée. La main sur la lisse, il écoutait les cris en provenance du nouveau venu et les ordres lancés par les deux capitaines. Chacun paraissait surpris de la présence de l'autre. Hest eut envie de crier au bateau qu'il y avait eu une mutinerie, que des pirates chalcédiens étaient aux commandes, mais il préféra se montrer prudent et se taire. Le commandant et l'équipage de l'autre navire étaient jamailliens, et, alors que le bâtiment se rapprochait, il devenait manifeste qu'il avait déjà eu des problèmes.

« Des dragons ! lança quelqu'un à son bord. Nous avons été attaqués par des dragons ! Avez-vous un chirurgien ? Nous en avons besoin. »

Il y avait de profondes entailles dans la coque du bateau, et une partie du bastingage avait disparu. La vigie avait un bras en écharpe et un pansement autour de la tête. Hest tendit le cou pour en voir davantage, mais le Chalcédien apparut soudain près de lui. « Descendez sous le pont tout de suite. »

Et Hest, comme un chien battu, alla, suivi de son maître, se faire enfermer à nouveau dans sa resserre. Le panneau coulissa et il l'entendit se verrouiller ; alors il s'assit dans un coin et appuya la tête contre la paroi. Il avait découvert que le son se propageait curieusement dans tout le bateau, et il tendit l'oreille. Il ne distinguait pas les propos, mais il perçut une conversation violente puis, comme il le redoutait, des pas de course sur le pont, des ordres, des chocs lourds, des hommes qui hurlaient de colère ou de peur, et un cri de souffrance qui s'interrompit net. Les bruits de pas et les cris se poursuivirent quelque temps, et Hest demeura accroupi dans l'attente, en se demandant ce qui se passait et en quoi ses chances de survie en seraient affectées.

Le silence tomba soudain, brièvement, puis le vacarme reprit. Le panneau de l'autre soute fut ouvert. Les prisonniers ne s'égosillaient plus et ne tambourinaient plus contre les parois comme au début : on devait leur donner à boire et à manger pour les maintenir en vie, mais guère plus. Mais les bruits qu'il entendait à présent lui laissaient penser que les Chalcédiens ajoutaient de nouveaux spécimens à leur collection de captifs rançonnables. Cela voulait-il dire qu'ils avaient arraisonné l'autre navire ou simplement fait des prisonniers dans une escarmouche ? Et pourquoi feraient-ils cela, au nom de Sâ ?

Il ramena ses genoux contre sa poitrine et se coucha sur le flanc, tremblant de froid. Il s'efforçait de se mettre à la place de ses ravisseurs. Naturellement : l'autre bateau les avait mis en garde contre des dragons, donc l'autre capitaine savait comment accéder aux grandes créatures, et les Chalcédiens allaient se servir de lui pour se rendre à leur tour là où des dragons les avaient attaqués ; et Hest allait s'exposer au danger avec eux.

Tintaglia parvenait à voler à nouveau – sans grâce, sans facilité, mais elle volait. À chaque battement d'aile, un liquide sourdait lentement de sa blessure purulente, la douleur la poignait. L'infection gagnait et affectait son organisme : tout autour de la plaie, ses écailles commençaient à se déchausser en laissant la peau à nu, sans défense et sensible. Quand elle dormait longtemps, elle se réveillait les yeux collés et devait expulser du mucus de ses naseaux. Elle avait constamment faim, mais, quelque quantité qu'elle ingérât, ce qu'elle mangeait ne reconstituait pas ses forces. Tout était pénible ; tout plaisir avait disparu de sa vie.

Son atterrissage à Trehaug avait été désastreux ; elle avait rapidement épuisé son énergie, et elle avait commis l'erreur de se jeter sur un troupeau de cochons de rivière dans les hauts-fonds. Elle en avait attrapé un, mais il était petit et elle l'avait dévoré sans quitter le bord du fleuve, et ses efforts pour décoller ensuite avaient échoué. À trois reprises elle avait battu furieusement des ailes, et chaque fois elle était retombée dans l'eau glacée ; elle avait dû passer une nuit au froid et à l'humidité.

À l'aube, elle avait eu peine à tenir debout ; l'épaisse voûte des arbres qui surplombaient le fleuve lui interdisait de prendre son envol depuis les hauts-fonds, et il lui avait fallu faire appel à toute sa volonté pour se mettre en route et remonter le courant. La chance seule avait placé sur son chemin un pachyderme qui prenait le soleil, et, après l'avoir dévoré, elle avait dormi sur une étroite bande de boue où poussaient des roseaux. Au bout de deux jours à patauger dans l'eau en mangeant ce qu'elle trouvait, charognes comprises, elle était à bout de forces. Le soir où elle avait réussi à s'installer pour dormir sur un large banc de sable qui s'étendait au-delà des frondaisons, elle s'était demandé si elle se réveillerait le lendemain.

Mais elle s'était réveillée. Allégée par les privations, poussée par le désespoir, sachant qu'elle n'aurait pas d'autre chance, elle avait bondi en l'air en battant des ailes. Et elle s'était envolée.

Il lui fallait toute sa concentration pour ne pas dévier de sa route ; chaque battement d'ailes exigeait un effort conscient et une volonté de fer pour défier la douleur et la fatigue. Elle devrait bientôt quitter son cap pour trouver quelque chose à manger, et alors seulement elle s'autoriserait à dormir. Déjà la fatigue la tenaillait, et elle avait envie de s'arrêter ; mais chaque jour elle volait moins et se reposait plus ; un jour viendrait où elle ne pourrait plus se lever et faire l'effort immense de s'élever à nouveau dans le ciel. Si cela arrivait avant qu'elle parvînt à Kelsingra, elle mourrait, et son espèce avec elle si elle ne pondait pas ses œufs immatures. Depuis qu'elle avait vu les avortons incapables qui étaient sortis des derniers cocons des serpents, elle savait qu'elle était l'unique espoir de sa race.

Mais la flèche d'un humain perfide avait anéanti ses rêves. Quelquefois, comme aujourd'hui, quand la souffrance s'épanouissait dans son flanc et résonnait dans tous les muscles de son corps, elle se réfugiait dans la haine. Elle l'alimentait en imaginant qu'elle se vengerait des humains, qu'elle retournerait en Chalcède une fois qu'elle aurait repris des forces pour détruire leurs misérables cités par le feu et la puissance des dragons. Elle les tuerait par centaines, non, par milliers, pour leur inculquer à jamais la peur de la fureur d'un dragon.

Chaque fois qu'elle baissait les ailes, elle renouvelait son vœu de remplir les rues de ces villes d'humains hurlants.

Kelsingra. Ce n'est plus très loin, se répétait-elle ; beaucoup plus que Trehaug, certes, mais elle pouvait y parvenir ; elle le pouvait parce qu'elle le devait. Parfois, alors que le sommeil l'engloutissait, elle entendait les dragons au loin ; ils avaient découvert Kelsingra, s'étaient créé des Anciens et avaient activé la cité. Éveillée, elle était incapable de les joindre ; ce n'était qu'au bord de l'épuisement que leurs pensées lointaines croisaient les siennes. Une fois, elle avait même eu l'impression que Malta tendait sa conscience vers elle, l'esprit plein d'inquiétude et de reproche. Elle avait essayé de répondre à son Ancienne, de lui ordonner de se tenir prête à servir sa dragonne, mais, éveillée, la douleur lui embrumait le cerveau et rendait difficiles des actions simples comme voler ou chasser. Néanmoins, le fait que leurs esprits se fussent effleurés indiquait qu'elle ne devait plus être très loin de sa destination.

Au moins, il avait cessé provisoirement de pleuvoir et elle ne volait plus contre le vent. Elle devait se contenter de ces maigres consolations. Elle battait des ailes avec régularité mais volait bas au-dessus du fleuve, l'œil aux aguets, en quête de gibier, et c'est ainsi qu'elle entendit le vacarme des combats avant d'en voir la source. En apercevant les deux bateaux, elle sentit la fureur l'envahir ; les deux adversaires étaient bord à bord, et leurs matelots s'injuriaient et se jetaient mutuellement à l'eau. Ils ne chassaient pas pour la viande, ils s'entre-tuaient simplement, comme toujours. Ces humains, bruyants, puants et inutiles ! Leurs cris avaient dû faire fuir tout le gibier de la région. Alors qu'elle avait besoin de chasser sans effort, ils compliquaient tout ! Aucune proie, grande ou petite, ne s'approcherait de leur dispute stérile. Si elle en avait eu l'énergie, elle eût fait demi-tour et leur eût craché de l'acide pour la peine qu'ils lui donnaient. Elle les rasa et entendit leurs cris quand le vent de son survol fit tanguer les navires ; à cet instant, elle perçut une odeur qui lui réchauffa le cœur.

Du venin de dragon.

Avec un grognement d'effort, elle inclina les ailes et revint en arrière. Oui, elle distinguait des coulures d'acide et des entailles sur le pont d'un des navires ; c'était manifestement l'œuvre d'un dragon en colère – ou de plusieurs dragons ? Elle huma longuement l'air en survolant le bateau ; oui, peut-être plus d'un. En tout cas, ce n'était pas Glasfeu ; elle connaissait bien son musc, et le style de cette vengeance ne reflétait pas non plus son tempérament : le navire flottait encore et l'équipage avait pu s'échapper. Non, ce n'était pas du Glasfeu. D'autres dragons, alors ; d'autres dragons capables de voler ! De voler et de cracher du venin. De vrais dragons ! L'espoir renaquit en elle, et elle reprit son cap, renforcée dans sa volonté de ne pas écouter sa douleur et de vivre. D'autres dragons ! Ses rêves l'avaient menée où il fallait. D'autres dragons vivaient et volaient dans le ciel de Kelsingra ; un avenir l'attendait.

Elle remonta le fleuve, laissant les humains et leur vacarme derrière elle, suivit un large méandre puis poursuivit sa route jusqu'à une langue de terre boueuse couverte d'ajoncs morts. La chance lui sourit sous la forme d'une troupe de cochons de rivière sortis de l'eau pour fouir parmi les plantes. Un souvenir atavique ou peut-être une expérience plus récente les alerta quand son ombre passa sur eux, car ils se précipitèrent vers le fleuve en couinant ; elle y répondit par un rugissement qui exprimait à la fois sa faim et sa souffrance alors qu'elle s'inclinait trop brusquement sur son flanc blessé. Elle tomba plus qu'elle ne fondit sur le troupeau, ses pattes griffues tendues. Elle heurta un grand cochon du poitrail, l'immobilisa sur la berge fangeuse, et sa patte gauche en éventra un autre ; de la droite, elle en saisit un troisième et l'attira contre elle, et il joignit ses cris à ceux de l'animal qu'elle tenait prisonnier sous son poids. Les yeux tournoyant d'une fureur noire à cause de la souffrance que lui avait causée l'attaque, elle mit en pièces les deux cochons prisonniers.

Quand leurs cris d'agonie se turent, elle resta immobile, couchée sur ses proies, et s'efforça de reprendre son souffle. La douleur s'estomperait si elle ne bougeait pas, et, de fait, elle diminua mais sans revenir à son niveau précédent. Tintaglia avait déjà noté ce phénomène : chaque jour elle avait un peu plus mal et les brusques aiguilles de souffrance qu'un faux mouvement lui enfonçait dans le corps l'affaiblissaient un peu plus. Mais le sang des cochons sentait trop bon, et la chaleur de la viande fraîchement tuée l'attirait. Avec autant de prudence que si elle était faite de fils de verre tissés, elle tendit le cou pour s'emparer d'un morceau de cochon ; elle l'avala tout rond, et sa faim se réveilla ; la nécessité s'empoigna en elle avec la douleur. Elle tenait à peine debout, mais elle parvint à se déplacer sur le sol boueux pour atteindre ses proies.

Dès le dernier morceau englouti, une sensation de léthargie monta en elle. L'après-midi avait à peine commencé, il restait de longues heures de jour pour voler, mais elle n'en avait plus la force. La souffrance la tenaillait toujours et le banc de boue était froid et humide. Elle se hissa jusqu'à une partie de terre un peu surélevée, où la bataille n'avait pas écrasé ni crotté les ajoncs. Avec regret, elle songea que, si elle s'endormait maintenant, elle devrait rester là toute la nuit : elle ne se réveillerait pas assez tôt pour voler encore aujourd'hui. Tant pis. Elle s'installa dans la position la moins pénible possible et ferma les yeux.

Troisième jour de la Lune du Labour

Septième année de l'Alliance Indépendante des Marchands

De Reyall, Gardien des Oiseaux, Terrilville, à Detozi, Gardienne des Oiseaux, Trehaug

Ci-joint la transcription d'un message apporté par courrier de Hiémain Vestrit Havre, capitaine de la vivenef Vivacia *et Époux de la Reine pirate Etta Ludchance. Veuillez noter que les dates indiquent que ce message est arrivé avec plusieurs mois de retard, et ce sans que la Guilde des Oiseleurs en soit responsable. Il est adressé à la maison Khuprus mais paraît destiné à Reyn et Malta Khuprus.*

À ma sœur, Malta Vestrit Khuprus, et son mari, Reyn Khuprus des Marchands du désert des Pluies :

Ma sœur, mon frère, si vous pouvez appeler votre dragonne, le moment n'aura jamais été aussi opportun. Mes recherches visant à localiser Selden sont restées vaines. Je regrette que vous ne m'ayez pas contacté avant qu'il entreprenne un voyage dans nos régions, car j'aurais veillé à ce qu'on fournisse une escorte convenable à un seigneur Ancien et à un poète des dragons tel que lui. Pour l'instant, j'ai le malheur de vous annoncer que j'ai reçu des nouvelles d'un « homme-dragon » qui correspond plus ou moins à la description de Selden depuis qu'il s'est changé en Ancien ; j'espère qu'il s'agit bien de notre petit frère mais je le redoute aussi. Je forme le souhait qu'il ait été vivant quand cette rumeur m'est parvenue, et je crains qu'il n'ait grand besoin d'aide, car il a été fait esclave et on l'exhibe comme monstre de foire devant les badauds ignorants. Je prie Sâ de le garder où qu'il soit, mais j'offre aussi une récompense substantielle à quiconque me le ramènera sain et sauf ; hélas, j'ai aussi promis une récompense pour tout renseignement fiable concernant sa mort, avec preuve à la clé, car je veux savoir ce qui lui est arrivé, quelle que soit la douleur que cela me procure.

Mais qu'est-ce qui a pris à notre mère de le laisser partir seul ainsi ? Personne n'a donc songé qu'il fournirait un otage de choix pour qui s'emparerait de lui ?

Vivacia envoie ses salutations à Althéa et à Brashen si jamais vous les voyez. Etta tient à ce qu'ils sachent que notre Parangon souhaite voir le bateau dont il porte le nom ; pour ma part, je le trouve trop jeune pour découvrir cette partie de son héritage, car à coup sûr le Parangon ne serait pas d'accord avec moi et lui livrerait bien plus d'informations qu'un garçon de son âge n'en a besoin.

N'oubliez pas, je vous prie, que vous êtes toujours les bienvenus chez nous et que nous désirons tous ardemment vous revoir.

Et, si Selden vous est revenu, au nom de Sâ lui-même, faites-le moi savoir le plus vite possible.

Quand je pense à lui, je l'imagine encore enfant, avec ses incisives qui commencent à peine à pousser.

Toute mon affection à tous les deux, en espérant que vous vous portez bien.

Votre frère qui vous aime,

Hiémain

10

Le toucher de Tintaglia

« Mais nous avons effectué un si long voyage ! protesta Malta. Vous pouvez sûrement faire quelque chose ! Je vous en supplie ! »

Le dragon d'or baissa de nouveau le mufle et inspira en approchant les naseaux au ras du nez de l'enfant. Il avait une tête si grande que, d'aussi près, la jeune femme ne voyait qu'un seul de ses yeux ; cet œil noir paraissait tournoyer sous la paupière qui descendait et remontait lentement. La brise du fleuve passa sur eux en rafale. Et Malta patientait, l'espoir planté comme une lance dans la poitrine.

Plusieurs dragons avaient convergé sur les étuves tard la veille au soir. Alise avait prévenu Malta qu'ils n'aimeraient pas être interrogés alors qu'ils se laissaient aller à la léthargie dans les bains brûlants, aussi Malta s'était-elle levée à l'aube et installée sur la place des Dragons, sachant qu'ils devraient passer devant elle avant de s'envoler pour chasser. Ils avaient faim ; l'un après l'autre, elle les avait interpellés en leur demandant de secourir son petit ; quelques-uns avaient poursuivi leur chemin comme s'ils avaient affaire à une mendiante folle, mais d'autres avaient pris le temps de renifler le nourrisson. « Il porte l'odeur de Tintaglia », avait dit une reine verte, et un grand bleu cobalt avait ajouté : « J'aimerais appartenir à la lignée de Tintaglia ! » avant de s'éloigner. Les uns après les autres, elle les avait arrêtés, parfois avec l'aide de leurs gardiens ; la faim brûlait en eux, et elle partageait leur appétit féroce quand elle leur parlait.

Un seul restait désormais ; sa mince gardienne aux cheveux d'or se tenait près de lui, la main sur son épaule colossale comme pour le calmer de ce simple contact. La faim flamboyait en lui, tempérée par la tendresse que lui inspirait la petite créature à ses côtés. Malta percevait l'impatience qui bouillait en lui, mais le désespoir étreignait son propre cœur ; elle se rappela ses manières, passa en revue tout ce qu'elle savait des dragons et fit une profonde révérence. « Je t'en prie, ô magnifique, fier seigneur des trois règnes, aide-moi à comprendre. »

Mercor releva la tête, la regarda une fois de plus, et c'est d'un ton patient qu'il répéta ce qu'il avait déjà dit. « Personne ici n'est suffisamment apparenté à Tintaglia pour accomplir ce que tu demandes. Elle a imposé ses marques sur toi et sur ton compagnon ; elle a fait de vous les Anciens que vous êtes, et votre enfant a hérité des traits distinctifs de la dragonne qui vous a créés. Pour qu'il survive, celle qui a laissé ses marques sur vous doit les modifier pour qu'il puisse grandir. » Il souffla, et Malta sentit dans son haleine à l'odeur de charogne la mort et le désespoir. Il s'efforçait peut-être d'être délicat quand il ajouta : « Vous n'auriez pas dû vous reproduire sans la permission de votre dragonne.

— Quoi ? » s'exclama Reyn avec une colère à peine dissimulée.

D'un petit geste rapide, Malta tenta de l'avertir de se calmer, mais il s'avança environné d'un nuage glacial de fureur, et la jeune femme sentit plus qu'elle ne vit plusieurs gardiens se rapprocher de leurs dragons. Manifestement, ils découvraient eux aussi ce qu'elle entendait. Par-dessus son épaule, elle vit une lueur d'indignation dans l'œil d'une des filles, celle avec des ailes – Thymara, oui, c'est ainsi qu'elle s'appelait.

« La permission ? » répéta-t-elle à mi-voix d'un ton outré.

Alise leva soudain les mains comme si elle pouvait par sa seule attitude apaiser les Anciens ou du moins les obliger à contenir leur exaspération. « Je vous en prie ! Malta, si vous le permettez, j'aimerais poser quelques questions. » Et elle s'interposa entre Reyn et Mercor, comme si sa frêle charpente pouvait protéger l'Ancien de la colère du dragon. Les yeux de la grande créature tournoyaient plus vite, piquetés de petits éclats rouges. Malta serra Ephron contre elle et tendit la main pour prendre celle de Reyn. La gardienne de Mercor se mordillait la lèvre.

Alise les regarda d'un air inquiet puis déclara : « Mercor, toi le plus gracieux et le plus doré des dragons, source de sagesse et de puissance, nous t'implorons d'être patient avec nous. Ce que tu nous apprends nous confond et nous ne cherchons qu'à comprendre. »

Même vêtue d'une robe Ancienne et dressée de toute sa taille, la Marchande paraissait petite et ronde ; Malta prit conscience qu'elle n'avait pas changé et que c'était par contraste avec les Anciens, grands et déliés, qui l'entouraient, qu'elle avait l'air différent. Pourtant, les dragons semblaient la traiter avec respect ; en tout cas, elle savait apparemment leur parler. Malta, aussi furieuse qu'effrayée, ravala sa colère et se tut. Alise avait réussi à retenir l'attention du dragon doré alors qu'il paraissait sur le point de leur tourner le dos ; il regardait la jeune femme, et le plaisir qu'il éprouvait à entendre ces compliments irradiait de ses écailles comme la chaleur d'un fourneau.

« Eh bien, pose ta question », dit-il.

Malta serra le bras de Reyn. Elle sentit sous ses doigts ses muscles raidis et sut la peine qu'il avait à se restreindre. Après des jours à attendre que les dragons se réunissent pour leur parler, les grandes créatures ne pouvaient apparemment que leur dire qu'Ephron devait mourir. Avaient-ils donc fait un si long voyage et patienté si longtemps pour entendre ce qu'elle redoutait le plus depuis sa naissance ? Elle regarda le petit visage contre sa poitrine ; son fils était emmailloté dans une tunique Ancienne pour le protéger du froid et de l'humidité, mais, même ainsi, elle le sentait glacé entre ses bras. Ses écailles étaient colorées là où elles soulignaient son front et l'arête de son nez, mais, en dessous, sa chair humaine avait une teinte grisâtre, et qu'il était maigre ! La petite main qui s'était aventurée hors des vêtements et s'agrippait à son doigt ressemblait plus à une serre d'oiseau qu'à la menotte potelée d'un enfant. Une douleur plus terrible qu'aucune souffrance physique la poignait chaque fois qu'elle le regardait ; il était si chétif, il avait si peu vécu, et il n'avait jamais connu un seul instant d'aise ni de satisfaction !

Alise parlait. « Depuis des générations, les habitants du désert des Pluies voient mourir leurs enfants, trop marqués pour survivre ; ceux qui s'en tirent présentent certains aspects des Anciens que nous voyons décrits sur des tapisseries d'autrefois, mais eux aussi meurent précocement. Tout cela, les Marchands du désert des Pluies l'acceptent comme le prix à payer pour leur mode de vie. Pourtant, jusqu'à maintenant, il n'y avait pas de dragons pour provoquer ces changements chez ces malheureux enfants ; pourquoi donc, sage Mercor, devaient-ils subir de telles épreuves ? »

Le dragon avait relevé la tête et semblait regarder au loin. Réfléchissait-il ou bien regrettait-il que la misérable petite humaine l'empêchât de décoller pour retourner chasser ? À contrecœur, il répondit : « Les hommes sont vulnérables aux dragons. Jadis, nous changions certains d'entre eux afin d'avoir de meilleurs compagnons et de meilleurs serviteurs, mieux adaptés à notre espèce ; vous viviez si peu de temps qu'il nous était pratiquement impossible de parvenir à une pleine communication avec vous avant votre mort. C'est pourquoi nous avons autorisé ces changements, guidés par nos soins, pour ceux qui nous paraissaient les plus doués pour vivre avec nous. Mais les humains ont bientôt découvert que l'exposition aux dragons et à leurs objets pouvait altérer n'importe lequel d'entre eux et que ces modifications n'étaient pas toujours bénéfiques ; aussi, ceux qui prenaient plaisir à servir les dragons et y trouvaient un sens à leur existence ont construit leurs cités et leurs mécanismes, ont vécu avec nous et se sont fait une joie de nous servir. Ils aimaient les changements que nous provoquions chez eux. Ceux qui ne les désiraient pas s'aventuraient rarement dans nos cités, et ils savaient le risque qu'ils couraient. Ici, à Kelsingra, vivaient des Anciens ; les humains habitaient et travaillaient ailleurs, sur la rive d'en face, tandis que d'autres, à l'extérieur de la cité, gardaient des troupeaux ou cultivaient des champs à l'écart des murs aux veines d'Argent. Le danger était connu, et ceux qui s'y exposaient le faisaient de leur plein gré. Nous ne faisions aucun mal aux humains ; s'il y avait des accidents, ils en étaient seuls responsables. »

Était-ce les propos du dragon ou bien avait-il extirpé des souvenirs de la pierre ? Toujours est-il que Malta se sentait ensorcelée, comme si elle voyait et entendait ce qu'il décrivait. Devant elle s'étendait la place couverte de gens qui bavardaient entre eux sous le soleil du printemps. Un Ancien aux gants argentés d'où pendaient trois marionnettes complexes s'exclamait d'une voix forte à l'adresse de trois femmes élancées qui tenaient des flûtes brillantes ; l'une d'elles porta son instrument à ses lèvres et lui répondit par un trille, et plusieurs passants éclatèrent de rire devant cet échange. Un dragon violet fendait lourdement la foule, les ailes incrustées d'argent, pris dans un harnais d'or complexe couvert de milliers de grelots. Les Anciens s'écartaient sur son passage et beaucoup le saluaient ou s'inclinaient devant lui ; les grelots faisaient un petit tintement aigu. Un ancêtre de Mercor ? Le tableau magnifique d'abondance et de prospérité s'effaça, et Malta se retrouva sur la place venteuse devant le dragon qui parlait.

« Pendant l'absence des dragons et des Anciens, les humains se sont installés sur les terres que nous occupions jadis ; vous avez fouillé le sol et découvert les créations magiques des Anciens et les lieux qu'ils partageaient avec nous. Vous avez manipulé leurs objets et vécu là où les dragons foulaient la terre, et leur influence restait assez forte pour changer ceux qui habitaient là ; mais seul le hasard présidait à ces modifications, sans dragon pour les guider, et elles étaient souvent déplaisantes, voire dangereuses. C'est ce que vous, les gardiens, aviez subi quand vous êtes venus nous servir : vous aviez été déformés par la proximité avec le monde des dragons, mais vous n'étiez pas sur le chemin qui mène à devenir de véritables Anciens. Mais, avec un peu de sang pour vous lier à nous, nous avons pu vous modeler de façon à vous rendre plus avenants, car le sang de dragon contient de l'Argent, et c'est quand il en contient le plus que nous sommes le plus puissants. Privés d'Argent comme nous l'étions, chacun d'entre nous possédait quand même la capacité à former un Ancien pour son service ; nous vous avons donc changés, transformés en

Anciens, et, si plus tard vous cherchez à avoir des enfants, nous les façonnerons peut-être eux aussi. Mais personne ne peut intervenir sur ce qu'un autre dragon a commencé, pas plus qu'un humain ne peut modifier l'aspect de l'enfant d'un autre humain. Tintaglia serait peut-être en mesure d'aider ton petit, mais aucun d'entre nous ne le peut. »

On ne sentait nulle excuse dans son ton, et, dans un recoin de son esprit, Malta se demanda si les dragons étaient seulement capables de comprendre le concept de regret ou de responsabilité pour les souffrances qu'ils causaient par négligence. Sa peur s'évanouit brusquement et céda la place à la colère. Si son fils devait mourir, que lui importait ce que ce dragon doré pouvait lui faire ? Elle s'avança soudain, bousculant presque Alise pour aller se camper devant Mercor ; elle sentit le rouge lui monter aux joues sous l'effet de la fureur, et elle sut que la crête sur son front et ses écailles s'avivaient de couleurs plus éclatantes.

« Je n'ai jamais voulu ça ! » Sa voix basse était chargée de rage et de douleur. « Tintaglia ne nous a jamais demandé notre permission pour nous imposer nos changements, à Reyn et à moi, et elle nous a encore moins prévenus que notre enfant risquait d'en souffrir. Nos différences nous ont apporté beauté et plaisir, mais nous ne les aurions jamais acceptées si nous avions su le prix à payer ! Et je n'ai jamais absorbé du sang de Tintaglia ! Comment mes modifications peuvent-elles être de son fait ? »

Le dragon rentra la tête et la regarda. Ses yeux noirs tournoyaient, et des éclats d'argent paraissaient danser dans cet inquiétant tourbillon, mais il répondit d'un ton pensif plus qu'agressif : « Tu as vécu auprès d'elle ; as-tu passé les mains sur son cocon ? Échangé de longues réflexions avec elle, ou peut-être respiré la chaleur de son haleine ? »

Reyn intervint à mi-voix en s'adressant à Malta plus qu'à Mercor. « Selden et moi étions présents quand elle est sortie de sa gangue ; l'air était empuanti de l'odeur de dragon, et nous l'avons tous deux respiré.

— J'étais là aussi, dans la même salle, et Sâ sait que j'ai partagé ses pensées à ce moment-là. Mais… »

Le dragon la coupa soudain d'un grondement impatient et il leva les yeux vers le ciel du matin comme s'il mourait d'envie de s'envoler pour chasser. Ses congénères étaient déjà partis ; lui seul restait, et Malta sentit qu'il ne s'attarderait pas beaucoup plus. Quand il reporta son regard sur elle, l'ébène liquide de ses grands yeux tournoyait plus lentement, et il passa un long moment à l'examiner. Enfin, c'est avec une perplexité et une curiosité sans bornes qu'il demanda : « Pourquoi poser tant de questions, Malta Vestrit Khuprus ? » La jeune femme perçut qu'il s'efforçait de l'obliger avec tact à répondre de façon véridique en se servant de son nom complet. « Tu as été touchée par l'Argent dans un but précis. Tu exsudes l'odeur de cette magie, et elle excite ma faim pour elle. Pourquoi poser des questions alors qu'il me semble que tu dois en connaître parfaitement les réponses ?

— Moi ? Tintaglia m'a marquée en bleu, pas en argent ! » Elle regarda les écailles de son bras en essayant de comprendre le sens de ses propos.

Mercor eut un grognement de dédain. « Tu portes la marque de l'Argent sur la nuque ; je la sens encore malgré les années. Quelqu'un t'a touchée avec art, dans un objectif précis, et t'a envoyée accomplir une grande tâche. » Le dragon se pencha vers elle, et elle vit l'expression abasourdie de son propre visage qui se reflétait dans l'œil noir. « D'où vient l'Argent qui marque ta nuque ? Tu dois bien savoir combien nous en avons besoin ! Tu viens nous demander notre aide mais tu nous caches la source de cet Argent qui a initié tes changements. »

Malta porta la main à l'endroit indiqué. « Je ne comprends pas de quoi tu parles ! » s'exclama-t-elle, perdue. Mais elle savait qu'il existait là de petites écailles légèrement argentées, chacune de la taille d'une empreinte de doigt ; jamais elle ne les avait associées à un dragon ; elle les présentait depuis le jour où sa famille avait lancé le *Parangon*, bien avant que la chute de Terrilville ne l'envoie se réfugier dans le désert des Pluies où elle devait découvrir la salle où gisait le cocon de la reine. Nul dragon ne les lui avait faites ; elle rendait Tintaglia responsable de bien des choses dans sa vie, mais non de ces marques.

Reyn prit sa défense. « Elle a toujours porté ces marques ; quand je les ai vues, c'étaient de simples taches de naissance un peu sombres, et les changements qu'elle a subis les ont argentées, c'est tout. Nous ne te cachons rien, noble dragon. Ce qui est à nous est à toi si tu acceptes de sauver notre enfant. Prends ma vie, dévore-moi sur-le-champ si tu le souhaites, mais permets à mon fils de connaître un peu de paix et de calme ! » Et l'homme que Malta aimait plus que la vie tomba à genoux devant le dragon et courba le cou.

« Pitié ! » gémit-elle, sachant la faim qui tenaillait Mercor, mais celui-ci ne fit pas un geste pour frapper. Au contraire, il prit l'immobilité de la pierre. Tout autour d'eux, les gardiens se taisaient ; Sylve avait la main posée sur l'épaule de son dragon, et Alise se tenait les poings contre la bouche comme pour réprimer un cri de terreur.

Enfin, le dragon détourna lentement la tête. « Vous dites ces paroles comme si vous les croyiez exactes. Vous ne savez rien d'utile, je le crains. Anciens de Tintaglia, je ne puis rien pour votre enfant ; mais, si vous avez quelque loyauté pour les dragons… » Il leva haut la tête et lança d'une voix forte à tous les gardiens présents : « Trouvez le puits d'Argent ! Cette Ancienne est la preuve qu'il en existe encore un quelque part ! Quelqu'un a touché l'Argent et a partagé ce contact avec elle. Si vous tenez à nous, faites-en votre mission principale, car, tant que nous ne l'aurons pas découvert, la magie Ancienne ne peut exister et nul dragon ne peut prospérer ! Trouvez le puits d'Argent.

— Si nous le découvrons, sauverez-vous mon enfant ? » Malta tentait une offre audacieuse ; elle ignorait tout de l'Argent, et son seul espoir était de proposer un marché.

Le dragon la regarda une dernière fois. « Je te le répète, seule Tintaglia peut le sauver. Contacte-la, Ancienne, expose-lui ta situation, et elle viendra peut-être à ton secours. » Il se détourna, et Sylve ôta sa main pour lui laisser le passage. Sans se retourner, il ajouta : « Mais ne te fais pas trop d'illusions. Tintaglia n'est pas venue quand nous avions besoin d'elle ; si elle ne s'est pas déplacée pour des dragons, je doute qu'elle intervienne pour un Ancien. »

Malta ne respirait plus. Le dragon se rendait-il compte qu'il venait de condamner son fils à mort ? Mesurait-il la portée de ses paroles ? Il la regarda, et sa mince gardienne secoua lentement la tête. Malta capta un sentiment de compassion de la part de Mercor, mais c'était la compassion qu'elle-même eût montrée pour un enfant qui tenait une fleur fanée. Il ne comprenait pas la souffrance qu'elle endurait.

Reyn dit : « Mais l'un d'entre vous ne peut-il… »

Malta se détourna. « Allons-nous-en, murmura-t-elle. Si c'est ce qui doit arriver, retirons-nous entre nous et restons avec lui tant que nous le pouvons. » Et elle s'éloigna, non de Reyn mais des gardiens réunis et des dragons. Le regard des autres ne faisait qu'aggraver l'insupportable. Un tremblement incontrôlable la saisit, et Reyn se précipita à ses côtés et, le bras autour de sa taille, guida ses pas chancelants. Derrière eux s'élevèrent des conversations à mi-voix, mais elle ne se retourna pas ; elle et Reyn ne pouvaient rien pour Ephron sinon l'accompagner pendant les dernières heures de sa petite vie, et ils n'y manqueraient pas.

« Monte tout de suite. » Le Chalcédien lança l'ordre comme si c'était Hest qui avait décidé de rester sous le pont après le lever du soleil.

Il avait émergé de son sommeil dans le froid et l'exiguïté de son placard à l'instant où la porte s'ouvrait, ce qui ne l'empêchait pas d'avoir du mal à se déplacer vite, et il battait des paupières à cause de l'éclat du jour en grimpant sur le pont. Il estima que c'était le petit matin, et, pour une fois, il ne pleuvait pas. Il parcourut rapidement les alentours du regard en s'efforçant de jauger la situation. Le bateau remontait lentement le fleuve sous la poussée régulière des rameurs ; l'autre navire étanche le suivait. Il étudia un moment l'autre bâtiment en se demandant s'il accompagnait le premier sous la contrainte ou s'ils étaient désormais alliés.

Le Chalcédien s'impatienta. « Pas de ce côté ! » Il assena une taloche à Hest puis tendit le doigt vers l'avant, et le Terrilvillien resta bouche bée : devant eux, une langue de terre boueuse et herbue s'avançait dans le courant, et, parmi les ajoncs, le dragon était couché en rond comme un énorme félin bleu, endormi et scintillant dans la lumière délavée. Le Chalcédien dit à mi-voix : « Nous allons le tuer, mais il nous faut apprendre tout ce que vous savez des dragons. Ont-ils un point vulnérable ? S'il se réveille avant que nous ayons pu l'abattre, comment réagira-t-il à notre attaque ? »

Hest secoua la tête. « Je l'ignore. Je n'ai jamais essayé de tuer un dragon ! Regardez la taille de ce monstre ! Il faudrait être fou pour s'en prendre à lui. » L'assassin lui adressa un regard menaçant, et Hest reconsidéra son approche. Que savait-il ? Seulement ce qu'on lui avait dit. Il s'éclaircit la gorge et reprit d'un ton plus calme : « Quand les Chalcédiens ont envahi Terrilville, une dragonne nous a aidés à les repousser. Elle était bleue comme celui-ci, mais beaucoup plus petite ; elle crachait de l'acide, parfois sous la forme d'une brume qui retombait sur les rangs des soldats, d'autres fois sous la forme d'un jet qui visait une cible précise ; elle se servait aussi de sa queue et de ses ailes pour frapper bateaux et guerriers, et elle avait des serres aux pattes. Mais je ne vous répète que ce qu'on m'a raconté ; je ne l'ai jamais vue se battre parce que j'étais ailleurs dans la cité à ce moment-là. » En réalité, il n'était plus à Terrilville depuis plusieurs semaines, parti avec sa mère se cacher dans leur résidence de campagne ; les envahisseurs n'avaient jamais pénétré si loin dans les terres.

« Sans intérêt ! » Le Chalcédien se détourna pour s'adresser à un de ses compatriotes dans leur langue ; soit ils ignoraient que Hest la parlait couramment, soit ils se moquaient d'être compris.

« Nous allons mouiller ici, en aval, et nous ferons notre approche à pied. Cette créature est beaucoup plus grosse que prévu d'après ce que nos espions nous ont rapporté des dragons du désert des Pluies. Nous avons deux archers, nous les enverrons d'abord ;

qu'ils visent un œil, et nous pourrons peut-être la tuer dans son sommeil. Si elle se réveille, que les hommes attaquent avec des piques. »

L'autre secouait la tête. « Seigneur Dargen, c'est trop dangereux. Quand, sur votre ordre, nous avons capturé l'autre navire, nous avons perdu des hommes dont nous avions besoin ; nous sommes déjà trop peu nombreux pour manœuvrer les deux bateaux. Si vous envoyez la plupart de nos hommes contre le dragon et que l'attaque échoue, il n'en restera même plus assez pour un seul bâtiment. Nous mourrons ici. »

L'assassin – le seigneur Dargen – posa un regard méprisant sur son compagnon. « C'est pour ça que nous sommes là : pour tuer un dragon, le dépecer et rentrer en Chalcède le plus vite possible. » Il hocha la tête puis sourit. « Nous mourrons tous ici, ou nous mourrons tous ailleurs, ou nos familles périront pendant que nous tentons d'imaginer des moyens de sauver nos vies. C'est trop tard : nous avançons vers la mort dès l'instant de notre naissance. Le seul espoir de l'homme, c'est que sa lignée perdure, que ses fils survivent pour engendrer d'autres fils et qu'ils se souviennent de son nom. Si je ne dépose pas bientôt aux pieds du duc ce qu'il désire, tout avenir m'est fermé ; je dois donc risquer ma vie aujourd'hui pour que mon souvenir demeure éternel en cas de succès. Mouillez près de la berge ; je conduirai moi-même les hommes. » Il indiqua Hest d'un geste. « Remettez mon serviteur dans sa tanière ; il ne me sert à rien et je ne veux pas l'avoir dans les jambes. »

L'autre prit Hest par le bras et l'entraîna sans douceur ; comme on le jetait sous le pont sans cérémonie et sans toucher l'échelle, le Marchand comprit qu'il recevait le traitement que l'homme avait envie d'infliger au seigneur Dargen.

« Seigneur Dargen, murmura-t-il en se relevant. Maintenant, j'ai son nom ! C'est un fil que je pourrai suivre pour exercer ma vengeance. » Il parlait tout haut, mais dans la resserre froide ses propos sonnaient aussi creux que les menaces d'un enfant contre son père qui vient de l'envoyer dans sa chambre. Il se pelotonna dans un coin, les bras autour des genoux, et s'efforça de ne pas imaginer son sort si le dragon s'en prenait au bateau. Il serait pris au piège comme un rat si le navire coulait. Dans l'eau glacée ; il n'avait jamais pensé mourir noyé dans de l'eau glacée.

Tintaglia leva la tête et ouvrit les yeux, emplie d'indignation : on osait s'approcher d'elle alors qu'elle dormait ! Des humains qui convergeaient sur elle, des armes à la main ! Elle se dressa d'un bond, la queue battante, et poussa un rugissement de douleur quand sa blessure se rouvrit et se mit à couler sur son flanc.

« Laissez-moi ! » lança-t-elle, et, comme son ordre s'abattait sur les hommes, la première volée de flèches partit. La reine se déplaçait, mais trois projectiles la frappèrent quand même ; ils ricochèrent, le premier touchant la crête de son front et les deux autres sous l'orbite ; à l'évidence, c'était l'œil qu'ils visaient, et elle comprit alors sans erreur possible qu'ils voulaient la tuer. Elle se tourna pour leur présenter son épaule et son flanc, les zones les plus solidement blindées d'elle-même ; en même temps, elle donna un coup de queue, et ses agresseurs tombèrent, victimes du choc ou de leurs efforts éperdus pour l'éviter. Elle prit alors conscience que d'autres hommes se dirigeaient vers elle : ils essayaient de l'encercler !

L'un d'eux s'élança, une pique à la main, le visage déformé par un rictus de peur et de détermination. Un des ancêtres de Tintaglia avait affronté une attaque semblable, et elle se retint donc de se cabrer au risque de présenter son ventre, moins résistant ; elle garda les ailes plaquées sur les flancs pour éviter de montrer la plaie enflammée qui constituait son point faible, ramena en arrière sa tête au bout de son long cou puis la projeta en avant en ouvrant la gueule pour cracher un nuage de venin.

Mais rien ne sortit : ses sacs à poison étaient vides, victimes de sa maladie. Les guerriers reculèrent, et un des hommes hurla quand la brume de salive s'abattit sur eux. Lorsqu'ils s'aperçurent qu'ils n'avaient rien, un instant plus tard, ils poussèrent des cris de victoire et se ruèrent sur la dragonne.

Elle voulut pivoter sur elle-même pour rejeter leur assaut d'un violent coup de queue, mais elle se déplaçait aussi lourdement qu'un buffle et ne put que se détourner lentement en boitant. Ils furent aussitôt sur elle et la frappèrent de leurs lances en criant. Elle ne percevait dans leurs pensées que la peur, le triomphe et la soif de sang, comme si elle se battait contre des chacals qui voulaient lui voler sa proie. Elle fouetta de la queue et jeta quelques-uns de ses agresseurs à terre tandis que d'autres s'écartaient d'un bond et se moquaient d'elle.

« Vous allez payer ! » rugit-elle, et elle lut chez un ou deux d'entre eux l'étonnement qu'un animal sût parler ; mais les autres ne l'entendirent pas, comme la plupart des humains. Ils se précipitèrent à nouveau sur elle, et leurs lances ricochèrent encore sur ses épaisses écailles. Elle se retourna pour foncer sur eux et en broyer le plus possible entre ses mâchoires, mais une lance jaillit et la toucha dangereusement près de l'œil. La peur la saisit brusquement : ces hommes étaient capables de la tuer ; ce n'étaient pas des bergers qui cherchaient à l'éloigner de leurs troupeaux ni des chasseurs qui défendaient leur gibier. Ils étaient là pour l'abattre.

Elle rugit de nouveau et vit avec satisfaction certains assaillants reculer ; mais les autres brandirent leurs armes et s'élancèrent vers elle.

Elle n'avait plus le choix. Elle se porta à leur rencontre, d'abord d'une démarche raide et chancelante, puis plus vite, en balançant la tête d'un côté et de l'autre, expédiant un homme dans les ajoncs et en écrasant un autre. Vindicative, elle crispa la patte en le piétinant afin de le lacérer de ses serres.

Une fois passés les rangs des humains, elle n'avait plus d'autre issue que le fleuve devant elle. Elle ne pouvait pas s'envoler : il lui fallait du temps pour échauffer ses muscles et de la place pour prendre son élan avant le bond douloureux qui la projetterait en l'air. En traversant le groupe d'hommes, elle donna un violent coup de queue et se réjouit en sentant un contact et en entendant un cri. Elle ne regarda pas en arrière ; mieux valait paraître s'éloigner dignement que fuir.

Le fleuve l'attendait. Sans s'arrêter, elle y pénétra. Ses ennemis avaient échoué leurs navires plus bas sur la rive ; ainsi, les humains avaient abandonné leurs querelles pour s'en prendre à elle ensemble ! Elle eut envie de détruire les bateaux au passage, mais craignit de n'en avoir pas la force ; elle s'avança jusqu'à ce que l'eau atteignit son poitrail puis entreprit de remonter le courant. S'ils voulaient la suivre, ils devraient réembarquer et remplir les bancs de nage ; et, s'ils l'attaquaient sur l'eau, elle se pensait en mesure de retourner un navire, ou au moins de détruire une ligne de rames.

Elle entendit leurs cris de rage éclater sur la rive derrière elle ; une lance creva l'eau à côté d'elle, et une flèche se logea brièvement entre deux de ses plaques dorsales puis retomba. Ces stupides insectes qui osaient s'en prendre à elle ! Si elle n'avait pas été blessée, il ne fût rien resté d'eux ni de leurs bateaux que de la chair fumante et des morceaux de bois !

Elle fit un nouveau pas, et l'eau du fleuve s'infiltra sous ses ailes pourtant plaquées sur ses flancs, et elle émit un furieux coup de trompe de douleur quand l'eau glacée posa sur sa blessure son baiser acide. Elle continua pourtant d'avancer, mais tomba à genoux lorsque la souffrance la poignit plus profondément que la pointe de flèche n'avait pénétré. Sur la berge, les hommes poussèrent des cris de joie et des hululements de singes en la voyant s'enfoncer, ses pattes ne la soutenant plus. Elle se tourna vers eux et projeta une pensée sur une violente onde de fureur : « Vous mourrez tous ! Vous en avez la promesse éternelle d'un dragon ! Tous les hommes qui attaquent des dragons mourront ! »

Elle envoya sa colère à tous les vents comme un message désespéré aux lointains dragons de Kelsingra. Alors que la douleur s'enfonçait en elle et que le fleuve aspirait la chaleur de son corps, elle se demanda s'ils l'avaient entendue.

Cinquième jour de la Lune du Labour

Septième année de l'Alliance Indépendante des Marchands

De la Guilde des Oiseleurs
Message de félicitations

À placarder dans toutes les Salles de Guilde.

Nous sommes très heureux d'annoncer cet honneur fait à Erek Dungaro, naguère Gardien des Oiseaux à Terrilville et aujourd'hui Maître Oiseleur de bonne réputation auprès de la Guilde. Par ces félicitations, nous reconnaissons ses importantes contributions au programme d'élevage de Terrilville, notamment au programme d'élevage en vue d'une résistance et d'une vélocité accrues des oiseaux.

Un prix de seize pièces d'or lui est par la présente attribué, ainsi que le privilège suivant : la lignée et la couleur des oiseaux par lui créés porteront désormais officiellement le nom de Dungaro.

11

Argent

« Il y avait quelques sites magnifiques près des piémonts – plus petits, mais avec de superbes panoramas. Et plus près du gibier. » Carson ajouta cette dernière phrase à voix plus basse, sachant que la chasse ne faisait pas partie des critères prioritaires de Sédric. Il tourna les yeux vers les monts et les falaises auxquels s'adossait la cité et regarda leurs flancs boisés avec envie.

« Plus près aussi des zones sauvages, et plus loin de tout, répondit Sédric avec un sourire mi-figue mi-raisin.

— Du fleuve, peut-être, contra Carson, mais plus près de tout ce qu'il nous faut pour vivre de façon autonome. Les forêts sont giboyeuses, parce que les dragons préfèrent chasser en terrain découvert, et il y aura certainement des baies à cueillir. Les provisions qu'a rapportées le capitaine Leftrin ne dureront pas éternellement, et il vaudrait mieux s'en inquiéter avant qu'il n'y en ait plus ; il faut commencer dès maintenant à faire des réserves de viande et à chercher d'autres sources de nourriture.

— J'ai l'impression d'avoir déjà entendu ça », murmura Sédric, et son compagnon s'interrompit soudain. Puis il éclata de rire. « Je sais, je me répète, et c'est toi qui en fais les frais, en général, parce que j'ai parfois le sentiment que tu es le seul qui m'écoute. Les autres se comportent comme des enfants, à ne songer qu'à l'instant présent.

— Mais ils écoutent aussi ; ils se reposent seulement des parties de chasse quotidiennes, du chantier du quai et des autres travaux que tu les pousses à entreprendre. Ils sont jeunes, Carson, et voilà que du thé, du jambon et du biscuit leur tombent du ciel. Laisse-leur quelques jours, et je t'aiderai ensuite à en persuader quelques-uns à organiser une nouvelle battue. Mais, pour le moment, ne pouvons-nous prendre un peu de temps pour nous ? Il y a une maison que j'aimerais te montrer ; je pense qu'elle te plairait.

— Une maison ? » Carson pencha la tête avec un sourire malicieux. « Ou un manoir ? »

Ce fut au tour de Sédric de hausser les épaules d'un air contrit. « Ma foi, toutes les habitations de Kelsingra doivent avoir l'air de résidences seigneuriales à tes yeux. Le désert des Pluies vous a appris à bâtir petit. Mais il y a une rue dans laquelle je me suis promené l'autre jour et qui m'a intrigué. En effet, les bâtisses y sont grandes, même selon les critères de Terrilville, mais celle que j'ai visitée abritait des jardins dans certaines salles, avec des plafonds transparents. Ainsi, même loin de la forêt ou des piémonts, nous pourrions peut-être cultiver la terre sous notre toit.

— Si on avait des semences... Bon, d'accord, allons la voir, fit Carson devant le regard malheureux de Sédric. Tu as sans doute raison, et Leftrin a dit qu'il avait commandé des semences, des poules et autres ; c'est juste que je ne me voyais pas en train de m'occuper d'un potager ni d'élever de la volaille.

— Et moi, je ne me voyais pas en Ancien, rétorqua Sédric. Carson, à mon avis, nous allons disposer de pas mal d'années pour essayer toutes sortes d'existences ; nous pourrons devenir cultivateurs ou éleveurs...

— Ou chasseurs.

— Ou chasseurs. Ah, je crois que c'est la rue en question. Kelsingra est immense ; chaque fois que j'ai l'impression de l'avoir entièrement inspectée, je découvre une nouvelle artère à explorer. Il faut monter, je pense – ou bien descendre ? »

Carson eut un petit rire indulgent. « As-tu remarqué s'il y avait une belle vue ? Si oui, c'est qu'il faut remonter la rue. » Il s'arrêta et regarda Sédric qui parcourait l'avenue des yeux. Il rajusta le col de sa tunique en reconnaissant à part lui que les vêtements choisis par son compagnon étaient confortables – et chauds, et qu'ils pesaient moins que sa tenue de cuir. Il baissa les yeux sur ses jambes prises dans un tissu bleu qui lui évoquait les ailes d'un perroquet. Typique des Anciens ! Enfin, au moins les bottes étaient marron, et si légères qu'il avait l'impression de ne rien porter sans pourtant avoir froid ni mal aux pieds. La large ceinture marron était de facture Ancienne, tout comme le poignard et son fourreau sur sa hanche ; la lame n'était pas en métal ; il ignorait en quel matériau elle était faite, mais elle coupait comme un rasoir quand il l'avait tirée de son fourreau et ne s'était pas émoussée. Elle rappelait de la terre cuite peinte en bleu ; encore un mystère des Anciens.

Plus les gardiens visitaient la cité, plus ils trouvaient de ces objets. Certes, la plupart des maisons, des boutiques et des bâtiments étaient vides, comme si leurs occupants avaient emporté toutes leurs affaires, mais, dans certains quartiers, des résidences renfermaient encore toutes sortes d'articles Anciens. Ceux qui étaient en bois avaient pour la plupart été réduits en poussière, tout comme les manuscrits et les livres ; mais certains tissus avaient résisté au temps, en particulier celui qui constituait la tunique de Carson, et l'on voyait fréquemment désormais des gardiens parés de colliers et de bagues comme de riches marchands de Terrilville. Ce spectacle mettait Carson mal à l'aise sans qu'il sût dire précisément pourquoi, tout comme décider quelle maison s'approprier. Sédric et lui partageaient un appartement au-dessus des étuves des dragons, ce qui lui paraissait déjà un luxe extravagant, et il ne voyait pas pourquoi Sédric désirait un logement plus grand et aussi raffiné ; mais, si c'était ce qu'il souhaitait, il le méritait.

Il lui jeta un regard et ne put s'empêcher de sourire : avec une expression d'intense concentration, aussi vigilant qu'un chasseur, Sédric arpentait la rue en examinant les magnifiques demeures devant lesquelles il passait. S'installer à Kelsingra lui avait profité ; Carson était méticuleux en matière de propreté, quand c'était possible, mais Sédric portait cette exigence au niveau d'une forme d'art. Ses cheveux avaient la brillance de l'or, avec la touche métallique que Relpda avait impartie à toute sa personne : elle avait donné une chaleur cuivrée à ses yeux, à sa peau, à ses ongles et même à sa chevelure. Aujourd'hui, il avait choisi d'y faire écho avec les bleus métalliques de sa tunique et de son pantalon, assortis d'une ceinture et de bottes noires. Les vêtements Anciens s'usaient si peu que Carson ne voyait pas la nécessité d'avoir plus d'un change, mais Sédric avait logé un véritable arc-en-ciel dans sa garde-robe et prenait un plaisir indicible à varier ses tenues, parfois plusieurs fois par jour. Même si Carson ne comprenait pas l'amour de son compagnon pour ces oripeaux, cela ne diminuait pas le bonheur qu'il éprouvait à le voir le mettre en pratique. Sédric sentit le regard de son amant et se tourna vers lui d'un air interrogateur.

« Qu'y a-t-il ? » demanda-t-il.

Le sourire de Carson s'élargit. « Toi ; c'est tout. »

Sédric rougit, ce qui lui donna un air adolescent tout à fait charmant ; et le fait qu'il rougît à cause de son compliment ajouta à l'effet qu'il faisait au chasseur. Il envoya une bourrade à son compagnon puis passa un bras autour de sa taille. « Alors, quelle maison ? fit-il gaiement, sachant que, si Sédric déclarait vouloir les habiter toutes, il ferait son possible pour réaliser son souhait.

« Attends ! » s'exclama Sédric. Il écarta le bras de son amant et s'éloigna d'un pas vif. Sur l'instant, Carson fut vexé, puis il remarqua l'attention avec laquelle Sédric observait les alentours. Un frisson insolite le parcourut lorsqu'il en fit autant.

Ils se trouvaient dans un quartier aux maisons cossues, et presque à chaque carrefour se dressait une fontaine ou une statue, ou se déployait une place. Tous les bâtiments avaient l'air de palais aux yeux du chasseur, mais Sédric descendait la rue d'un pas régulier sans se laisser troubler par leurs attraits ; il traversa une petite place ornée de la statue d'une femme versant de l'eau pour tourner dans une rue aux logements plus modestes. De vastes avenues capables d'accueillir une procession de dragons, ils passèrent à des rues larges mais sinueuses, aux édifices à échelle plus humaine. Curieux : Carson n'eût jamais imaginé que des habitations aussi simples pussent séduire son amant et ses goûts raffinés. Sédric se déplaçait bizarrement, en jetant des coups d'œil de droite et de gauche, non comme s'il évaluait les maisons mais comme s'il avait perdu quelque chose. Non, comme s'il avait perdu son chemin et cherchait un point de repère. Carson examina ce qui l'entourait. Comme le reste de Kelsingra, tout ici était en pierre, et la teinte bleu-gris dominait, mais rien ne retint particulièrement son attention. Prudemment, il ouvrit sa conscience à la cité et laissa les souvenirs des Anciens disparus effleurer ses pensées.

Cet aspect de sa condition d'Ancien le mettait toujours mal à l'aise. De nature réservée, il trouvait étrange de se rouler dans les souvenirs personnels d'autrui ; les gardiens paraissaient s'y faire sans difficulté, et il ne reprochait rien à ceux qui choisissaient de profiter de la sensualité d'une époque révolue. Avec une population aussi réduite, mieux valait qu'ils satisfissent ainsi leurs besoins au lieu de se battre pour les partenaires disponibles ; en outre, on pouvait glaner de précieuses informations dans les mémoires contenues dans la pierre, des détails techniques sur le fonctionnement de la cité en plus des connaissances sur les coutumes des dragons et sur les régions environnantes. Carson savait que Sédric aimait s'y immerger comme il aimait naguère aller au théâtre ou écouter les ménestrels ; les pierres de la cité étaient pleines d'histoires, certaines spectaculaires, d'autres dramatiques. Mais aucun quartier ne dégageait l'impression de celui-ci. On n'y entendait rien, on n'y captait nul souvenir, nulle bouffée de parfum ni l'écho du rire d'un jour d'été lointain ; ici, la cité était muette et préservait ses secrets en silence. Sédric se retourna vers Carson, l'air perplexe, et le chasseur sentit que son compagnon avait partagé le même sentiment.

« Qu'est-ce que tu cherches ? lança-t-il à Sédric, et ses mots lui revinrent, répercutés par la pierre silencieuse.

— Je ne sais pas exactement. » Son compagnon parcourut les environs d'un regard fixe, comme un homme qui émerge d'un rêve. « J'ai cru soudain reconnaître ces rues, comme si j'étais déjà venu ici, et souvent, pour une raison importante ; mais chaque fois que je cherche à me rappeler cette partie du souvenir, il m'échappe de façon bizarre. Les souvenirs Anciens que je prends me restent en général très clairement ; mais celui-ci est comme un brouillard…

— Mis là exprès, dit Carson, achevant sa pensée à sa place.

— Oui ; comme si on cachait quelque chose volontairement. »

Les bâtiments n'étaient plus des maisons ni des manoirs mais étaient conçus pour permettre aux dragons d'y accéder aussi facilement que les humains. Les deux hommes les longeaient sans bruit, leurs chaussures moelleuses murmurant sur le pavé.

« Ce quartier est plus ancien, déclara soudain Sédric. Le dallage des rues, les édifices… tout est plus vieux que la partie de la cité où se trouvent les étuves ou la grande salle des Archives, avec la tour de la carte.

— À mon avis, c'est ici que Kelsingra est née. »

Carson indiqua de la tête les marches usées qui menaient à une entrée en contrebas de la chaussée. « Il faut pas mal de passage pour dégrader des marches en pierre comme celles-ci ; et ces bâtiments sont plus bas que le niveau de la rue, si tu regardes bien, comme si elle avait été réparée et rehaussée. » Carson détourna les yeux devant le regard surpris de Sédric. « Je n'y ai jamais mis les pieds, mais il paraît que les vieux quartiers de Jamaillia sont comme ça. Un type qui y était allé m'a raconté que les fenêtres du rez-de-chaussée servent aujourd'hui de portes tant le niveau des rues a été remonté. »

Sédric hocha la tête, un petit sourire aux lèvres. « Je m'y suis rendu, moi, et c'est exact. Curieux : je ne voyais même pas ce que j'avais sous les yeux. »

Ils continuèrent à marcher un moment sans rien dire. Les rues devenaient plus étroites et les bâtiments plus humbles, comme si les premiers habitants ignoraient la portée de l'ambition des Anciens. Carson s'aperçut que Sédric s'était rapproché de lui ; il lui prit le bras et se sentit tout à coup plus alerte que d'habitude lorsqu'il visitait la cité. Le vacarme des souvenirs n'existait pas dans ce quartier, peut-être construit avant que les Anciens eussent acquis la magie qui leur permettait d'entreposer leur mémoire dans la pierre, et le bruit de leurs pas semblait plus fort, la chaleur de la main de Sédric plus intime. Tous les sens de Carson s'affûtaient ; il se sentait plus lui-même et se demandait, mal à l'aise, qui il était jusque-là.

« Là ! s'exclama soudain Sédric en tendant le doigt.

— Qu'est-ce que c'est ? »

Carson avait l'impression de reconnaître ce qu'il voyait, mais le souvenir restait hors de portée.

« Je l'ignore ; je sais seulement que c'est important. »

Le chasseur fut pris d'un frisson, mais non à cause du froid. Autre chose. Angoisse ? Plaisir anticipé ? Il leva la tête et huma l'air ; peut-être avait-il perçu l'odeur d'un prédateur ? Non, rien. Mais une excitation presque sexuelle s'empara soudain de lui, et, comme un picotement lui parcourait tout le corps, il sut qu'elle ne venait pas de lui. Crache, jamais loin de ses pensées, savait quelque chose sur cette partie de la cité, ou il n'en était pas loin ; quelque part, le petit dragon argenté avait incliné les ailes en se désintéressant du cerf qu'il survolait, et il retournait à la cité aussi vite qu'il le pouvait. Carson parcourut les alentours du regard en s'efforçant de voir ce que son dragon avait observé par ses yeux.

Il se trouvait sur une place, ni aussi vaste ni aussi grandiose que beaucoup de celles de la partie neuve de la cité, et au milieu trônait un tas de gravats ; la destruction paraissait à la fois intentionnelle et récente, ou en tout cas nettement plus récente que les dégâts dus au tremblement de terre. Une chaîne noire sinuait au sol comme un serpent mort, des poutres vert, or et rouge n'étaient plus que petit bois. Les deux hommes s'approchèrent lentement des décombres, et Sédric fut le premier à prendre la parole. « L'ensemble sort d'un trou ; tu vois le mur bas qui l'entoure, ou ce qu'il en reste ? On dirait un puits d'alimentation en eau, en beaucoup plus grand ; mais, avec le fleuve à proximité, pourquoi creuser un puits ici ?

— Ce n'était pas pour tirer de l'eau », dit Carson à mi-voix. Il s'écouta parler comme si quelqu'un d'autre prononçait ces mots puis se tut, à la poursuite d'une idée qui le fuyait. Enfin, il reprit : « De l'argent. » Il avait répété la pensée de son dragon, et il secoua la tête. « Ça ne veut rien dire. »

Mais Sédric parut soudain se redresser, comme une marionnette dont on vient de tirer les fils, et ses yeux s'agrandirent. « De l'argent ? DE L'ARGENT ! » Il avait crié. « C'est ça, Carson ! C'est le lieu de mes rêves, celui de l'Argent. Doux Sâ, tu as raison : c'est le puits d'Argent, la raison pour laquelle Kelsingra a été bâtie ! Souviens-toi, il y a longtemps, tu te demandais pourquoi on avait construit une cité aussi magnifique ici ; à quoi servait-elle, quel commerce, quelle industrie, quel port l'ancraient-ils ici ? Pourquoi créer une cité destinée aux dragons dans une région aussi froide et humide en hiver ? Pourquoi les Anciens y habitaient-ils ? Et voici la réponse : le puits d'Argent ; le cœur secret de Kelsingra. »

Carson battit des paupières. Les paroles de Sédric avaient inondé son esprit de souvenirs vagues qui reliaient des pensées à demi formées et des indices en une trame presque reconnaissable. « Secret, en effet ; un savoir caché à ceux de l'extérieur. Seuls les Anciens avaient le droit de venir ici, dans cette partie de la cité. » Il prit une grande inspiration, et ce fut comme s'il inhalait des informations ; une nouvelle idée apparut dans son esprit, et il plissa le front. « Et pas tous les Anciens ; il n'y en avait que quelques-uns qui avaient le privilège d'accomplir ce devoir. C'était un secret bien gardé, non seulement vis-à-vis du monde extérieur mais aussi dans la cité même. On n'en a jamais conservé le souvenir dans la pierre, du moins exprès ; il était transmis entre responsables du puits d'une génération à l'autre. L'Argent était si rare, si précieux que les sites des puits n'étaient ni marqués sur les cartes ni archivés dans la pierre, comme le secret connu des seuls maîtres d'une guilde – un secret si inestimable que même les dragons n'en parlaient pas aux dragons venus d'autres terrains d'éclosion. »

Il prit une expression triste et lointaine. « Un produit si rare que c'était sans doute la seule chose qui pouvait pousser les dragons à se faire la guerre.

— Comment le sais-tu ? » demanda Sédric avec curiosité.

Carson haussa les épaules. « Une partie me vient de Crache, mais lui-même n'avait pas assez d'éléments pour résoudre le mystère. J'ai passé du temps à chercher les sites où les habitants conservaient les souvenirs du fonctionnement de la cité : le système d'alimentation en eau, le chauffage des bâtiments, la perfection de l'agencement des pierres. J'aime bien savoir comment les choses sont faites, ou plutôt étaient faites. J'ai découvert beaucoup de renseignements sur ce que faisaient ces gens, mais pas grand-chose sur la façon dont ils s'y prenaient ; je pense que ceux qui ont laissé ces souvenirs étaient les mêmes qui s'occupaient du puits et... d'autre chose ici. Ce n'est pas clair, mais je pense que, sans le vouloir, ils ont enfermé des bribes de ces souvenirs avec les autres – assez pour que je les rassemble et que je les reconnaisse, comme si je suivais la piste d'une proie qui ne laisserait pas d'empreintes : une brindille cassée, une feuille déchirée... »

Un instant, le jour perdit de son éclat ; il cligna des yeux, secoua la tête, puis s'aperçut que ce n'était pas un effet de son imagination : il faisait plus sombre. Il leva la tête et en comprit la raison : dans le ciel, les dragons se rassemblaient en un vol tournoyant qui bloquait les maigres rayons du soleil. Ils descendaient peu à peu, Crache en tête ; au loin, Mercor arrivait à toute allure et grossissait à vue d'œil. Il poussa un coup de trompe, et les autres y firent écho. Sans un mot, ils appelaient tous les gardiens à les rejoindre. Carson regarda Sédric, qui souriait. « Je crois qu'ils m'ont entendu. »

Carson, toujours les yeux au ciel, eut une prémonition qui devint un raz de marée de sensations, de jubilations et de plaisirs anticipés qui fit cogner son cœur dans sa poitrine. Il savait qu'il percevait l'écho des émotions des dragons. « Sédric, qu'est-ce que ce "puits d'Argent" ? Qu'est-ce qu'il contient de si particulier ?

— Je ne sais pas exactement. Mercor a dit à Malta que tous les dragons possèdent naturellement de l'Argent dans leur sang et que ça les aide à nous changer en Anciens, mais il doit y avoir autre chose, vu leur impatience à le trouver. À mon avis, nous ne tarderons pas à découvrir en quoi cette substance est si importante. »

Thymara sursauta comme si une épingle l'avait piquée, et, presque aussitôt, Tatou en fit autant. Elle somnolait au creux de son bras sous le toit de verre de l'atrium d'un bâtiment jadis consacré aux fleurs ; les bas-reliefs des murs représentaient des espèces qu'elle n'avait jamais vues, et d'une taille qui lui avait paru parfaitement improbable jusqu'au moment où Tatou avait émis l'idée que les artistes avaient créé des images agrandies afin de montrer tous les détails des corolles. La salle se trouvait au sommet de l'édifice, où les dragons pouvaient pénétrer par une arche après avoir atterri sur une section plate du toit. Un dédale de vastes pots et de jardinières entourait des bancs où les Anciens s'asseyaient pour discuter d'horticulture. Thymara s'était efforcée de s'imaginer disposant d'assez d'heures de loisirs dans sa vie pour passer toute une journée à simplement admirer des fleurs ; elle n'y était pas arrivée. « Est-ce qu'ils les mangeaient ? avait-elle dit, s'interrogeant tout haut. Travaillaient-ils ici à cultiver des fleurs pour leur alimentation ? »

En guise de réponse, Tatou s'était approché de la statue d'une femme avec un panier de fleurs au bras et avait posé ses doigts sur sa main. Il avait pris un air rêveur, le regard lointain. Sous les yeux de la jeune fille, sa conscience s'était retirée pour se glisser dans les souvenirs de la femme au panier. Ses paupières s'étaient baissées, les muscles de son visage s'étaient relâchés et son expression était devenue vide, presque stupide, tandis qu'il parcourait la vie de son hôte. Thymara n'aimait pas l'aspect que cela lui donnait, mais elle savait qu'il ne servait à rien d'essayer de lui parler ; il reviendrait quand il l'aurait décidé et pas avant.

Aussitôt, elle vit ses yeux papillonner, puis il battit des paupières ; il réintégra son visage puis sourit à sa compagne. « Non, on cultivait les fleurs pour leur beauté et leur parfum uniquement ; elles venaient de très loin, d'un pays beaucoup plus chaud, et elles ne s'épanouissaient que dans cette salle. Cette Ancienne avait écrit sept ouvrages sur elles où elle les décrivait en détail, donnait des conseils sur les soins à leur prodiguer et indiquait comment les forcer à fournir des fleurs plus volumineuses ou changer subtilement leur couleur et leur odeur grâce à différents types de substrats et additifs dans l'eau d'arrosage. »

Thymara avait ramené ses genoux sous son menton. Les bancs se comportaient comme le lit de sa chambre : apparemment de pierre, ils devenaient moelleux quand on s'y installait. Elle avait secoué la tête, abasourdie. « Et cette femme a consacré des mois de sa vie à ces recherches.

— Non : des années. Et ça lui valait le respect de tous.

— Je ne comprends pas.

— Moi, je commence. Je pense que c'est en rapport avec l'espérance de vie. » Il se tut puis s'éclaircit la gorge, l'air mal à l'aise. « Quand j'imagine le temps qu'il nous reste peut-être à vivre, le nombre d'années que je passerai peut-être avec toi, je vois les choses différemment. »

Elle l'observa d'un air étrange, et il vint s'asseoir près d'elle sur le large banc ; un moment, il soutint son regard, puis il s'étendit et contempla le ciel à travers le verre strié de poussière. « On a parlé, Kanaï et moi ; de toi. »

Elle se raidit. « Vraiment ? » demanda-t-elle d'un ton glacial.

Un petit sourire tira les lèvres de Tatou. « Oui. Ça te plairait plus si je te disais qu'on s'est battus ? On savait tous les deux qu'on en arriverait peut-être là. Kanaï change à force d'absorber les souvenirs de son Ancien ; il devient plus… » Il s'interrompit, cherchant le mot qui convenait. « Assuré, dit-il enfin, mais la jeune fille sentit que ce n'était pas exactement le terme qu'il voulait. Et c'est lui qui a été assez raisonnable pour venir me trouver et me dire qu'il ne tenait pas à ce que ça finisse en bagarre entre nous ; qu'on était amis depuis trop longtemps pour se brouiller, surtout par jalousie. »

Thymara se tenait raide à côté de lui ; elle s'efforçait de comprendre non seulement ce qu'elle ressentait mais pourquoi elle le ressentait. Elle était vexée. Furieuse. Pourquoi ? Parce qu'ils étaient passés par-dessus elle et avaient peut-être pris une décision qui eût dû l'inclure. Elle s'imposa le calme. « Et qu'avez-vous décidé ? »

Sans la regarder, il lui saisit la main ; elle le laissa faire mais ne réagit pas à la pression de ses doigts. « On n'a rien décidé, Thymara ; notre conversation ne portait pas là-dessus. On n'est pas Graffe, ni lui ni moi, et on ne croit pas pouvoir t'obliger à faire un choix. Tu nous as convaincus ; quand tu voudras sortir avec l'un de nous, si ça arrive, tu feras ce que tu voudras. Jusque-là… » Il poussa un petit soupir et la regarda enfin.

« Jusque-là, tu attendras », dit-elle avec un léger frisson de satisfaction : il comprenait qu'elle dominait la situation.

« J'attendrai. Ou je n'attendrai pas. »

Surprise, elle se tourna vers lui. Elle éprouvait une curieuse impression à le voir aujourd'hui en se rappelant l'adolescent à la peau lisse de naguère ; son dragon avait incorporé son tatouage d'esclave à ses écailles, mais le cheval qui ornait sa joue avait un aspect plus draconien désormais. Elle faillit lever la main pour le toucher mais se retint. « Que veux-tu dire ?

— Que je suis aussi libre que toi, c'est tout. Je pourrais m'en aller trouver quelqu'un d'autre…

— Jerd, gronda-t-elle.

— Elle m'a fait clairement comprendre que ça l'intéressait, oui. » Il se tourna sur le flanc et tira sur la main de Thymara ; à contrecœur, elle s'étendit près de lui, et, au bout d'un moment, le banc s'adapta à ses ailes et lui fit un berceau. Elle fixa sur Tatou un regard froid, et il sourit. « Mais je pourrais aussi rester seul, ou attendre que d'autres viennent nous rejoindre, ou encore partir à la recherche de quelqu'un d'autre. J'ai tout mon temps. C'est de ça qu'on a parlé, Kanaï et moi : du fait que, comme ça paraît probable, on vivra peut-être deux, voire trois siècles, et qu'on a donc tous du temps. Rien ne presse ; on n'est pas forcés de vivre comme des gamins qui se battent pour des jouets. »

Pour des jouets. Elle, un jouet ? Elle voulut s'écarter de lui.

« Non, écoute-moi, Thymara ; j'ai réagi comme toi quand Kanaï m'a parlé, comme si mes sentiments étaient rabaissés, comme s'il me disait d'attendre qu'il en ait fini avec toi pour pouvoir t'avoir. Mais ce n'était pas ça du tout ; au début, je trouvais ridicule tout ce temps qu'il passait dans la pierre de mémoire, mais je crois qu'il a appris quelque chose. Selon lui, plus on jouit d'une longue existence, plus il est essentiel de garder ses amis, de ne pas se lancer dans des disputes qu'on peut éviter. » Son sourire s'effaça légèrement et il prit l'air un peu troublé. « Dans la peau d'un soldat, il a appris que les grandes amitiés sont ce qu'il y a de plus important. Les objets se cassent ou se perdent ; tout ce qu'on est sûr de conserver, c'est ce qu'on a dans l'esprit et dans le cœur. »

Il leva sa main libre pour suivre du doigt le contour du visage de Thymara. « Il a dit que, quel que soit ton choix, il voulait rester ami avec moi, et il m'a demandé si je pouvais en faire autant, si je pouvais accepter que ta décision soit la tienne et non la lui reprocher.

— Je crois que c'est ce que j'essayais de vous dire, murmura la jeune fille, mais elle chercha au fond d'elle-même si c'était la vérité.

« Il a ajouté autre chose qui m'a donné à réfléchir : d'après ce qu'il se rappelait des pierres, certains Anciens avaient le même problème, et ils l'ont résolu en n'étant pas jaloux, en ne limitant pas chaque femme à un homme, ou chaque homme à une femme. » Il se détourna pour regarder le ciel, et elle se demanda ce qu'il voulait l'empêcher de lire dans ses yeux. La crainte qu'elle ne fût d'accord ? L'espoir ? Ce n'était pas la première fois qu'elle entendait ce genre de théorie ; Jerd laissait clairement comprendre qu'elle partagerait ses faveurs avec qui elle le souhaitait et que les gardiens ne devaient pas se sentir propriétaires d'elle simplement parce qu'ils passaient une nuit avec elle, ou tout un mois. Trois ou quatre des garçons paraissaient accepter cette relation ; Thymara avait surpris de leur part quelques réflexions malsonnantes sur elle, mais elle semblait mettre en place une véritable association avec eux dans laquelle ils étaient aussi liés les uns aux autres qu'à elle. Thymara doutait que le système tînt sur le long terme mais avait résolu de ne pas s'intéresser à la situation.

Mais si c'était la solution que Tatou tentait de proposer… Elle répondit avec raideur : « Si c'est ce que tu espères, je regrette, Tatou, mais je ne pourrais pas sortir avec toi et Kanaï en même temps, pas plus que je ne pourrais te partager avec une autre, même si ce n'est pas Jerd. Mon cœur ne fonctionne pas ainsi. »

Il poussa un grand soupir de soulagement. « Le mien non plus. » Il se tourna vers elle, et elle le laissa lui prendre les mains. « J'étais prêt à cette concession si c'était le seul avenir que tu voyais, mais je n'en avais pas envie. Je te veux tout à moi, Thymara, même si je dois attendre. »

L'émotion profonde qu'elle sentit dans ses propos la surprit, et il sut déchiffrer son expression. « Thymara, ce n'est pas un hasard si je suis à Kelsingra : je suis venu à cause de toi. Je vous ai dit, à ton père et à toi, que je cherchais l'aventure, mais je mentais : je te suivais, non parce qu'il n'y avait aucun avenir pour moi à Trehaug mais parce que, je le savais, il n'y avait d'avenir pour moi nulle part si tu n'étais pas avec moi. Si j'ai des sentiments pour toi, ce n'est pas parce que nous sommes réunis ici par accident, ni parce que tu es une bonne chasseuse, ni même à cause de la beauté que tu es devenue. C'est à cause de toi. Je suis venu à cause de toi. »

Elle ne sut que lui répondre.

Il reprit comme s'il devait combler le silence : « Il y en a parmi les autres qui me considèrent comme un imbécile parce que je refuse les compromis. L'autre soir, après le dîner, quand tu es allée te promener avec Kanaï, Jerd m'a pris à part pour me dire qu'il y avait chez elle un objet tout en haut d'une étagère et qu'elle ne pouvait pas atteindre. C'était une feinte : il n'y avait rien du tout, mais, quand on a été seuls, elle m'a dit qu'elle n'avait pas ton problème avec les hommes, que si j'avais envie d'elle je pouvais sortir avec elle et continuer à te draguer si j'avais aussi envie de toi. Et qu'elle pouvait garder tout ça secret, que tu ne saurais jamais rien. » Il regarda Thymara et ajouta vivement : « C'est elle qui parlait, pas moi. Je n'étais pas d'accord et j'ai refusé sa proposition. » Plus bas, il continua : « Je ne commettrai pas deux fois l'erreur de me fier à elle. N'empêche qu'elle a réussi à me donner l'impression que j'étais un gamin incapable de se dispenser des "anciennes règles" et de "vivre comme ça me chante". Elle m'a ri au nez. » Il se tut un moment puis s'éclaircit la gorge. « Kanaï m'a donné le même sentiment, et, même s'il ne s'est pas moqué de moi, il m'a dit que je changerais d'avis d'ici quelques dizaines d'années. Ces idées ne le dérangent pas, mais moi si.

— Alors je dois être aussi gamine et aussi soumise aux règles que toi, parce que je pense comme toi. » Elle posa la tête sur son épaule et demanda d'un ton hésitant : « Mais si je te dis que je ne me sens pas encore prête, changeras-tu d'avis ?

— Non. J'y ai bien réfléchi, Thymara ; si je dois attendre, j'ai tout mon temps. Pas la peine de se presser ; pas la peine de se dépêcher d'avoir des enfants avant l'âge de vingt ans parce qu'on risque de mourir avant quarante. Les dragons ont tout changé : on a du temps. »

Je suis peut-être prête, alors. Elle faillit prononcer ces mots tout haut. L'entendre déclarer qu'il ne chercherait plus à l'obliger à faire son choix, qu'il comprenait qu'avec elle leur relation devrait rester exclusive avait confirmé ce qu'elle pensait de lui. Elle dit : « Tu es bien l'homme que je croyais.

— J'espère bien. » Et ils n'avaient plus bougé, tant et si bien que Thymara avait commencé à s'endormir. L'intervention excitée de Sintara l'avait réveillée.

« De l'Argent ! » s'exclama-t-elle, et Tatou lui fit écho presque au même instant, avec l'inflexion enthousiaste de son propre dragon. Mais il posa un regard perplexe sur la jeune fille. « Un puits d'Argent ? Le fameux puits d'Argent ? » Il n'en croyait pas ses oreilles. « Est-ce qu'on a rêvé ? »

Elle secoua la tête avec un large sourire. « Sintara dit que c'est Carson et Sédric qui l'ont trouvé ; elle m'a montré où. » L'emplacement du puits réorganisa soudain son plan mental de la cité, et elle cilla. Évidemment ! Tout devenait clair, et le savoir remonta de souvenirs enfouis, le secret que seuls les Anciens et les dragons devaient connaître, la seule information que le monde extérieur ne devait jamais apprendre, la raison même de l'existence de Kelsingra et de sa situation géographique. Elle ne sourit pas :

la découverte était trop immense pour cela. « C'est l'Argent des dragons ; la source de toute magie. »

Selden s'éveilla en entendant des murmures : la voix d'un homme, insistante et comme moqueuse, et celle d'une femme, indignée et au bord de la colère. « Je le dirai à mon père !

— Qui crois-tu qui m'a donné la clé ? Qui crois-tu qui a ordonné aux gardes de me laisser aller et venir à ma guise ?

— Vous ne m'avez pas épousée ! Vous n'avez pas le droit de me toucher ! Allez-vous-en ! Arrêtez ! »

Il fallut un moment à Selden pour comprendre qu'il ne dormait plus, qu'il ne rêvait pas, et qu'il connaissait la voix féminine. Tant bien que mal, il se redressa en position assise sur l'étroit divan. Il ne restait plus que des braises du feu dans le petit âtre ; il était donc tard dans la nuit. Il parcourut des yeux la pièce exiguë. Il n'y avait personne ; était-ce un rêve, finalement ?

Non : une voix d'homme, basse et furieuse. « Viens ici ! » Dans la pièce voisine.

Selden se tint la tête à deux mains pour empêcher les murs de tournoyer puis fut saisi d'une quinte de toux ; les voix se turent aussitôt.

« Vous l'avez réveillé ! s'exclama Chassim. Il faut que j'aille voir comment il va. Vous ne voudriez quand même pas qu'il meure avant que mon père ait pu le tuer ? » Elle avait pris un ton d'extrême dégoût pour s'adresser à son interlocuteur.

« Il peut attendre que j'aie fini », répliqua l'homme sèchement. Ces mots furent suivis du fracas d'un meuble renversé puis d'un cri de la femme, soudain étouffé.

La longue robe que Chassim avait donnée à Selden était entortillée autour de ses hanches et lui entravait les jambes ; il posa les pieds sur le sol et s'efforça de se libérer. « Chassim ! » lança-t-il avant de s'étrangler en toussant. Il se leva avec l'impression d'être trop grand et d'osciller comme un roseau dans le vent ; ses genoux commencèrent à fléchir, et il se rattrapa au dossier du divan ; il fit deux pas chancelants et ses mains tendues touchèrent le bois épais de la porte. Il n'était pas sorti de la pièce depuis son arrivée, et il ignorait donc où menait cette issue. Il frappa les lourds panneaux du plat de la main, puis il trouva la poignée et tira sur le pêne ; la porte s'ouvrit, et il accompagna son mouvement d'un pas titubant. Chassim était allongée sur un lit, immobilisée par un personnage corpulent ; d'une main, il la tenait à la gorge tandis que, de l'autre, il retroussait sa chemise de nuit. La femme s'évertuait à repousser la main qui la suffoquait, la tête rejetée en arrière, les tresses défaites, la bouche grande ouverte et les yeux exorbités par la terreur de ne pas pouvoir respirer.

« Lâchez-la ! » cria-t-il, et il se retrouva hors d'haleine. Il avança en chancelant, convulsé de toux, saisit un pot de fleurs et le lança sur l'agresseur ; il rebondit sur son dos et tomba au sol, intact, avant de rouler en un demi-cercle en répandant de la terre. L'homme regarda par-dessus son épaule ; sa figure déjà rouge d'excitation devint violacée de rage. « Dehors ! Sors d'ici ou je te tue tout de suite, monstre !

— Chassim ! s'exclama Selden en voyant la langue de la femme commencer à sortir de sa bouche. Elle va mourir ! Lâchez-la !

— J'ai le droit de la tuer ! Tout comme toi ! » hurla Ellik. Il se redressa, libérant sa victime, pour se diriger vers Selden.

Il y avait une statuette en bronze à portée de la main. Le jeune homme la jeta au chancelier et la vit le manquer pour percuter le plancher avec un bruit sourd ; puis Ellik l'attrapa par le devant de sa robe, le souleva de terre et le secoua comme une poupée de chiffon. Selden, incapable d'empêcher sa tête de ballotter en tous sens, faisait pleuvoir une grêle de coups sur son assaillant mais il n'y avait de vigueur ni dans ses poings ni dans ses bras ; un enfant en colère se fût battu avec plus d'efficacité. Ellik éclata de rire, moqueur et triomphant, et envoya Selden de côté ; celui-ci heurta le plancher et s'efforça de s'y raccrocher en glissant. L'obscurité réduisit la taille de la pièce puis l'engloutit.

Quelqu'un le tenait par les épaules et le retournait sur le dos. Il se débattit, tâchant de porter un coup à son adversaire, jusqu'à ce qu'il entendît Chassim dire : « Cesse ! C'est moi ; il est parti. »

La pièce était plongée dans la pénombre. Sa vue s'y habitua peu à peu, et il distingua la forme claire de la chemise de nuit de la femme, puis l'or éteint de ses mèches défaites. En voyant son visage ainsi encadré par sa chevelure ébouriffée, il s'aperçut qu'elle était plus jeune qu'il ne l'avait cru ; il écarta ses propres cheveux qui tombaient sur son visage et constata alors qu'il avait mal partout et violemment. Chassim dut le lire sur ses traits car elle dit d'un ton las : « Il t'a gardé quelques coups de pied en sortant.

— Vous a-t-il fait mal ? demanda-t-il, et il vit de petites étincelles de fureur s'allumer dans son regard devant la bêtise de sa question.

— Non. Il m'a seulement violée, et même pas de façon très imaginative : strangulation, gifles et viol. Le grand classique.

— Chassim…, dit-il, choqué, presque sur le point de lui reprocher sa froideur.

— Quoi ? » répliqua-t-elle. Elle avait la bouche enflée mais elle parvint à retrousser les lèvres d'un air perplexe. « Tu croyais que c'était la première fois ? Non. Ou bien veux-tu feindre la surprise et prétendre que les hommes ne font pas ça ? »

Tout en s'exprimant ainsi d'un ton dur, elle s'occupait de Selden avec douceur : elle l'avait pris par les épaules et l'aidait à s'asseoir. Il toussa de nouveau, et c'est avec honte qu'il la vit soulever le coin de sa manche pour lui essuyer les lèvres. Quand il fut en état de parler, il déclara : « Dans mon peuple, on n'approuve pas le viol.

— Non ? Mais je suis sûre qu'il s'en produit quand même.

— En effet », reconnut-il. Il se libéra délicatement de sa poigne. Si elle n'avait été en train de le regarder, il fût allé se recoucher sur son divan. Il sentait tous les coups que lui avait donnés Ellik : un dans les côtes, un dans la hanche et un à la tête. C'était douloureux mais c'eût pu être pire ; une fois, il avait vu un homme se faire rouer de coups puis piétiner. Cela s'était passé devant sa cage lorsqu'on l'exhibait. Les agresseurs étaient ivres, les spectateurs observaient la scène d'un œil moqueur, et Selden n'avait aucune sympathie pour eux, mais cela ne l'avait pas empêché de leur crier d'arrêter et d'appeler au secours, de supplier que quelqu'un mît un terme au martyre de l'homme.

Personne n'était intervenu.

« J'ai essayé de l'obliger à cesser », dit-il, avant de se demander pourquoi il exposait ainsi devant elle son échec. Il parvint à se mettre debout et franchit le bref espace qui le séparait du divan en se tenant aux meubles. Arrivé à destination, il se laissa choir plus qu'il ne s'assit.

Chassim le suivit des yeux puis s'approcha du foyer pour y ajouter un ou deux bouts de bois ; quelques instants plus tard, le feu se réveilla et courut sur les bûchettes. Dans la lumière plus vive, Selden vit que la joue de Chassim virait au violet. « C'est vrai », dit-elle comme si leur conversation ne s'était pas interrompue. Puis elle se tourna vers lui ; assise par terre, ses tresses tombant sur ses épaules, dans sa chemise de nuit claire qui captait l'éclat et les ombres des flammes, elle avait encore plus l'air d'une enfant qu'avant, comme Malta quand ils étaient gamins et qu'ils se glissaient parfois la nuit dans la cuisine pour voir quelles friandises la cuisinière avait pu ranger dans l'office. Il prit soudain conscience que cela remontait à très longtemps ; c'était un petit morceau d'une enfance choyée qui n'avait duré qu'un court moment avant que la guerre et les privations ne la fracassent.

Mais ce n'était pas le regard d'un enfant qu'avait Chassim quand elle demanda : « Pourquoi ? Pourquoi avez-vous fait ça ? Il aurait pu vous tuer.

— Il vous violentait, et c'était mal. Et vous avez été bonne pour moi… » Il était sidéré par la question. Était-ce donc si étrange ? Il chercha plus loin en lui et trouva une franchise douloureuse. « Ça m'est arrivé un jour. » Les mots sortirent seuls, et il resta horrifié : il n'avait jamais voulu en parler à quiconque. Si quelqu'un d'autre était au courant, l'événement devenait réel.

Elle le contemplait fixement de son regard bleu agrandi, et il se demanda ce qu'elle pensait de lui à présent. Quelle part d'humanité avait-il perdu à ses yeux ?

« Comment ? » fit-elle enfin, et il se rendit compte qu'elle ne saisissait pas ce qu'il avait dit.

Il prit un ton brusque et comprit soudain l'indifférence dure avec laquelle elle avait parlé de ce que lui avait fait subir Ellik. « Il y avait un homme qui avait envie de moi, pour la nouveauté, je pense, comme quand certains s'accouplent avec des animaux pour voir ce qui change. Il a grassement payé celui qui me gardait, et mon gardien m'a laissé seul avec lui dans ma cage. Alors… on aurait dit qu'il était fou, comme si j'étais un objet, pas même un animal. J'ai résisté, je me suis battu, et pour finir j'ai supplié quand j'ai compris qu'il était beaucoup plus vigoureux que moi. Rien n'y a fait, et il m'a fait mal. Très mal.

Et puis il s'est retiré et s'en est allé. Quand on est victime de quelqu'un qui prend plaisir à donner une souffrance indicible sans aucun remords, ça change la façon dont on se voit et ce qu'on peut croire des autres. Ça change tout. » Il se tut, à court de mots.

« Je sais », répondit-elle simplement.

Le silence s'installa. Le feu crépitait, et Selden se sentait plus nu qu'à l'époque où on l'exhibait sans aucun vêtement à la foule. « Je suis tombé malade pendant des jours, vraiment malade : je souffrais horriblement, je saignais et j'avais de la fièvre. Je crois que je n'ai jamais complètement recouvré la santé depuis. » C'était une avalanche de paroles, et il porta la main à sa bouche pour l'arrêter. Des larmes qu'il n'avait pas versées alors ni depuis lui piquaient les yeux, larmes d'un enfant abîmé, meurtri, impuissant contre la violence subie. Il s'efforça de les retenir avec ce qui lui restait d'humanité et de dignité.

« La chair se déchire quand on la force. » Chassim décrivit la cruelle réalité dans un murmure. « J'ai entendu des gens, d'autres femmes, s'en moquer, en parler comme d'un acte que certaines femmes méritent ou d'une façon de pimenter la chose, d'une forme de mise en scène pour accroître l'excitation. Je ne les suis pas ; j'ai envie de les gifler et de les étrangler jusqu'à ce qu'elles comprennent. » Elle se leva lentement, et Selden vit la douleur qu'il lui en coûta. Elle resta quelques instants à reprendre son souffle puis elle se pencha pour tirer une couverture sur lui. « Dors, dit-elle.

— Demain sera peut-être un meilleur jour, risqua-t-il, puis il fut pris d'une quinte.

— Ça m'étonnerait, répondit-elle sans amertume. Dans tous les cas, c'est le seul que nous aurons. » Elle se dirigea lentement vers la porte et s'y arrêta. « Ta dragonne… » Elle se retourna. « Ça t'a fait mal quand elle t'a changé ? »

Il secoua la tête. « Parfois, c'est un peu pénible, mais ce que nous partagions en valait la peine. J'aimerais pouvoir mieux l'expliquer.

— Sait-elle où tu es aujourd'hui ? Sait-elle qu'on t'a fait du mal ?

— Je ne pense pas.

— Si elle était au courant, viendrait-elle te secourir ?

— J'aimerais le croire, murmura-t-il.

— Moi aussi », répondit-elle. Et, sur cette étrange réflexion, elle sortit.

Cinquième jour de la Lune du Labour

Septième année de l'Alliance Indépendante des Marchands

De Jani Khuprus, des Marchands du désert des Pluies, Trehaug, à Ronica et Keffria Vestrit, des Marchands de Terrilville, Terrilville

Keffria, j'ai suivi votre conseil. Je vous ai envoyé une longue explication de l'absence de Malta dans un paquet scellé à la cire qui se trouve actuellement à bord de la vivenef Ophélie, *aux bons soins du capitaine Tenira ; c'est, nous le savons tous, un homme parfaitement honorable. Je vous prie de garder le plus grand secret sur les renseignements que je vous donne ; j'attends pour ma part d'autres nouvelles, mais je vous ai déjà fait parvenir ce que je sais. Je regrette de devoir me montrer aussi évasive et vous obliger à patienter jusqu'à l'arrivée de mon paquet, mais je partage votre répugnance à confier des informations sur des questions familiales confidentielles aux oiseaux de la Guilde.*

Je compatis à votre inquiétude mortelle concernant le sort de Selden. Si seulement nous avions ne fût-ce qu'une petite certitude sur ce qui lui est arrivé ! Nous avons envoyé une réponse à Hiémain pour lui dire que nous attendons toujours des nouvelles.

Pour le reste, tout va au mieux ici, si l'on exclut nos inquiétudes quotidiennes pour Selden.

Je vous en prie, si vous apprenez quelque chose de positif sur notre fils, transmettez-le nous le plus vite possible par pigeon ; c'est un message que je partagerais volontiers avec le monde entier.

Que Sâ nous protège tous !

Jani

12

Guerrier dragon

L'interminable poursuite continuait, et Hest en était malade. Il n'éprouvait nulle sympathie pour la créature qu'ils chassaient, mais l'ennui absolu entrelardé de situations dangereuses et incontrôlables lui retournait l'estomac.

Le Chalcédien et ses acolytes étaient décidés à capturer la dragonne, à la vider de son sang et à la dépouiller de ses écailles, de ses yeux, de sa chair, langue, foie, rate et autres bas morceaux sur lesquels ils salivaient chaque soir quand Hest faisait le service à la table de la coquerie. Ce soir-là, le Chalcédien et ses hommes manifestaient un joyeux optimisme ; ils tapaient de la chope sur la table pour appuyer leurs exclamations et se félicitaient de l'intelligence et du courage avec lesquels ils persévéraient dans leur entreprise : la dragonne était à eux, et, avec sa mort, c'est la gloire qu'ils récolteraient. Ils l'abattraient, la dépèceraient et rentreraient chez eux célèbres, riches et, mieux que tout, assurés de leur sécurité et de celle des leurs. Le duc cesserait ses menaces et les inonderait de présents et de faveurs ; les fils chéris, trop longtemps retenus en otage dans d'atroces conditions, leur seraient rendus.

Ils parlaient ainsi quand l'obscurité les forçait à renoncer à leur lente chasse et à s'amarrer pour la nuit ; à l'aube, ils se remettaient à suivre la dragonne. Cette satanée bestiole refusait de mourir ; elle fuyait lentement devant eux, de son pas pesant, jour après jour, et peut-être aussi pendant une bonne partie de la nuit. Chaque matin, les bateaux étanches bataillaient contre le courant pour la rattraper. À deux reprises, elle s'était embusquée et avait jailli sur eux pour les faire chavirer ; elle avait brisé des rames et dévoré deux rameurs qui étaient tombés ou avaient été précipités par-dessus bord par ses attaques. Elle avait paru prendre grand plaisir à les broyer lentement entre ses mâchoires pendant qu'ils hurlaient de souffrance.

Rien de tout cela n'avait découragé le Chalcédien ; le seigneur Dargen s'acharnait.

Des prisonniers de l'entrepont avaient remplacé les rameurs disparus, et on les avait enchaînés à leurs bancs de nage comme des esclaves. Les négociants et les Marchands faisaient de piètres substituts aux esclaves et aux matelots endurcis au travail. Pourtant, le Chalcédien et ses sbires ne paraissaient pas se soucier que, sur vingt flèches tirées sur la dragonne, dix-neuf manquent leur cible ou ricochent avant de tomber à l'eau : si la vingtième déchaussait une écaille ou se plantait ne fût-ce que quelques instants dans une zone vulnérable, ils poussaient des rugissements de victoire.

Hest ne comprenait pas pourquoi ils se donnaient tant de mal : à l'évidence, la créature était à l'agonie ; son état s'aggravait apparemment d'un jour à l'autre, et elle était sûrement incapable de s'envoler. Une de ses ailes restait constamment à demi ouverte à un angle anormal ; ses couleurs étaient ternes, et elle laissait derrière elle une odeur effrayante de viande pourrie. Délogée du site où elle avait enfin décidé de se reposer, elle mettait toute son énergie à rester hors de portée des flèches ; parfois elle cherchait refuge dans les roseaux qui poussaient dans la boue le long de la berge : couchée, elle y devenait quasiment invisible. Alors le seigneur Dargen forçait certains de ses hommes à débarquer pour la harceler et l'obliger à se montrer ; quelques-uns finissaient en casse-croûte. À part lui, Hest pensait que, si le Chalcédien cessait de donner ses sbires en pâture à la dragonne, elle succomberait plus vite à ses blessures.

Mais il n'en disait rien : il ne tenait pas à se retrouver au bout d'une rame ; cependant il craignait que cela ne devînt inévitable vu la vitesse avec laquelle le seigneur Dargen sacrifiait ses hommes. Le Chalcédien ne lui adressait plus guère d'ordres ; Hest se tenait affairé, loin du regard de l'homme, et faisait tout son possible pour se rendre à la fois utile et invisible. Des heures durant, il exécutait des corvées : nettoyer les tables, remuer dans le gruau ou la soupe, et toute autre tâche grâce à laquelle il pouvait s'occuper. Il songeait amèrement qu'il était devenu l'esclave idéal, celui qui trime constamment sans avoir besoin d'instructions.

Mais pires que le labeur incessant étaient les moments de terreur absolue quand la dragonne attaquait le bateau. Il avait découvert qu'elle pouvait se retourner pour se déchaîner à tout instant pour peu qu'on l'eût assez tourmentée ; ses rugissements manquaient d'entrain et ressemblaient plus à la réaction d'un rat acculé qu'à celle d'un prédateur furieux, mais chaque attaque endommageait l'un ou l'autre des navires et, assez souvent, coûtait une vie humaine.

« Hest ! »

Il sursauta en entendant son nom, et les hommes attablés éclatèrent de rire. Pas le Chalcédien : il fronçait les sourcils, mécontent de son serviteur. Hest s'efforça de ne pas prendre l'air apeuré, car il avait plusieurs motifs de crainte : il avait volé deux morceaux de jambon le matin même sous couvert de laver la poêle, et chipé un manteau détrempé qu'un des Chalcédiens avait laissé tomber sur le pont après une douche inattendue que leur avait infligée la dragonne. Il lui servait à présent de couverture, et Hest se réjouissait pitoyablement du maigre confort qu'il lui fournissait. Mais, alors que l'angoisse montait en lui, il maudissait sa bêtise : il n'avait pas si froid et les planches du pont n'étaient pas si dures ! Ces petits inconvénients ne valaient pas sa vie !

Le vin, ou peut-être les récentes éclaboussures d'eau acide, rougissait les joues et le nez du Chalcédien. Tous les hommes étaient dans un triste état, et Hest n'osait pas imaginer de quoi lui-même avait l'air ; il avait les mains et les bras rouges, la peau à vif jusqu'aux coudes à force de passer son temps à faire la vaisselle, la lessive, et à tout nettoyer. Mais son maître sortit une grosse clé en bronze du sac accroché à sa ceinture et dit : « Va dans la deuxième soute arrière et rapporte-nous le tonnelet d'alcool de Bord-des-Sables. » Il parcourut ses hommes du regard en titubant légèrement. « Je ne crois pas qu'il soit prématuré de fêter l'événement. Demain, elle sera à nous. La lance qu'a envoyée Binton s'est enfoncée profondément ; avez-vous vu son sang bouillonner au contact de l'eau ? Du sang de dragon ! Nous en aurons bientôt en quantité ; alors il est avisé de vider le tonnelet pour l'en remplir ! »

Deux hommes poussèrent des exclamations enthousiastes, mais les autres secouaient la tête, et le cœur de Hest se serra quand l'un d'eux lui reprit la clé et la fourra dans la poche de son maître. La colère fit rougeoyer la figure du Chalcédien, et Hest sut qu'il en serait la victime. « Ton maître est ivre. Seul un imbécile fête la victoire avant de l'avoir remportée. Reconduis-le à son lit pour la nuit. Demain, peut-être, tu devras nous apporter ce tonnelet. »

Le seigneur Dargen se dressa en chancelant, la main au-dessus d'un de ses méchants petits poignards. « Ce n'est pas toi qui commandes ici, Clard ; tu ne dois pas l'oublier. »

L'autre ne baissa pas les yeux. « Je le sais, seigneur Dargen ; vous êtes notre chef et c'est vous qui supportez les exigences de ce rôle. Mais c'est vous que je suis, non le vin qui remplit votre ventre ! » Il eut un sourire malicieux, et, au bout d'un moment, la fureur disparut des traits du Chalcédien ; il hocha lentement la tête, et des sourires soulagés naquirent sur les lèvres des autres convives.

Le seigneur Dargen se tourna vers Hest. « Je vais me coucher. Prenez une bougie et précédez-moi, Marchand de Terrilville. De retour en Chalcède, je vous prendrai peut-être comme valet ; je n'en ai jamais eu, mais vous paraissez équipé pour la tâche – du moment que vous ne laissez pas traîner vos mains partout. »

Les autres hommes explosèrent de rire. Brûlant de rage, Hest tordit néanmoins la bouche en un sourire approximatif, tiraillé entre l'atterrement devant pareille perspective et la haine de son ravisseur. Finir dévoré par la dragonne ou au fond du fleuve serait-il un sort plus terrible ? Tout en protégeant du vent la flamme de la bougie sur le chemin du rouf et de sa cabine, il regretta de n'avoir pas le courage de pousser l'ivrogne par-dessus bord, alors qu'une partie plus avisée de lui-même lui rappelait comment les compagnons du Chalcédien réagiraient à la perte de leur chef.

La mort n'était plus très loin ; les mangeurs de charogne et les buveurs de sang le savaient, et ils grouillaient autour d'elle. Sans attendre, certains s'avançaient vivement dans l'espoir d'emporter un morceau de sa chair ou de s'accrocher à une de ses plaies. Elle avait envie de s'en débarrasser, de lancer la tête pour faire son repas des prédateurs, mais elle se retenait ; qu'ils viennent donc. Tintaglia se déplaçait en silence sans prêter attention aux hordes de petits vers vampires ni aux poissons qui s'acharnaient à vouloir emporter des bouchées de sa chair. Ils se nourriraient peut-être d'elle ce soir et festoieraient probablement d'elle demain, mais nul humain ne la viderait de son sang ni ne la dépouillerait de ses écailles ; nul homme ne lui ouvrirait le ventre pour arracher son cœur, les mains sanglantes. Non. Si elle ne pouvait leur échapper, elle ferait au moins en sorte de les entraîner avec elle dans la mort.

Plus tôt dans la journée, elle avait pris un peu de repos, si on pouvait parler de repos ; le soir tombant, elle avait repéré une trouée dans la muraille des arbres et s'y était glissée ; sans pouvoir s'enfoncer très loin, elle s'était installée avec raideur entre les troncs et les racines, et, percluse de douleur, avait fermé les yeux quelque temps.

Et elle avait rêvé.

Elle s'en était étonnée ; ces derniers temps, quand elle trouvait un coin et un moment pour dormir, l'épuisement l'entraînait dans une caverne ténébreuse qui ne ressemblait guère au sommeil. *C'est plutôt la morsure de la mort*, songea-t-elle. Mais ce bref repos lui avait fourni un embryon d'idée ; un souvenir atavique s'était éveillé en elle, et, à son réveil, il l'attendait. Tous les bateaux ont un point faible ; ils ont besoin d'un gouvernail ou d'un aviron pour se guider. Cela détruit, les navires seraient incapables de manœuvrer efficacement.

Elle avait commis une erreur en fuyant et en les laissant la poursuivre ; les seules occasions où elle avait versé leur sang, c'est quand elle les avait attaqués par surprise. Mais ils avaient appris à anticiper ces embuscades, et elle avait agi alors qu'ils étaient aux aguets, vigilants, les armes à portée de main, et aidés par la lumière du jour. À présent qu'elle retournait vers les bateaux en se déplaçant lentement et en silence dans l'eau, un petit sifflement de satisfaction lui échappa : les lanternes des bateaux à l'ancre trahissaient leur position et jetaient les pâles silhouettes des hommes sur la face du fleuve. Elle-même leur serait presque invisible, ombre noire sur l'eau ténébreuse.

Elle ne se faisait pas d'illusions : c'était sa dernière chance de survie. Si elle ne détruisait pas ses ennemis ce soir, ou du moins si elle ne les mettait pas hors d'état de nuire, elle ne se voyait pas capable de supporter un autre jour de harcèlement. L'infection de sa blessure d'origine paraissait s'être étendue à toutes les petites plaies qu'ils lui avaient infligées, et, loin de guérir, elle sentait sa santé et ses forces décliner. Si elle pouvait se reposer, tuer une proie et manger, elle trouverait peut-être l'énergie de poursuivre sa route jusqu'à Kelsingra. Voler était hors de question ; elle était quasiment infirme d'une aile, et l'idée de bondir dans les airs, de déployer ses ailes et de s'élever dans le ciel n'était plus qu'un rêve lointain.

Ses poursuivants avaient mouillé leurs bateaux le nez au courant ; elle devrait les dépasser le plus discrètement possible avant de se retourner pour attaquer. Elle espérait les mettre hors de combat et prendre la fuite avant que les hommes eussent le temps de réagir. Ce n'était pas la façon commune de combattre des dragons, mais elle vivait en une époque inhabituelle. Elle portait en elle des œufs qui arriveraient à maturité et finiraient par être prêts à pondre. Elle avait senti l'odeur d'autres dragons sur un des navires abîmés ; il existait donc une petite chance qu'une colonie de congénères viables se fût établie à Kelsingra. Mais c'était difficile à croire, et, tant qu'elle n'avait pas de certitude, le sort de son espèce reposait sur elle. Si ces humains imbéciles acharnés à la tuer parvenaient à leurs fins, ils risquaient d'éradiquer les dragons à jamais.

Cette perspective affermit sa résolution : elle causerait des avaries aux bateaux et s'échapperait ; et, une fois guérie, elle reviendrait détruire non seulement ces hommes mais le nid immonde d'où ils sortaient. Elle les avait entendus parler et avait reconnu certains mots grâce à des souvenirs ancestraux. *Je sais où vous naissez*, songea-t-elle. *Moi et mes rejetons nous abattrons sur votre terre et ne laisserons pas un seul de vos nids intacts. Nous ferons ripaille de vos semblables et de vos enfants, et nous empoisonnerons vos trous d'eau avec des charognes. C'est vous qui serez éradiqués, et nul souvenir de vos traditions ne survivra.*

Elle était si près désormais qu'elle entendait leurs voix étouffées et leur rire stupide. *Riez bien, pour la dernière fois*, pensa-t-elle. Son chemin la ferait passer entre les deux navires à l'amarre, dans une eau assez profonde pour la dissimuler, mais pas au point de lui faire perdre pied. Elle fléchit légèrement les pattes de façon que seuls ses yeux et ses narines émergent, et elle entama son approche silencieuse.

L'haleine chargée du vin de Hest, le seigneur Dargen marchait d'un pas titubant, agrippé à l'épaule de son esclave qu'il abreuvait d'injures quand il se prenait les pieds dans le bastingage. « Arrête-toi. Arrête-toi ! ordonna-t-il soudain. Il faut que je pisse. Reste avec moi, Terrilvillien, et admire l'arme que porte un Chalcédien. » Hest se dit qu'il était décidément très soûl.

L'homme s'approcha de la lisse sans lâcher l'épaule de Hest, et ce dernier ne put que le suivre. Il s'écarta, écœuré, tandis que son maître bafouillait des commentaires lubriques sur le prétendu désir qu'il inspirait à Hest et le fait que ce dernier était piètrement monté. La nuit n'avait rien de paisible ; des cris d'animaux retentissaient dans la forêt proche, et les mousses luminescentes qui pendaient des branches emplissaient les arbres de spectres irrités. L'éclat jaune des lanternes s'échappait des hublots en longs rais de lumière tendus sur le fleuve. Une ride sur l'eau attira l'attention de Hest ; il plissa les yeux en se demandant ce qui troublait le lent courant entre les bateaux. Un grand œil luisant se braqua sur lui puis disparut sous une paupière.

« La dragonne ! cria Hest. Elle est à côté de nous ! La dragonne est dans le fleuve !

— Idiot ! s'exclama le Chalcédien. De quoi as-tu peur ? D'un cochon de rivière ? D'un tronc flottant ? » Le seigneur Dargen se pencha par-dessus bord. « Il n'y a rien ! Rien que de l'eau et l'imagination d'un poltron ! » Avec une force inattendue, il saisit Hest par le poignet et l'attira près de lui. « Regarde, pleutre de Terrilvillien ! Que vois-tu ? Rien que de l'eau noire ! Je devrais t'y jeter pour que tu le constates par toi-même ! » De sa main libre, il le prit à la nuque et le poussa en avant par-dessus le bastingage. Hest se mit à se débattre en hurlant, mais, même ivre, le Chalcédien possédait la force d'un dément. Pire, un œil bleu se mit à regarder Hest depuis les profondeurs. Le reste de la créature était invisible dans les eaux ténébreuses, mais il savait que c'était la dragonne qui l'observait avec haine et qui attendait son heure.

« Elle est là ! Regardez donc vous-même ! C'est son œil, là ! » Sa voix était montée dans les aigus pour se muer en un cri de femme.

Le Chalcédien éclata d'un rire guttural d'ivrogne. « Allez, par-dessus bord, Terrilvillien ! »

Le bateau fit une brusque embardée sur le côté. Les cris du bois qui se fend se mêlèrent à ceux des hommes dans la coquerie et aux hurlements de terreur des otages sous le pont. Hest s'agrippa à la lisse avec une exclamation incohérente pendant que le Chalcédien s'écartait de lui en chancelant. « Aux armes ! La dragonne nous attaque. Tuez-la, tuez-la ! »

Le navire roula de nouveau, projetant le seigneur Dargen contre le bastingage ; il y resta accroché un long moment, et Hest se prit à espérer le voir basculer dans le fleuve. Mais la dragonne souleva le bateau dans l'autre sens, et l'homme alla heurter le rouf. « À l'attaque ! » beugla-t-il, la colère et la peur remplaçant l'ivresse.

La porte du rouf s'ouvrit à la volée, et des hommes jaillirent sur le pont, arme au poing.

« J'aimerais bien que la cité s'éclaire », fit Kanaï. À part elle, Thymara partageait son sentiment tout en reconnaissant l'impossibilité de la chose : même la cité magique avait ses limites. Seules certaines bandes de métal s'allumaient, et toutes n'étaient pas en état ; leur fonctionnement demeurait un mystère, mais la jeune fille savait maintenant identifier les mécanismes magiques des Anciens, et, dans cette partie de Kelsingra, ils avaient apparemment choisi d'en installer le moins possible. Pourquoi ? Le souvenir lui échappait ; elle s'en détourna. Les statues qui ornaient les places proches n'étaient que des sculptures muettes et immobiles, amoureusement exécutées mais dépourvues de veines d'Argent.

Les gardiens s'étaient réunis sur la place au puits pour commencer à dégager les décombres. Alise était là et, pour la première fois depuis des semaines, elle avait apporté son nécessaire à dessin. Elle paraissait extraordinairement satisfaite des réserves qu'avait rapportées Leftrin. Elle se fraya un chemin parmi les poutres brisées et fit une copie de l'écriture que portait l'une d'elles ; le bois s'était exceptionnellement bien conservé, et, selon une conversation que Thymara avait surprise entre Leftrin et la jeune femme, celle-ci pensait que la peinture épaisse et luisante qui le couvrait avait dû y contribuer. Le capitaine avait acquiescé à contrecœur tout en maugréant parce que son équipage était retenu sur le chantier au lieu de travailler à renforcer le pont du *Mataf*.

Thymara s'étira, le dos douloureux, et s'efforça de voir la place par les yeux d'Alise. La reconstituer mentalement était un exercice difficile. Jadis, un toit en bois, gracieux et abondamment sculpté, soutenu par de robustes piliers, abritait le puits entouré d'un mur ; de forme pyramidale, il était peint en vert, or et bleu, et il avait cédé sous les assauts du temps, et peut-être d'une certaine forme de violence, car Carson avait fait remarquer que certaines poutres étaient fracturées alors que d'autres avaient simplement pourri ; au milieu des pièces de bois se trouvaient des chaînes et des poulies, vestiges d'un treuil qui servait à remonter un grand seau des profondeurs. Carson avait donné instruction aux gardiens de conserver toutes les parties métalliques et de les mettre à part. « On pourra peut-être réparer le mécanisme en partie. »

Leftrin avait regardé les tas de chaînes et poussé un sifflement. « Le puits est si profond que ça ? »

À quoi Mercor avait répondu : « Le niveau de l'Argent baissait avec le temps ; il était si profond que ça, oui. »

Les dragons s'étaient assemblés en un cercle mouvant et plein d'espoir pour regarder les humains travailler. Ils allaient et venaient, soumis à la faim qui les poussait à s'en aller chasser, se remplir l'estomac et dormir, mais, lorsque le soir cédait le pas à la nuit, ils revenaient toujours sur la place au lieu de se rendre aux étuves ou dans les sablières. Thymara songeait que jamais ils n'avaient passé autant de temps en compagnie de leurs Anciens depuis de nombreuses semaines.

L'impatience palpable des grandes créatures s'était communiquée aux gardiens, et tous, en même temps que l'équipage de Leftrin au complet, avaient délaissé leurs autres tâches pour dégager le site. Le capitaine avait exigé qu'une équipe symbolique demeurât à bord de son bateau bien-aimé, mais les hommes se remplaçaient à tour de rôle afin que chacun pût passer du temps au chantier du puits. La force hors du commun de Grand Eider avait été indispensable pour déplacer les poutres les plus lourdes pendant que Hennesie et Skelli avaient fait le tri entre les longueurs de chaîne utilisables et les sections trop courtes. Thymara avait remarqué que Hennesie arborait un grand sourire, plaisantait et montrait une bonne humeur qu'elle ne lui connaissait pas ; peut-être y avait-il un rapport avec le fait que Tillamon, magnifiquement vêtue d'une robe Ancienne, était toujours la première à lui apporter de l'eau et qu'elle restait près de lui à écouter les explications qu'il donnait à ses questions. Elle n'était pas jolie ; ses écailles et les pampilles qui pendaient le long de sa mâchoire évoquaient à Thymara un crapaud caparaçonné de la forêt du désert des Pluies plus qu'une gracieuse Ancienne ; mais, d'un autre côté, ses balafres et ses mains calleuses ne faisaient pas non plus de Hennesie un parangon de beauté masculine. Et ni l'un ni l'autre n'avait l'air de se soucier de ce qu'on pensait d'eux du moment qu'ils étaient heureux ensemble. Alum, grand et mince, paraissait moins à l'aise qu'eux alors qu'il s'efforçait de trouver à s'occuper à proximité de Skelli, tout en supportant le regard des autres membres d'équipage.

Belline, en particulier, l'observait d'un œil songeur, la bouche pincée.

La longue journée de labeur s'était écoulée ainsi, Alise griffonnant sur ses feuilles, les autres déplaçant les décombres et faisant le tri. Avant longtemps, un trou circulaire, d'un diamètre supérieur à la taille d'un homme, béa au centre de la place, entouré des ruines d'un mur en brique. Le puits était bouché par d'autres débris. « Il va falloir bricoler un palan pour sortir tout ça, fit Souarge d'un ton maussade. On dirait presque qu'on a fourré tout ce bric-à-brac là-dedans exprès. » Carson avait appuyé cette opinion de plusieurs jurons colorés. Le bouchon n'était pas seulement constitué d'éléments effondrés : on les avait tassés dans le puits afin de le bloquer. Même après l'érection au-dessus de l'ouverture d'un trépied fabriqué à l'aide de poutres de récupération, il fallut fracturer le bouchon avant de pouvoir l'extraire du trou. Le niveau des décombres baissant, Leftrin exigea que chaque gardien qui descendait dans le puits portât un harnais et fût surveillé par un autre membre de l'équipe. « Tous ces débris peuvent céder d'un instant à l'autre et tomber à Sâ sait quelle profondeur. Je n'ai pas envie qu'un gardien ou qu'un matelot dégringole avec. »

La rude tâche d'évacuer les décombres compacts avait ainsi commencé. De l'aube au coucher du soleil, les gardiens trimaient, et les dragons les regardaient en allant et venant impatiemment, s'attroupant parfois si près que les gardiens devaient les prier, avec force flatteries, de reculer pour leur laisser la place de travailler. Même lorsque la nuit dépouillait le ciel de ses couleurs, les immenses créatures restaient assemblées sur la place, certaines sans bouger, d'autres rôdant ici et là comme si elles pensaient voir du gibier jaillir du puits. Crache fouillait du museau dans les tas de chaînes et défaisait en grande partie le travail de la journée. Carson poussa un soupir exaspéré. « Laisse ça tranquille, dragon, sinon ça va nous prendre encore plus longtemps pour résoudre cette énigme. »

Crache cessa son manège et leva la tête, les yeux brillants. « Il y a de l'Argent partout ; nous en absorbons des traces quand nous buvons l'eau du fleuve ou mangeons des proies qui s'y sont abreuvées. Il est intimement mêlé aux pierres et au soubassement de la cité, et il plonge au plus profond de la terre de cette région. » Il s'exprimait d'un ton calme et mesuré. « Toutes les créatures qui vivent ici absorbent de l'Argent dans ce qu'elles mangent et boivent, et, à une époque, les dragons devaient s'en contenter. Nous savions que les proies et l'eau de cette terre nous régéneraient mieux qu'ailleurs ; nous percevions mieux les pensées de nos semblables et celles des humains aussi… » Sa voix mourut, et Thymara eut l'impression que la nuit s'assombrissait.

« Crache ? » fit Carson quand le flot extraordinaire de pensées s'éteignit. Il n'était pas le seul à contempler le petit dragon argenté d'un œil ahuri. Crache, parfaitement immobile, regardait sans le voir le mur éboulé du puits. Le silence s'éternisait.

Ce fut Mercor qui le rompit. « Je sens que Crache dit la vérité. Je ne me rappelle pas tous les événements dont il parle, mais mes souvenirs cadrent avec ce qu'il décrit.

— Donne-moi ça ! » lança soudain Carson ; il s'approcha du petit dragon et posa sur lui un œil sévère. Au bout d'un long moment, Crache entrouvrit la gueule, et une chaîne se déroula pour tomber bruyamment sur le dallage de la place. Le chasseur s'accroupit pour l'examiner mais ne la toucha pas. « Que s'est-il passé ? » demanda-t-il à la cantonade.

Mercor souffla par les naseaux. « Il devait rester une trace d'Argent sur la chaîne, et Crache l'a trouvée.

— Rien qu'un petit peu, avoua l'intéressé d'un air ravi. J'ai senti son odeur, et je l'ai pris pendant que vous autres restiez plantés là comme du bétail. » Il émanait de lui une satisfaction venimeuse.

« Ah, je retrouve le Crache que je connais », maugréa Carson, puis lui et les autres gardiens s'écartèrent rapidement alors que les autres dragons s'avançaient pour examiner les décombres ; mais ils eurent beau renifler et fouiller, ils ne découvrirent manifestement rien parmi les bouts de chaîne et les morceaux de bois, et, quand ils se dispersèrent lentement pour reprendre leur garde, Thymara sut que tous les gardiens partageaient ses interrogations. Si une infime quantité d'Argent provoquait une telle modification dans le comportement de Crache, qu'entraînerait chez ses congénères une abondance de cette substance ? Et que seraient-ils prêts à faire pour l'obtenir ?

Sintara était venue sur le chantier pas moins de trois fois. Elle n'avait guère parlé avec Thymara mais avait clairement manifesté son approbation devant l'ardeur que mettait la jeune fille à dégager le puits. Celle-ci détestait la sensation de chaleur et d'énergie que lui procurait l'enthousiasme de la reine, mais elle était incapable d'y résister, et elle savait qu'elle cravachait davantage quand Sintara la regardait. Elle n'était pas la seule ; même Jerd était venue prêter main-forte avec un entrain qu'elle montrait rarement pour les tâches éreintantes par temps froid. Thymara l'évitait, préférant la compagnie de Tatou et de Kanaï, dont l'attitude détendue l'un envers l'autre lui réchauffait le cœur. À l'évidence, Tatou était sincère quand il disait vouloir mettre sa jalousie de côté, et Kanaï, lui, n'en avait jamais manifesté la moindre trace. La vie pouvait-elle être aussi facile ? Elle l'espérait. Grâce à eux, elle avait pu se détendre et se sentir davantage elle-même. En fin d'après-midi, lors de la collation heureusement composée de thé chaud avec du sucre et du biscuit de mer en plus de l'éternelle viande fumée, Jerd qui passait derrière eux avait observé en souriant que tous trois avaient apparemment trouvé de quoi se faire plaisir ensemble.

Thymara n'avait pas réagi, en songeant qu'elle était fière d'y être parvenue.

Mais, avec la nuit qui tombait et le froid qui montait de la terre pour lui glacer les mains et le visage, elle n'avait qu'une envie : rentrer chez elle. Oui, chez elle ; sa chambre douillette avec son petit trésor d'objets personnels, c'était chez elle désormais, et dégager l'entrée du puits devrait attendre le lendemain, quand il ferait jour. Mais les autres ne partageaient apparemment pas son désir de se reposer.

Carson, Grand Eider et Leftrin s'étaient approchés du bord du trou pour en observer les profondeurs.

« Il fait trop sombre pour travailler encore ce soir, dit le capitaine.

— Et j'ai trop froid pour en faire davantage ! » lança Tatou depuis l'intérieur du puits.

Kase et Boxteur se chargèrent de le hisser. Comme ils l'amenaient près du bord, Nortel et Kanaï l'attendaient pour l'attraper par le harnais et le tirer à l'écart du vide. Malgré ses écailles d'Ancien, on voyait ses joues rougies par le froid, et il avait les doigts si tétanisés que Kanaï dut se charger de défaire les nœuds de son harnais.

Comme Tatou s'écartait du trou, il dit : « Je crois qu'on y est presque. Quand vous avez retiré le dernier bout de poutre, celui avec un bout de chaîne, j'ai tâtonné autour de moi et j'ai découvert une ouverture ; il y a encore des trucs à dégager, mais je pense qu'il ne reste que deux gros morceaux de bois qui bloquent le passage. Une fois qu'on les aura sortis de là, le chemin sera libre jusqu'au fond.

— Y avait-il de l'Argent au fond ? » demanda Veras avec empressement. Elle avait les naseaux agrandis, et les piques de son cou se dressaient comme une collerette. Jerd se tenait près de sa reine, et la même question se lisait sur ses traits.

« Et peux-tu l'atteindre ? » intervint Sintara d'une voix tendue. Elle se fraya un chemin jusqu'à l'intérieur du cercle de dragons, et, sans se soucier de Leftrin qui lui criait de faire attention au palan, elle s'approcha pour regarder dans le puits. « Je ne vois rien, déclara-t-elle au bout de quelques instants, mais je crois que je le sens !

— Ce sont les décombres qui sentent l'Argent, c'est tout. » Crache se montrait pessimiste comme toujours. « Tous les puits se sont asséchés, et nous sommes condamnés. Je suis content d'avoir absorbé ce qu'il y avait sur la chaîne. »

Gringalette poussa un coup de trompe funèbre, et Kanaï lâcha le harnais qu'il tenait pour se précipiter à ses côtés. « Non, ma beauté, ma chérie, on n'abandonne pas ; loin de là ! » Il se retourna vers les hommes près du puits. « On ne pourrait pas descendre une lanterne ? Pour que les dragons aient une réponse dès ce soir ? »

Malgré la nuit qui tombait et le froid croissant, une tentative avait été faite. Il avait fallu plusieurs essais ; la première torche avait atterri sur le bouchon et était restée là, son éclat empêchant de voir plus bas ; mais, à sa lumière, ils avaient jeté deux autres torches, et l'une d'elles était passée par la brèche.

Thymara, couchée sur le ventre, parmi le cercle de gardiens qui regardaient dans le puits, avait vu la première torche tomber en éclairant la paroi luisante. Le conduit était parfaitement circulaire et lisse : la jeune fille n'avait pu distinguer la moindre brique. Sa lumière dansant sur la paroi, la flamme avait paru choir à l'infini, et Thymara avait été impressionnée par la profondeur à laquelle ses camarades avaient dû descendre pour dégager le bouchon de décombres. Elle s'était tournée vers Tatou. « Je ne pourrais pas m'enfoncer dans le noir comme vous ; je n'y arriverais pas. »

Kanaï se trouvait de l'autre côté de Thymara. « Mais si », affirma-t-il posément, ce qui exaspéra sa voisine sans qu'elle sût pourquoi ; d'ordinaire, quand il la disait plus forte ou plus courageuse qu'elle ne le croyait, elle se sentait flattée. Mais pas ce soir-là, son regard plongé dans les ténèbres.

« Peut-être, mais je n'en aurais pas envie », répliqua-t-elle, et elle se tut.

Quand la troisième torche passa par l'ouverture que Tatou avait repérée, elle parut tomber éternellement, mais elle ne s'éteignit pas.

Ce fut Hennesie, avec sa vue perçante, qui annonça : « Il y a quelque chose d'argenté en bas, mais pas en grande quantité, j'ai l'impression. J'aperçois une espèce de seau renversé sur le côté, mais il ne flotte pas, et la torche non plus. On dirait qu'ils sont posés sur le fond. C'est le seau que je vois, surtout ; il est énorme.

— Pourquoi est-il si gros ? se demanda Thymara tout haut.

— Pour permettre aux dragons d'y boire », répondit Kanaï avec une tranquille assurance.

Dans la lumière dansante et irrégulière, ils examinèrent ce qu'ils voyaient au fond du puits, et Carson résuma ainsi la chose : « On dirait que le puits s'est rempli de sédiments, qu'il s'est asséché, puis qu'on a détruit le treuil et qu'on a tout jeté là-dedans pour boucher le conduit. S'il reste de l'Argent au fond, il n'est pas visible. Je ne sais pas si ça vaut le coup de se fatiguer. » Il poussa un soupir las et s'étira. « Mes amis, je crois qu'on devrait laisser tomber.

— Il faut dégager les décombres !

— On peut creuser le puits davantage ! Des Anciens peuvent descendre.

— Peut-on remonter l'Argent qui reste à la surface ? »

Les dragons lançaient leurs questions inquiètes à grands coups de trompe, et Thymara perçut le besoin qu'ils éprouvaient de la précieuse substance ; c'était comme une soif, mais plus profonde.

« NON ! » Le rugissement furieux de Crache noya tous les autres. « Il faut l'Argent ! Il faut ! Je tue si vous arrêtez ! »

Mercor, à pas lents, vint s'interposer entre les gardiens et le petit dragon, et il posa longuement sur lui un regard noir. Crache baissa la tête jusqu'à ce que son mufle pointât vers le sol, puis il siffla mais recula aussi.

« Les dragons n'ont pas seulement envie de retrouver l'Argent, murmura Thymara : c'est une nécessité pour eux. » Le renseignement lui était venu tout seul, issu du savoir commun des Anciens. Mais elle avait prononcé ces mots dans le silence abasourdi qui avait suivi l'éclat de Crache, et tous parurent les entendre. Les gardiens restèrent dans l'expectative, sidérés par la réaction violente des dragons, jusqu'au moment où Mercor prit la parole d'un ton mesuré. Comme souvent, il ne répondit pas à la sortie de Crache.

« Jadis, en certaines portions du fleuve, l'Argent coulait juste sous l'eau, et les dragons pouvaient en prélever ce dont ils avaient besoin. Le filet se réduisait à certaines saisons, et, après un tremblement de terre, il disparaissait complètement de certains sites, mais nous sentions son odeur ailleurs. C'était une substance précieuse, et les meilleures résurgences étaient jalousement protégées par les dragons les plus vigoureux. »

Il se tut un moment comme s'il fouillait dans ses souvenirs les plus anciens. Kalo émit un bruit de souffle grave ; Thymara n'avait jamais entendu de dragon produire ce son, mais le reconnut aussitôt : c'était une mise en garde territoriale. Baliper, qui s'exprimait rarement, dit : « Bien des batailles sanglantes ont eu lieu pour des sources d'Argent. Les dragons étaient moins touchés par les humains alors ; nous étions des créatures différentes.

— C'était une époque violente, ajouta Mercor, mais il avait presque l'air de regretter ces conflits. Nous créions peu d'Anciens en ce temps-là – seulement des chanteurs, je crois. Mais certains se sont installés ici, amenés par leurs dragons, et ils ont établi un petit village. Ils n'approchaient pas des sources d'Argent, et ils ignoraient l'existence de cette substance, parce qu'elle n'était pas pour eux. Mais un jour, après un séisme beaucoup plus puissant que tous ceux que nous nous rappelions, l'Argent est monté dans un puits des hommes. Les premiers humains qui s'en sont rendu compte sont morts à son contact, mais les dragons qui ont mangé leurs dépouilles ont vu leur esprit se déployer. C'était un gisement d'Argent pur, bien supérieur à tout ce que nous avions goûté, et tous ont appris à boire longuement de cet Argent pur qu'on remontait de ce puits. Nous avons commencé à parler avec les hommes et à nous servir du pouvoir de l'Argent pour leur donner des formes mieux adaptées à nos besoins ; ils sont devenus de vrais Anciens. Des dragons, ils ont acquis la magie de l'Argent, et ils ont construit cette cité pour y cohabiter avec nous. Quand un autre tremblement de terre a bouché ce puits, nos Anciens nous ont trouvé d'autres sources ; certaines ont duré longtemps alors que d'autres se sont taries rapidement. Je ne me rappelle pas comment ni quand ce puits-ci a été creusé, mais mes souvenirs ancestraux me disent qu'il débordait jadis d'Argent. Les dragons pouvaient y venir pour y boire tout leur soûl, et tant mieux car les résurgences devenaient de plus en plus imprévisibles et difficiles à déceler. À grands risques pour eux-mêmes, nos Anciens ont agrandi et approfondi le puits, et ils ont construit un kiosque pour l'abriter. À mesure que le niveau d'Argent baissait, il devenait de plus en plus ardu de le remonter à la surface, mais ils ont inventé un moyen d'y parvenir : ils ont creusé davantage les puits, celui-ci en particulier. L'Argent de ce puits allait et venait avec les saisons, parfois bas, parfois abondant ; d'autres puits de moindre importance ont fini par se tarir dans la région, mais celui-ci demeurait toujours, et c'est devenu notre trésor. »

Mercor s'interrompit. Thymara n'entendait plus que la respiration des dragons et des Anciens et le murmure lointain du fleuve. La grande créature dorée reprit : « Nous n'étions pas les seuls dragons au monde alors ; il y en avait d'autres mais, sans l'Argent pur, ils n'avaient pas l'esprit aussi clair que nous, et quelquefois ils étaient à peine supérieurs aux lions et aux ours qu'ils chassaient sur leurs terres. Quand nous les croisions lors des vols nuptiaux ou des migrations vers les régions chaudes, ils sentaient en nous l'Argent et ils en avaient envie. Dans certains cas, ils nous suivaient lorsque nous revenions ici, à la source, mais nous les repoussions ; ils venaient, parfois par vols entiers, mais nous remportions toujours la bataille et les renvoyions chez eux. Kelsingra se développant, nous avons créé de nombreux Anciens pour s'occuper des puits, pour nous construire des bâtiments chauds et confortables en hiver, et pour nous aider à garder la meilleure source d'Argent du monde. Notre cité a grandi autour de ce centre. Les Anciens se sont mis à extraire de la pierre sillonnée de veines d'Argent et lui ont trouvé de nombreux usages. Nous nous servions de l'Argent pour changer nos Anciens, et, à leur tour, ils se servaient de ce qu'ils apprenaient de nous pour modifier le pays alentour. L'Argent existe toujours ici, sous forme de fils dans la roche, et il nous parle de ce temps passé, mais les dragons ne peuvent boire la pierre ; et, si ce puits est tari et que nous ne découvrons pas d'autres résurgences…

— Pourquoi les dragons ont-ils besoin d'Argent ? » Sylve avait posé la question à mi-voix.

Son dragon tourna sa grande tête pour la regarder ; ses yeux noirs tournoyaient à la lumière des torches, et Thymara sentit qu'il répugnait à répondre. « Il prolonge notre vie tout comme nous prolongeons celle de nos Anciens ; il fait partie de nous, de notre sang, de notre venin, des cocons que nous tissons avant de nous transformer de serpents en dragons. C'est la raison de l'importance de Cassaric : sur les berges d'argile, le sable est plein d'Argent ; on ne peut pas le boire, mais, lors du tissage des gangues, il permet de conserver les souvenirs ancestraux, tout comme les pierres renfermaient les souvenirs des Anciens, lors de la transformation de serpent en dragon. Si l'Argent disparaît de ce monde, une grande partie de ce qui constitue notre espèce disparaîtra aussi. Nous survivrons, mais le trésor de notre mémoire atavique risque d'être extrêmement appauvri ; notre esprit s'obscurcira et notre espérance de vie se réduira. » Il baissa la voix : « Tout comme notre capacité à créer des Anciens. »

L'énorme dragon d'or se tourna vers Malta et Reyn. Comme toujours, la jeune femme serrait son enfant contre sa poitrine comme une petite fille sa poupée préférée ; malgré le froid et la nuit, elle refusait de se séparer de lui. Croyait-elle qu'il ne mourrait pas si elle le tenait sur elle ? Les paroles de Mercor chassèrent toute couleur de son visage. « Si jamais Tintaglia revient, elle aura besoin d'Argent pour changer ton enfant en une créature capable de survivre. Notre vie à tous dépend de l'Argent, d'une façon ou d'une autre.

— Non. Nooon ! » Avec ce cri étouffé, Malta se jeta dans les bras de son mari, leur enfant protégé entre eux.

L'inquiétude plissa le front de Sylve, qui tendit une main compatissante vers son dragon. « Mercor, s'il existe un moyen de se procurer de l'Argent, je le trouverai.

— Je sais, répondit-il d'un ton posé ; c'est le travail des Anciens. Mais je te préviens que tu ne toucheras l'Argent qu'au péril de ta vie. Les dragons peuvent le boire, mais son contact avec la peau humaine entraîne une mort lente ; seuls quelques Anciens ont réussi à dominer ce risque, mais à grand coût pour eux. » Il se tut, pensif, et nul n'osa interrompre ses réflexions.

Malta releva la tête ; des larmes teintées de sang brillaient sur son visage. « Mais tu disais que j'ai été touchée par l'Argent ; si c'est vrai, comment se fait-il que je ne sois pas morte ? »

Le dragon secoua lentement sa grande tête dorée. « Les Anciens ont découvert une protection, mais je ne me rappelle pas les détails ; ils pouvaient toucher l'Argent et s'en ganter les mains pour accomplir leur magie, donner une intention à la pierre, parler au bois, à la poterie et au métal pour les forcer à prendre une certaine forme ou à réagir d'une façon particulière, et tous ces matériaux obéissaient. Ils en faisaient des portes, des porches de pierre dont ils se servaient pour se rendre dans d'autres cités ; ils créaient des bâtiments qui restaient chauds en hiver, ils construisaient des routes qui n'oubliaient jamais qu'elles étaient des routes et ne laissaient pas la végétation les dégrader. Les plus puissants d'entre eux employaient parfois l'Argent pour se transformer au moment de leur mort et posséder les statues qu'ils sculptaient afin d'y demeurer dans un étrange état d'existence. Parfois, ils se servaient de l'Argent pour guérir, pour rappeler à l'organisme quel est son état normal et l'aider à se réparer. Leur talent à utiliser l'Argent participait de leur longévité, et, si un Ancien de cette compétence existait aujourd'hui, il pourrait même peut-être sauver ton enfant. Ces êtres étaient des créatures magiques, mais leur temps est peut-être révolu et ne reviendra pas ; il en est peut-être de même pour les dragons.

— Ne dis pas ça ! » s'exclama Sylve en se jetant contre son flanc. Elle n'était pas la seule à avoir les larmes aux yeux ; avaient-ils fait tout ce chemin pour rien ?

Reyn prit Malta et leur enfant dans ses bras et fit une promesse à sa femme : « Si on peut se procurer de l'Argent, j'en trouverai pour Phron. »

Tintaglia était plus faible qu'elle ne l'avait cru ; les coups qu'elle avait portés au gouvernail l'avaient abîmé mais non arraché comme elle le voulait. Elle tendit le cou sous l'eau et saisit le bois entre ses crocs avec l'intention de le décrocher du bateau, mais ce dernier se laissa entraîner, et elle perdit l'équilibre. Par réflexe, elle déploya les ailes, et l'impensable se produisit.

Ce fut le fruit du hasard ; même l'homme qui projeta la lance poussa un cri de surprise quand elle se ficha dans la chair. Tintaglia hurla. Dans l'obscurité, l'arme s'était plantée droit dans son point le plus vulnérable, la blessure enflammée où la pointe enfoncée continuait de faire suppurer les tissus. Elle sentit une aiguille de douleur insupportable, puis le muscle amolli par l'infection céda, et la lance retomba ; un flot de sang et de sanie s'écoula dans le fleuve glacé, et la souffrance enveloppa le terrible soulagement de la pression quand la blessure se vida. Le monde tournoyait autour d'elle, mélangeant les étoiles lointaines et les lumières qui se reflétaient à la surface de l'eau. Elle s'efforça de s'éloigner du navire.

La première gaffe s'abattit sur le côté de sa tête : des hommes s'étaient rués aux bastingages des deux navires et faisaient pleuvoir sur elle des coups de rames et de perches ; les flèches tirées à bout portant la frappaient douloureusement même si elles ne perçaient pas ses écailles. Dans sa désorientation, elle s'était placée entre les deux bateaux au lieu de s'en éloigner. Quelqu'un jeta un tonneau vide ; heurtée à l'arrière du crâne, elle resta un instant étourdie, la tête sous l'eau.

Elle la releva en entendant les exclamations de joie des deux équipages ; ils étaient en train de la tuer, et elle le savait. La fureur l'envahit : de ridicules humains qui traitaient ainsi un dragon ? Sans s'inquiéter d'exposer son ventre, elle se cabra et martela les bateaux de ses pattes avant ; en même temps, elle rejeta la tête en arrière et poussa des coups de trompe pleins de colère et de désespoir.

Ils me tuent ! Les hommes de Chalcède me frappent à coups de lances et de rames. Je meurs ! S'il y a des dragons vivants, vengez-moi ! Glasfeu, si tu m'entends, sache que nos petits sont morts avant d'être éclos ! Venge-les !

Carson s'exprimait d'un ton bourru, et on eût dit qu'il s'excusait, comme s'il avait expliqué à Malta que son enfant devait mourir. « J'ai dit que le puits est ensablé, pas qu'il est à sec ; il y a des moyens de dégager un puits et de le rouvrir ; ceux du désert des Pluies s'envasent très souvent. Je me demande seulement pourquoi celui-ci n'est pas plein d'eau, étant donné sa proximité avec le fleuve. Demain, quand il fera jour, on accrochera le seau qui est au fond et on s'y mettra tous pour le remonter ; alors on verra mieux à quelle profondeur se situe l'Argent. Mais, pour le moment, ça se refroidit, et j'ai l'impression qu'il va de nouveau pleuvoir avant le matin. Rentrons nous abriter pour la nuit ; on y verra plus clair demain. »

Les gardiens hochaient la tête et certains reprenaient les torches fixées dans les torchères de fortune. Hennesie offrit son bras à Tillamon, et elle l'accepta avec empressement. Skelli souhaitait discrètement le bonsoir à Alum derrière le tas de poutres. Les dragons s'apprêtaient à entamer leur lente marche par les rues de la cité jusqu'aux sablières ou aux étuves pendant que gardiens et membres d'équipage rassemblaient les outils qui traînaient sur le chantier. Crache suivait ses congénères, la tête basse, en laissant couler de sa gueule un filet de venin qui sifflait en touchant le pavé.

« Ils ont besoin d'Argent pour vivre ? murmura Tatou à côté de Thymara.

— Pour vivre longtemps, et pour transmettre leurs souvenirs à leurs rejetons, je pense. » À contrecœur, elle ajouta : « Nous aussi, nous en aurons besoin. À mon avis, les Anciens d'autrefois prolongeaient leur propre vie en réparant leur organisme à mesure qu'il vieillissait. »

Ils avaient tous deux entendu la déclaration de Mercor, mais ils la rendaient plus crédible en en discutant ; ils ne parlèrent pas de ce qui avait été dit sur l'enfant de Malta ni de ce que cela pouvait entraîner pour ceux qui naîtraient à Kelsingra. Au fond d'elle-même, Thymara jugeait le nourrisson condamné : il lui fallait l'aide d'une dragonne qu'on n'avait plus vue depuis des années, et une substance magique qui ne coulait plus depuis des décennies. Elle éprouvait de la compassion pour les parents mais s'interdisait de se laisser aller à trop de sympathie, et se réjouissait de n'avoir pas pris le risque d'une grossesse : elle n'avait aucune envie de partager les affres de Malta.

Kanaï apparut soudain près d'eux. « Demain, je crois qu'il faudrait aller à la recherche des autres puits dont a parlé Mercor pour voir s'ils sont toujours à sec ; à mon avis, si un puits peut se tarir à cause d'un tremblement de terre, un autre peut se remplir.

— Bien raisonné », dit Tatou, et Thymara perçut dans sa voix son inquiétude pour sa dragonne verte. Elle s'efforça de faire le tri parmi ses propres sentiments et sentit un écho chez Sintara quand elle déclara : « J'attendrai de voir comment ça se passe avec ce puits avant de m'affoler ; peut-être qu'il ne contient pas beaucoup d'Argent, mais qu'il se remplit vite. On pourra peut-être en tirer au moins un peu, une fois le bouchon de décombres détruit.

— Oui ! s'exclama Kanaï d'un ton plein d'espoir. Et ma Gringalette aura besoin de… » Sa voix mourut, et ses yeux s'agrandirent pendant qu'il inspirait profondément.

« Kanaï ? » fit Thymara.

Il tourna brusquement la tête vers elle, et son regard retrouva sa clarté. « Immonde traîtrise ! Des hommes s'en prennent à une dragonne ! Nous devons voler à son secours sans tarder, dès ce soir ! »

Son cri fut quasiment noyé par les coups de trompe des dragons reprenant son appel, et il fallut un moment à Thymara pour comprendre ce qui se passait. Quelque part, une dragonne mourait, tuée par des hommes ! Une reine. Tintaglia ! Tintaglia qui avait guidé les serpents dans leur remontée du fleuve, Tintaglia succombait sous la perfidie des humains ! Elle les appelait à la venger !

« Tintaglia ! Tintaglia ! » Le cri angoissé de Malta jaillit, suraigu, au milieu du vacarme. « Si toi et tes enfants mourez, le mien mourra aussi ! Reine bleue, merveille des cieux, ne meurs pas ! Ne te laisse pas abattre ! » Elle se tourna brusquement vers les gardiens. Grande dans la nuit, elle leur adressa une supplique dont ils sentirent tous la force. « Anciens, levez-vous ! Portez-vous à son secours, je vous en prie ! Pour mon enfant mais aussi pour tous les dragons car, si vous laissez ce sort advenir à Tintaglia, la reine saphir, quelle sécurité pouvez-vous espérer ? »

Malta brillait dans l'éclat jaune des torches et des lanternes, et, avec un curieux frisson, Thymara reconnut la reine des Anciens. Pas étonnant que tout Jamaillia l'eût vue ainsi, baignée de l'autorité que lui conféraient des mots aussi impérieux que le charme de la dragonne ; la jeune fille eut soudain la conviction que, si Tintaglia percevait le discours de Malta, elle en prendrait courage.

« Tous en vol ! » rugit Kanaï en réponse ; il avait la voix rauque et rageuse, ses yeux étincelaient de fureur, et le pli de sa bouche en faisait un inconnu aux yeux de Thymara. Il se mit à marcher à pas vifs parmi les Anciens et les dragons agités et parut soudain plus grand. « Mon armure ! Ma lance ! s'exclama-t-il. Où sont mes serviteurs ? Qu'ils aillent quérir mon armure. Nous devons nous mettre en route ce soir ; nous ne pouvons attendre le jour car alors elle sera peut-être partie pour les ténèbres éternelles. Levez-vous et prenez vos armes ; préparez les paniers des dragons ! Apportez les harnais de combat ! »

Thymara le regardait bouche bée ; elle se sentait emportée dans un tourbillon d'époques tournoyantes. Tellator ! Tellator s'exprimait de ce ton de commandement, Tellator marchait de cette façon. Tout autour d'elle, les dragons se cabraient en poussant des coups de trompe furieux, et les gardiens couraient en tous sens entre eux, certains implorant leur dragon de ne pas aller s'exposer au danger, de ne pas tenter de voler dans le noir, tandis que d'autres s'écartaient d'un groupe de créatures qui agitaient les ailes et s'ébrouaient le cou pour remplir leurs glandes à venin. Le comportement singulier de Kanaï passait apparemment inaperçu.

Il s'avança vers elle à grands pas, un sourire crispé sur les lèvres. Elle se figea quand il la prit dans ses bras et la serra sur son cœur. « N'ayez crainte, ma mie ; cent fois je suis allé au combat et toujours je vous suis revenu. Cette fois ne fera pas exception ! Ayez foi en moi, Amarinda ; je retournerai auprès de vous sain et sauf, l'honneur et la vie intacts. Nous repousserons ceux qui osent pénétrer sur notre territoire sans y être invités !

— Kanaï ! » cria-t-elle en se dégageant. Elle le prit par les épaules et le secoua vigoureusement. « Tu es Kanaï et je suis Thymara. Et tu n'es pas un guerrier ! »

Il lui adressa un regard étrange tout en se raidissant. « Peut-être, Thymara, mais il faut que quelqu'un se batte, et je suis le seul à avoir un dragon qui accepte de le transporter. Je dois y aller. Ces infâmes assassins s'en prennent à une reine dragon pour la dépecer comme une vache ! C'est intolérable. »

La voix et l'expression graves étaient celles de Kanaï, mais le rythme de ses paroles et les mots qu'il employait étaient ceux de Tellator. Elle fit un nouvel essai. « Kanaï, tu n'es pas lui ; et je ne suis pas Amarinda. Je suis Thymara. »

Ses yeux parurent accommoder à nouveau sur elle. « Évidemment que tu es Thymara ; et je sais qui je suis aussi. Mais j'entends les souvenirs de Tellator ; le prix demandé est bien modeste : honorer l'homme qui me les a donnés, poursuivre son œuvre et ses devoirs. » Il se pencha sur elle et la regarda dans les yeux comme s'il y cherchait quelque chose. « Et toi aussi tu dois honorer les souvenirs d'Amarinda en continuant ses œuvres. Quelqu'un doit le faire, Thymara, et c'est toi. »

Elle lui rendit son regard et secoua la tête. Elle eut vaguement conscience que Tatou se tenait près d'eux et les observait avec attention, mais, quoi qu'il pût penser, elle n'avait pas le temps de s'occuper de lui. Elle dit d'un ton grave : « Kanaï, je ne veux pas que tu sois Tellator, et je ne veux pas être Amarinda ; je veux que nous soyons nous-mêmes et que nos décisions soient les nôtres, non la poursuite de l'existence de quelqu'un d'autre. »

Il poussa un léger soupir et s'adressa à Tatou. « Veille sur elle, mon ami, et, si je ne reviens pas, garde-moi ton estime. » Ses yeux se portèrent à nouveau sur Thymara. « Un jour tu comprendras, et le plus tôt sera le mieux pour mon honneur et pour ma parole. Gringalette ! Gringalette, à moi ! »

Il se détourna. Une autre femme d'un autre temps s'exclama : « Votre épée ! Votre armure ! » Elle faillit se précipiter à sa suite.

Mais Tatou était là, qui la retint fermement. Dans la cohue des dragons et des gardiens, il lui dit à l'oreille : « Il n'en a pas et n'en a jamais eu, Thymara. Reviens ; tu ne peux pas l'arrêter, tu le sais bien.

— Oui. » Parlait-il de Kanaï partant au combat sans armes ou du fait qu'il endossait la vie et les devoirs d'un autre ? Elle regarda Tatou, et des larmes douloureuses lui montèrent aux yeux. « On est en train de le perdre. On perd notre ami.

— J'ai peur que tu n'aies raison. » Il la prit dans ses bras et lui tint la tête contre sa poitrine tandis qu'autour d'eux les dragons poussaient de grands coups de trompe puis bondissaient pour prendre leur envol. Le vent de leurs battements d'ailes les gifla et leurs cris de guerre les assourdirent. En quelques instants, ils tournoyèrent haut dans le ciel.

Thymara voulut les suivre du regard, mais le ciel couvert les engloutit, et seule la pluie tomba sur son visage.

Table

Achevé d'imprimer par GGP Media GmbH, Pößneck
en avril 2014
pour le compte de France Loisirs,
Paris

N° d'éditeur : 76426
Dépôt légal : mars 2014
Imprimé en Allemagne